W0473385

EN LETTRES D'ANCRE

TERESA CIABATTI

ON AURAIT DIT LA BEAUTÉ

roman

Traduit de l'italien
par Nathalie Bauer

BERNARD GRASSET
PARIS

L'édition originale de ce texte a été publiée par Mondadori en 2021 sous le titre :

SEMBRAVA BELLEZZA

Ce livre a été traduit grâce à une aide du Centro Per il Libro e la Lettura du ministère de la Culture italien.
www.cepell.it

CENTRO
PER IL LIBRO
E LA LETTURA

Portrait jaquette : C. Pasqualini.

ISBN 978-2-246-82949-2

© *Teresa Ciabatti, 2021.*
Cette édition est publiée avec l'accord de S&P Literary – Agenzia letteraria Sosia & Pistoia.
© *Éditions Grasset & Fasquelle, 2023, pour la traduction française.*

De cinq, le nombre des filles s'était réduit à quatre, et elles étaient toutes – les vivantes et la morte – en train de devenir des ombres.

Jeffrey EUGENIDES, *Les Vierges suicidées*[1]

Elle parle très vite, impulsivement et (semble-t-il) avec indifférence (...) de sorte que l'important et l'insignifiant, le vrai et le faux, le sérieux et la plaisanterie, sortent dans un flux rapide, semi-affabulateur, non sélectif (...) En l'espace de quelques secondes, elle peut se contredire complètement (...) dire qu'elle aime la musique, qu'elle ne l'aime pas, qu'elle a une hanche cassée, qu'elle ne l'a pas cassée.

Oliver SACKS, *L'homme qui prenait sa femme pour un chapeau*[2]

1. Traduction de Marc Cholodenko, Plon, 1995.
2. Traduction d'Édith de la Héronnière, Le Seuil, 1988.

Les faits et les personnages de cette histoire sont réels.
Sont fictifs, en revanche, l'âge de ma fille, mon lieu de résidence, d'autres détails.

La femme de la photo subissait les violences de son père. Agressif, colérique, il épanchait sur elle sa rage, comme on la qualifiait au sein de la famille où tout le monde savait et où personne ne se rebellait. À la génération suivante, le benjamin raconte cette histoire à sa femme, qui la raconte à sa fille, moi.

Je ne me rappelle pas le nom de mon arrière-grand-père, mort bien avant ma naissance, et je ne possède pas de photo de lui.

Chaque fois que j'imagine ma grand-mère enfant, je vois un homme sans visage entrer dans la salle de bains (à l'époque il n'y avait pas de salles de bains), entrer dans la salle de bains et lui couvrir la bouche. Souvent, en rêvassant, je me suis demandé ce que je faisais, moi, à sept ans, l'âge où ma grand-mère était violée par son père.

Aux membres de ma famille qui protesteront – jamais un tel événement ne s'est produit chez nous, c'est de la diffamation – je répondrai : vous avez raison, il s'agissait plutôt de ma grand-mère maternelle, d'une tante, de la nounou (en 1955 se présenta à Rome une jeune fille de quinze ans, originaire de Brittoli, dans la province de Pescara, et affectée de problèmes physiques évidents, jambe gauche et deux pieds difformes, ce qui l'obligeait à porter de grosses chaussures orthopédiques. Elle entra au service d'un vieux veuf dans l'immeuble situé au numéro 35 de la via dei Prefetti où ma grand-mère – cette fois, maternelle, oui – possédait une boutique de chapeaux. Tout le monde apprit bientôt qu'il violait l'adolescente, mais personne n'intervint, jusqu'à ce que ma grand-mère la prenne sous son aile et l'héberge. Cette jeune fille devint la nounou de ma mère, puis la mienne et celle de mon frère. Elle ne mentionna jamais l'homme qui avait abusé d'elle, ni dans les histoires qu'elle nous racontait pour nous endormir, ni dans nos bavardages quotidiens d'adolescents quasi adultes. Le vieillard lui légua après sa mort une somme d'argent qu'elle accepta.)

Un fait divers récent se superpose à cette affaire en raison de la similitude de leurs circonstances et de leurs victimes : femme de soixante ans légèrement arriérée, province de Trévise.

Son beau-frère l'attire par un guet-apens dans sa ferme et la séquestre. Prisonnière à l'intérieur du poulailler, elle est battue et violée. Nourrie à l'eau et au pain. Abandonnée sur la terre parmi ses excréments et ceux des poules. Pendant ce temps son geôlier lui subtilise sa carte bancaire pour retirer sa pension d'invalidité, quatre cents euros. Avant qu'une nuit, la victime ne parvienne à s'échapper, avant qu'elle ne rassemble son courage à la pensée de son fils lointain à qui elle a été contrainte d'écrire sous la menace le message « Je vais vivre en Roumanie, n'essaie pas de me joindre » – rapportera-t-elle aux enquêteurs –, quelques jours plus tôt donc, l'homme lui coupe les cheveux avec des ciseaux à volaille.

Comme un garçon, dit-elle, en larmes, en se voyant dans le miroir après sa fuite. Elle décide alors de porter une calotte en laine.

J'ai vu la mort en face, racontera-t-elle aux enquêteurs en faisant allusion à ses cheveux coupés – le pire moment.

Pas le viol ni les coups. Ni les excréments ni la faim ni le froid.

Voilà comment fonctionne l'esprit humain.

Il fonctionne de façon différente pour chacun d'entre nous en vertu de nos perceptions et de nos caractéristiques physiques. La même expérience possède autant de versions que le nombre d'individus qui l'ont vécue.

Chacun identifie la souffrance et la joie à un endroit particulier. Le plaisir même réside dans des lieux différents, des recoins émotionnels selon celui ou celle qui l'expérimente. De tous les sentiments humains, le plaisir constitue peut-être le mystère le plus épais.

Ainsi, à la fin de sa vie, ma grand-mère paternelle, affectée de la maladie d'Alzheimer, ne reconnaissait plus personne. Elle prenait pour son père quiconque lui rendait visite. Papa, disait-elle. Et, au moment des adieux : Ne me quitte pas. Son père était la seule personne qu'elle réclamait.

LIVRE UN

1.

Quand on me demande ce que ça fait d'être célèbre et que je réponds rien, je mens. Vous n'imaginez pas l'étourdissement, l'ivresse que suscitent les applaudissements d'un public. Sur une scène, derrière un pupitre, de l'autre côté d'une table, devant un micro, comme ce soir.

Je ne crois pas être la meilleure, dis-je. Je suis quelqu'un de normal, une femme comme tant d'autres. Je souris, penche la tête et poursuis : j'ai une grande confiance dans le genre humain, ça oui, tout dépend de nous, cultiver le bien signifie recueillir le bien – et ici, je joue vraiment, tandis que les lumières, derrière la caméra, éclairent ma personne, me transformant en une silhouette évanescente. Et je regarde tout droit, vers vous qui me verrez dans votre foyer, vous tous qui vous trouvez devant votre écran.

Arrêtons-nous à ce moment précis, décembre 2018. Qui suis-je, dans cette salle municipale en présence d'un public et de la caméra de la télévision locale dont les images seront diffusées en ligne ?

La télé m'a appris que je suis devenue belle. Je ne l'ai jamais été, comme le raconte le roman auquel je dois ma célébrité, lequel dépeint un esprit perturbé qui se sent splendide, adoré – moi adolescente, moi enfant –, au moment où il se heurte à la réalité[1].

Je contemple sur l'écran une version de moi-même qui a vaincu son insuffisance. Amaigrie, les cheveux d'un châtain clair choisi par le coiffeur pour mieux éclairer mon visage. Bien que j'aie les dents blanches, j'envisage de les blanchir. Plus blanches. Et puis ? Comment intervenir pour me figer à cet instant parfait ? Botox.

Voici qui je suis avant tout : une personne à succès.

Je vais chez le coiffeur. J'achète des vêtements, des chaussures. Je m'informe sur de possibles ristournes : si un personnage connu (personnalité qui se rend à des rencontres publiques où elle est photographiée, pas forcément seule, par exemple en groupe), si ce personnage décide de porter une unique marque de vêtements, peut-il bénéficier d'une remise de cinquante pour cent, voire d'une sponsorisation ?

Je voyage. Je m'exprime dans les villes d'Italie, comme ce soir, dans cette salle municipale, où quelqu'un s'écrie dans le public : tu es formidable !

Devant une caméra, derrière un pupitre, je pense parfois aux êtres qui ne m'ont pas comprise. Soudain réapparaissent les vingt-cinq visages d'adolescents, yeux bleus,

1. Allusion au roman *La più amata*, paru en Italie (Mondadori) en 2017 et finaliste du prestigieux prix Strega. (Toutes les notes sont de la traductrice.)

appareils orthodontiques, dents parfaites, taches de rousseur, joues creusées, joues pleines, cheveux éclaircis par le soleil, jupes au genou, jambes minces, du lycée Goffredo Mameli, dans le quartier Parioli[1], à Rome. Sous le panier de basket, dans la cour, la photo de classe montrant les vingt-cinq créatures que nous sommes et qui, d'année en année – reprenons les photos, disposons-les par ordre chronologique –, se transforment, atteignent une forme adulte.

Trente ans plus tard, la dernière en haut à gauche sur la photo change de position. Une force centripète la pousse au centre, la lumière sur elle, et vous dans l'ombre.

Comment devient-on écrivain ? interroge-t-on dans le public. Je réponds : sacrifice, effort, tandis que la caméra continue de filmer. J'ajoute : et ce peu d'égoïsme auquel ce métier nous contraint souvent, par exemple la famille, j'aurais certainement pu passer plus de temps avec ma fille – et je suis sincère sur ce point, uniquement sur ce point.

Puis je recommence à mentir. Quelle ville surprenante, je compte bien revenir, je reviendrai ! dis-je, distribuant des promesses à tort et à travers.

Une fiction totale, l'envie de partir.

Me voici, bardée d'un manteau trop léger, traversant la place déserte par une nuit glaciale et enroulant mon écharpe que le vent n'a cessé de dénouer. Me voici dans

1. Bâti entre 1920 et 1950 non loin de la Villa Borghese, ce quartier prisé de la bourgeoisie romaine abrite des personnalités du monde de la culture et de la politique.

ma chambre d'hôtel, regardant à travers la fenêtre la vallée, au fond de laquelle luit quelque chose, peut-être un terrain de sport, d'où proviennent des hurlements juvéniles. Il doit s'agir d'un entraînement. Si seulement vous me voyiez, lecteurs, si vous me voyiez maintenant dans mon pyjama en pilou, m'aimeriez-vous encore ?

Le succès m'a contrainte à écarter des gens.

Des parents et des amis soudain pressants.

Des nouveaux venus qui se prétendent cousin issu de germain ou oncle. Des inconnus qui me félicitent de l'histoire émouvante à laquelle ils se sont identifiés, pour conclure : j'aimerais te raconter mon enfance.

De vieux camarades de classe. Oui, les adolescents du lycée Goffredo Mameli, section C, sont revenus.

Dans les lits, à travers les mâles excités je les vois eux qui, en s'abstenant de m'aimer, ont imprimé une marque sur ma personne fragile. Donc ces adolescents, ces anciens camarades de classe ne sont-ils pas coupables de mon infidélité, du fait que j'ai commencé à tromper mon mari ? L'adulte que l'on est ne dépend-il pas de l'adolescence ?

« J'ai entendu dire qu'il neige », message sur le téléphone.

Blottie sous les couvertures, alors que les cris juvéniles se sont tus au loin, je réponds : « Pas de neige pour le moment. »

Et j'aimerais ajouter : viens me chercher. Abstraction faite de l'expéditeur, m'adressant à tout individu qui s'inquiète pour moi, homme, femme, fille, amant : nous sommes encore jeunes, tellement jeunes. Toute cette tendresse gâchée, que de tendresse perdue ici… Emmène-moi (ici, j'imagine un homme).

Vous êtes libres de penser que cette histoire a débuté le jour où, dans le lit, un homme marié m'a demandé : quitterais-tu ton mari pour moi ? Pensez-le, vous vous trompez.

2.

La lumière du jour éclaire le ferrailleur – matin. Je vous en donnerai, de la vallée immense, des cris juvéniles ! Dans cette désolation, le seul bruit que je perçois est le choc des tôles.

Et non, il n'a pas neigé. Pas de neige à Cagliari. Vous vous demandez pourquoi l'écrivaine à succès, la femme blonde à la garde-robe fournie n'est pas à New York ou à Paris, mais à Cagliari.

Ces dernières années – précisément trois depuis la sortie de mon livre –, j'ai parcouru l'Italie au mépris de ma nature sédentaire pour conserver un rôle de premier plan. Oui, c'était un rôle de premier plan, comme le confirmaient les nombreux appels téléphoniques auxquels je ne répondais pas et les invitations qui encombraient ma boîte postale. Les représentants du passé – je le répète, je le souligne. D'accord, une seule camarade de classe avait réapparu, et cela suffisait. Je ferais en sorte qu'elle vaille pour tout le monde.

Octobre – nous sommes maintenant en décembre, n'oubliez pas –, Federica (dont je tairai le nom de famille puisqu'il s'agit d'un personnage réel) effectuait son retour dans mon existence en manifestant dans un long message sa joie de m'avoir retrouvée, après avoir pensé à moi pendant des années. Sa fierté d'apprendre mon succès, de constater que j'étais quelqu'un d'important ; du reste, elle a toujours su que j'étais extraordinaire.

Brève allusion à sa mère morte, à son père qui me lit dans les journaux – avec fierté, lui aussi ! Il va sur ses quatre-vingt-dix ans, il a un tas d'ennuis de santé, le pauvre homme, il n'a pas eu une vie facile.

Si j'avais vingt ans… Si le succès était arrivé du temps de mes vingt ans, je me serais saoulée, droguée, j'aurais séduit des garçons en me servant d'eux pendant de brèves périodes afin de flatter ma vanité. Les jeunes mâles m'auraient poursuivie. Me désirant tous.

Mais j'en ai quarante-sept, et seuls des quinquagénaires aux prises avec des parents en fin de vie, sinon morts, me courent après. Des individus aux genoux enflammés, aux dos bloqués, des adultes insatisfaits, séparés, appliqués à se bâtir une seconde vie, à enfanter à cinquante ans. Sous antidépresseurs, stressés comme moi, qui saigne. Cycle déréglé, me dis-je en remarquant la tache. Un peu de sang, ce n'est pas bien grave, je ne vais tout de même pas rédiger l'histoire de mon cycle, il vous suffit de savoir que je n'ai jamais coché ces jours-là sur un calendrier. Invariablement surprise, je tache les draps, les sièges. En retournant en arrière dans le temps, j'entends la voix de ma mère : comme une bête, dit-elle. Je parle toutefois d'une femme simple, malgré ses études de médecine – à propos de sang, du sang plébéien coule dans ses veines : elle ne jette pas les restes, elle refait son lit elle-même. Et toujours à cette époque, l'époque du lycée, alors que nous emménagions à Rome, la honte m'envahissait à l'idée d'avoir écopé d'une mère inadaptée, si différente des autres mères que j'en arrivais à lui dire : mes amies ne vont pas tarder, enferme-toi dans ta chambre.

Toi qui n'as pas de manteau de fourrure (tu en as un, mais tu ne le portes pas), qui ne mets pas de bijoux, et pour le coup tu n'en as pas – tu les as vendus, découvrirai-je après ta mort. Toi qui, un jour, tout édentée – inutile de jurer que c'était un oubli, tu l'as fait exprès –, ce jour-là, tout édentée, car tu t'obstines à refuser les implants, tu prétends que tu n'as pas d'argent, tu ouvriras la porte aux deux filles que j'attendais et, la bouche béante, répondras : elle n'est pas là.

L'une d'elles se prénomme Federica et elle ira raconter à tout le monde que toi, maman, tu es une clocharde.

C'est donc avec Federica que j'ai le plus de comptes à régler, et c'est d'elle que je reçois le message en octobre.

Tout cela se déroulait il y a deux mois, j'envisageais d'attendre encore un peu avant de lui répondre, le temps qu'elle multiplie les tentatives infructueuses, par exemple. Qu'est-ce que ça fait de se sentir ignorée, copine ?

En effectuant un examen de conscience, je comprends que ma vie entière doit être réexaminée à la lumière du désir de revanche. La moindre relation, à la maison comme à l'extérieur, a pris la forme d'un tort à venger. Du reste, le roman qui m'a rendue célèbre n'est autre qu'une vengeance contre mes défunts parents. Et contre moi-même – si seulement vous saviez décrypter les métaphores, vous autres détracteurs… faites un effort.

Non que tout soit métaphorique. Le ferrailleur sur lequel donne cette chambre ne l'est pas, cette ville, Cagliari, non plus, ni même ma propre personne, occupée dès son réveil à réunir ses effets personnels pour les ranger dans sa valise cabine. Et encore moins la femme qui continue de m'écrire :

« Je viens te chercher à l'aéroport ? »

Je réponds : « J'ai une interview. »

En qualité d'écrivaine affirmée, je collabore à divers journaux, notamment un quotidien national pour le compte duquel j'interviewe des personnalités, telles que des acteurs et des intellectuels. Souvent, ce sont ces mêmes personnalités qui me réclament.

J'ai réussi – je m'adresse à mes anciens camarades de classe dans un discours intérieur qui dure depuis des années, dans une rêverie qui les ramène devant moi, riches et hautains.

Assemblages d'hormones apprivoisées, ces jeunes gens n'étaient que maîtrise, y compris de leurs appétits et de leurs désirs, au point de se désirer entre eux en une défense instinctive de leur espèce.

Je m'adresse à vous, en permanence à vous, imagination, rêve – il m'arrive de rêver de vous, petits égoïstes, que votre incapacité à prévoir les conséquences de vos actions, à agir avec insouciance et à rire avec légèreté rendait si dangereux.

Quelqu'un pourrait objecter qu'on ne nourrit plus de rancœur après de si nombreuses années.

Alors, moi – toujours en imagination –, je redresse les épaules, me racle la gorge, dis non. Impossible d'oublier, dis-je. Comment effacer le moment où, me présentant aux élections de déléguée de classe contre deux parias (Ciriello de Naples, Curcio la diabétique), certaine de l'emporter, je ne vois apparaître aucun X sur le tableau noir à côté de mon nom ?

Quand s'évanouira le souvenir de mon attente en robe longue dans l'escalier d'une villa Renaissance, prête à accueillir à la soirée de mon dix-huitième anniversaire des invités qui ne viendront pas ? Quand la blessure se cicatrisera-t-elle ? (En réalité, quinze ou vingt personnes se présentèrent sur deux cents invités, la villa semblait vide, et moi dans les jardins, dans les salons, j'avais l'air grosse.)

3.

Il existe une photo où je figure avec Federica, Livia et Simona. Derrière nous, Massimo et un blond dont j'ai oublié le nom.

Nous avons seize ans, Livia dix-sept. Le cliché a sans doute été pris un mois avant la disparition, la dernière photo de Livia avant sa disparition.

Mais attardons-nous sur moi, la version de moi-même qui se trouve à la gauche de Federica.

Qui suis-je à cette époque ? Une jeune provinciale qui a emménagé en ville à cause de la séparation de ses parents. Père notable (avocat, médecin, peu importe), mère sans profession.

Qui suis-je dans le lycée de ce quartier résidentiel peuplé d'enfants dont les parents exercent une profession libérale ? Juste une grosse fille triste, apeurée, complexée, moquée, furieuse, emplie d'une telle rage qu'elle pourrait hurler : je vais en classe et je fais un massacre, maman. Si Internet avait existé à l'époque, si le harcèlement avait été codifié, j'aurais échoué dans un établissement pénitentiaire pour mineurs, ou dans une maison de correction, au lieu d'être l'individu disgracieux qui décroche le téléphone, compose un numéro et dit : Tu ne me connais pas, je t'aime. Ou : Votre fils se drogue. Appels anonymes. Insultes, déclarations d'amour de l'autre côté d'un combiné.

Pendant une période, la personne qui se trouve près de moi n'est autre que Federica.

Ayant honte de mon foyer (nous vivions avec ma grand-mère, comme les pauvres, comme les gens du Sud), c'est moi qui allais chez elle.

Allongée sur le tapis bleu de sa chambre, Federica soupirait : il y a des jours où j'aimerais m'enfuir à l'autre bout du monde, genre en Alaska.

Les semaines, les mois passent. Nous, enfermées dans la chambre.

Était-ce cela, l'adolescence ? Les films évoquaient pourtant autre chose : Où est le sexe en voiture ? Et les tentatives de suicide éventées par les amoureux ? Les cachets de Xanax ingurgités par dizaines, les entailles sur les bras ? Où sont les dangers de mort, les viols dans les passages souterrains, les violences familiales, la pilule du lendemain (à l'époque, elle n'existait pas) ? Où est la drogue que vous nous avez promise ? À quel moment les garçons débarquent-ils dans cette histoire ?

Deux adolescentes en surpoids qui bavardaient, souffraient d'isolement. Deux adolescentes en surpoids mais déterminées, qui se raniment sur le tapis même où elles jouent à se plaindre : si la vie nous malmène, qu'elle malmène aussi les autres.

Et alors, se précipiter dans la chambre de Livia, y chercher un carton d'invitation parmi tant d'autres, y trouver l'adresse de la soirée.

Repérer dans l'annuaire les coordonnées du Club.

Décrocher le téléphone, composer le numéro : une bombe a été posée, évacuez les lieux.

Sur le tapis bleu, fermer les yeux, imaginer les individus se pressant vers la sortie, les cris qui se chevauchent. Certains trébuchent, tombent. Au secours ! implorent de petites voix enfantines et nous – sur le tapis bleu, flottant –, nous nous félicitons de vous avoir démasqués, bande de trouillards.

Telles sont les scènes de désastre qui prennent forme dans nos esprits aussi sadiques qu'innocents, dans la mesure où il ne se passe rien, jamais rien de toute notre adolescence, alors que se succèdent les soirées auxquelles nous ne sommes pas invitées.

Nos tentatives de rébellion s'achèvent dans l'insuccès (si la tuerie de Columbine[1] s'était déjà produite, si un précurseur avait existé, cela aurait suffi pour nous laisser le champ libre, à nous les frustrées, en attendant d'exploser, donnez-nous un pistolet, une bombe).

Sur le tapis bleu, croiser les bras, avoir l'impression d'être identiques, du moins toutes les deux. Exclues de la même façon.

---

1. Fusillade en milieu scolaire du 20 avril 1999, aux États-Unis. Quinze morts dont les deux assassins.

En réalité, nous sommes différentes, Federica – aimerais-je dire chaque fois que mes pensées se tournent vers l'avenir –, tu ne connaîtras pas l'exclusion puisque tu es la fille d'amis, d'amis d'amis, ou de membres de la famille ; toi qui fréquentes les clubs, en particulier le Club de la Chasse, dont l'accès m'est interdit, t'assieds sur les canapés et, tout en gardant le silence – te permettre de garder le silence ! –, demeures une des leurs. Je bondis sur mes pieds mentalement : ne fais pas semblant d'être moi – doigt pointé –, alors que ta mère a toutes ses dents, contrairement à la mienne, laquelle est obligée de vendre des pièces étrusques parce que mon père ne lui verse pas de pension, nous transformant en pauvres, pauvres d'un coup, que sais-tu de la misère, des privations, de l'avenir incertain, Federica ?

Sur le tapis de ta chambre, je veux être toi, donne-moi la main.

Certes, nous appartenions à la même tranche d'humanité lorsque la porte s'ouvrait et que Livia surgissait.

En présence de cet être blond, nous nous taisons – et c'est le souvenir le plus vif de mon amitié avec Federica, des journées passées chez elle. L'apparition soudaine de sa sœur.

La porte s'ouvre après la fête que nous avons sabotée en vain (ayant écarté la bombe, nous avons opté pour un discret : bonsoir, la mère de l'héroïne de la soirée est morte, pouvez-vous informer l'intéressée ?)

Plus précisément, la porte s'ouvre le lendemain matin et Livia nous ordonne de ne pas la déranger : elle est rentrée à l'aube ; alors que le téléphone sonne et qu'elle, très blonde, très lasse, déclare : je ne suis là pour personne.

Vraiment personne ? interroge Federica.

Mais Livia s'est déjà éclipsée vers sa chambre, les journées de soleil, les nuits étoilées, les amours, que peut-il lui arriver de mal ?

Allô, répond Federica.

C'est Massimo. Livia est là ?

Longues jambes, hanches étroites, un physique parfait sans l'aide de cours de danse ou d'heures de sport. Entièrement naturel, seins compris.

La voici encore dans ce joli corps. Livia.

Seins parfaits, disions-nous. Pas de coton, pas de chaussettes – nous autres, nous bourrions nos soutiens-gorge de chaussettes. La protubérance de chair qui sursautait au moindre mouvement était aussi vraie, pour elle, pour le monde, que douloureuse pour nous, tout juste formées, dotées de petits seins, asymétriques dans mon cas, si asymétriques qu'ils requéraient un camouflage, des gros pulls. Créatures en formation, êtres bizarres aspirant à un ajustement (si la croissance ne règle pas le problème, avait dit l'endocrinologue, il faudra opérer. Et moi, nue, qui tente de me couvrir avec les bras, le regard rivé au sol pour éviter de voir dans le miroir ce truc malformé).

Marquées au fer rouge, nous.

Voilà ce que nous étions face à Livia, et les rebuts de sa personne ne faisaient que souligner notre différence. Les cheveux blonds dans le lavabo, les tampons abandonnés à nos regards d'adolescentes habituées aux serviettes hygiéniques, à cause des rumeurs : le tampon déflore.

Il suffisait d'entrer dans la salle de bains commune ou dans la chambre de Livia. De nous promener parmi ses affaires, de saisir un objet qu'elle avait touché pour nous rappeler que nous étions des figures secondaires ; si l'on avait tourné un film, nous aurions été les figurantes de la vie magnifique de Livia. Représentons-nous l'héroïne qui court sur une plage, voyons-la sur une balançoire, cheveux au vent, pirouettant sur une patinoire.

Personne, à l'époque, n'aurait pu imaginer ce qu'il se passerait vraiment, qu'il y aurait une dernière scène. Toujours à l'époque, si quelqu'un avait voulu songer à la conclusion de la jeunesse de Livia, il aurait pensé au mariage. Aux colombes, aux pétales de rose.

Eh bien, non : dans cette histoire, dans cette histoire vraie, aucun pétale ne tombe, aucune colombe ne s'envole, symbole d'une nouvelle vie.

Dans ma reconstruction posthume très personnelle, comme je la définissais devant quiconque m'interrogeait sur la nuit en question, la dernière image de Livia baigne dans une lumière très claire. Je me demande ce qu'elle a été pour les autres. Sœur, parents, amis, quelle image ont-ils gardée d'elle ? Personne ne conserverait la même.

Je ferme les yeux, chaque fois que je ferme les yeux depuis cette nuit-là, Livia est dans la lumière ; l'instant suivant, elle n'y est plus. Une façon d'avertir que les belles choses ne durent pas longtemps, pensons aux papillons, prenons les papillons.

Dans son dernier jour de papillon, Livia échappe à la lumière. Elle échappe à la lumière et s'enroule dans un drap de bain.

Federica lui dit de régler elle-même ses problèmes avec Massimo : elle n'est pas sa secrétaire.

Livia soupire. Elle disparaît.

4.

Malgré l'interdiction du dermatologue de faire usage d'ultraviolets, Livia avait obtenu qu'on lui offre un lit de bronzage. Elle avait la peau fine, et les rayons UVA l'endommageraient sûrement, ce qui risquait d'accélérer le processus de vieillissement. Avait-elle envie qu'on la prenne pour une femme de trente ans ? Si elle souhaitait rester jeune longtemps, il convenait qu'elle s'expose peu au soleil, et ce, avec un écran total.

Or le mot « vieillissement » évoquait alors un alunage, une guerre nucléaire. Par conséquent, Livia s'abstint de suivre les indications du médecin. Et puis, être la seule, au lycée, à posséder un appareil de ce genre, savez-vous ce que cela signifiait ? Si certaines filles avaient une lampe pour le visage, aucune n'avait un lit, apanage exclusif des instituts de beauté. Ses amies la suppliaient de les autoriser à l'utiliser ; elle acceptait. Rarement, puisqu'elle voulait être la seule fille bronzée en toute saison.

En réalité, la seule menace à avoir jamais plané sur sa beauté provenait justement du lit programmé pour une heure, trente minutes, vingt, dix de plus, les dix dernières.

Elle se brûlait souvent la peau, qui tombait, laissant apparaître sa chair vive, à la vue de laquelle sa mère s'agitait : Tu t'es tout abîmée.

En y songeant *a posteriori*, je me dis que c'était une préfiguration de l'avenir.

Livia qui jouait avec sa chance, qui se gâchait et renaissait, encore plus belle, belle pour l'éternité, Livia qui traversait le feu à notre barbe, nous qui étions marquées au même feu (au bout d'un an, mes seins ne s'étaient pas équilibrés, le droit avait même grossi. Que vais-je devenir ? lançais-je à ma mère. Je suis un monstre, un phénomène de foire).

Quand je repense à Livia, chaque fois que j'ai repensé à elle au cours de ces années, je la revois surgir de son lit de bronzage lors de ce qui constitue pour moi la dernière scène.

Mon esprit remonte le temps, encore et encore, tout s'éclaircit.

Federica ouvre toute grande la porte de sa chambre. Massimo te demande, annonce-t-elle.

Dis-lui que je ne suis pas là.

Je lui ai dit que tu étais là.

Le lit de bronzage émet de la lumière comme une capsule spatiale.

Grouille !

Le dessus se soulève et Livia se détache sur l'éclat luminescent. Dans mes souvenirs – me voici, derrière

Federica – elle est nue, en haut et en bas, où trône une touffe blonde (évolution supplémentaire de la règle selon laquelle les enfants de riches sont blonds ; ici les meilleurs des enfants de riches sont également blonds entre les cuisses).

Et donc, lors de son dernier jour de papillon, Livia quitte son lit de bronzage, s'empare de sa serviette de bain et s'enroule dedans avec un geste ennuyé. Elle soupire. Dans mon esprit, c'est après cet instant qu'on perd sa trace. Qu'est-elle devenue ? s'interrogeront bon nombre d'individus. Qu'est-il arrivé à la blonde ? Pleurons, prions.

5.

Abandonnons le passé et retournons au présent, à la professionnelle affirmée qui, de retour de Cagliari, monte dans un taxi pour gagner le lieu de l'interview, hôtel cinq étoiles, centre-ville. Attardons-nous sur la personne sérieuse qui attend l'interviewée – laquelle la prie à son arrivée de l'excuser de son retard, quarante minutes de retard – et qui répond pas de problème, masquant une antipathie épidermique, disons même une intolérance étendue à la catégorie non des acteurs, mais des jeunes, ces jeunes gens arrogants au brusque succès qui croient tenir le monde dans leur poing.

Caractéristiques en commun avec le personnage qu'elle interprète ? Voilà ce que je lance à la jeune, très jeune actrice, encore plus jeune de près, une gamine de près. Resserrant le col de sa fourrure, enveloppée dans sa fourrure rose, celle-ci déclare : j'ai froid, je suis du genre frileux, moi.

Et je pense : commence donc par te couvrir les jambes. Quelle idée de se promener les jambes nues, l'hiver, minijupe sans collants – j'aimerais m'acharner, mais je m'en abstiens car ce n'est pas ma fille.

Je poursuis l'interview en posant des questions banales – quelle sensation éprouve-t-on en se revoyant sur le grand écran ? –, auxquelles succèdent des réponses banales, que j'aurais été capable d'écrire toute seule, oui, j'aurais été capable de rapporter mot pour mot les propos de l'actrice sans avoir à la rencontrer, de rapporter la banalité de ses raisonnements, la simplicité mêlée de mégalomanie de cet être au succès passager, parce que tout s'achèvera bientôt, personne ne se souviendra d'elle. Des jeunes gens désireux d'apparaître, acteurs, chanteurs. Heureusement, Anita est différente, elle a toujours eu de grandes ambitions, elle. Ah, les compliments dont elle était l'objet, enfant : il faut qu'elle devienne actrice. Et quelle voix ! Oui, ma fille a une voix grave, de contralto, si elle avait voulu… Et puis avec mes contacts et ceux de son père… Mais elle a choisi la voie de l'engagement. Que veux-tu faire quand tu seras grande ? Je veux être pédiatre, répondait-elle. Au fil des ans : pédiatre, professeur, magistrat, vétérinaire – son amour pour les animaux.

Ma fille aurait pu être la jeune actrice en fourrure rose, et elle ne l'est pas.

Cette actrice qui, répondant à mes questions – quel effet cela fait-il d'être célèbre à vingt-trois ans* ? –, attrape un coussin, le pose sur ses genoux, et soudain je la vois – chambres d'hôtel –, je la vois empoigner des hommes. Sur les lits, saisir des têtes d'hommes et les attirer à elle, la virago. Se lever, se promener toute nue, allumer une cigarette, bien qu'elle ne fume pas – comme je le découvre au cours de l'interview –, dans mon imagination toutefois elle sort sur le balcon, allume une cigarette. Et ce n'est pas ma fille, par chance cet être rose – confondons-la avec la fourrure, en un seul élément – qui révèle entre deux questions qu'elle n'a pas déjeuné n'est pas ma fille. Parfois, j'oublie de manger, déclare-t-elle, il faut qu'elle – indiquant l'attachée de presse – me le rappelle. Cette créature à laquelle je propose un club-sandwich, une bricole, et qui secoue la tête n'est pas ma fille.

Dans le taxi, j'envisage de téléphoner au journal pour préciser : plus jamais. Donnez-moi des philosophes, des intellectuels, des gens de mon niveau – allusion rapide à mes récompenses, telles que prix littéraires et traductions à l'étranger.

Mais au lieu de téléphoner au journal, j'appelle Anita, tout en sachant qu'elle ne répondra pas.

Elle est trop occupée par ses activités, par la vie londonienne dont son père connaît tous les détails, car c'est à lui qu'elle se confie. Et ce n'est pas récent, depuis l'enfance. Hostile envers moi, complaisante envers lui. Certaine que j'ai manqué de respect à mon mari (lire : que je l'ai trompé. Je le comprenais à ses regards, aux phrases qu'elle jetait là – où étais-tu, maman ? Personne ne t'a vue de la journée – sourire accusateur). Démesurément protectrice envers son père que, dans son esprit, j'allais quitter. Passons sur ce détail : les choses se sont déroulées autrement.

De fait, c'est lui que je dois contacter aujourd'hui pour avoir des nouvelles de notre fille, laquelle est capable de ne pas répondre pendant des semaines, ignorant mes prières via WhatsApp : appelle. Le signe bleu apparaît, aucun message ne suit. Et moi qui supplie : dis-moi juste que tu vas bien.

Son père la justifie : elle prépare ses examens, elle n'a pas une minute de liberté. Bien sûr, elle demande comment tu vas ! Pourquoi devrait-elle être en colère ? Tu es parano, finit-il par me reprocher. Maintenant aussi, alors qu'il répond à la troisième sonnerie, il est : gentil, prévenant. Tout va bien, dit-il, elle est arrivée tard, hier soir.

Arrivée ?

Comprenant qu'Anita m'a caché sa visite, il se hâte de rectifier : elle ne voulait pas te déranger, elle savait que tu étais absente.

Je me plains de l'inattention de notre fille, de son indifférence totale à mon égard.

Je demande : où me suis-je trompée ?

Son père continue de minimiser la chose : elle est de passage.

Derrière la vitre, les voitures se pressent, la circulation de Rome.

Ma fille est en ville et son père n'essaie même pas de nous réunir. Anita n'en avait pas envie ? C'était à lui de l'imposer. Assez de prévenances, assez de justifications, elle a vingt ans. Tu sais ce que je faisais, moi, à vingt ans ? dis-je en évoquant je ne sais quelles responsabilités, je ne sais quels sacrifices, moi, à vingt ans – tandis que je communique au chauffeur le changement de destination. Et j'arrive en bas de chez mon ex, paie, descends en tirant ma valise aux roulettes cassées, atteins la porte d'entrée.

C'est la scène de l'épouse qui surprend son mari en flagrant délit. Ne s'agit-il pas, là aussi, de trahison ? Si l'on change les acteurs, l'abus perçu n'est-il pas le même ?

Des pères qui, en trompant leurs épouses, trahissent leurs filles.

Des filles qui ont l'impression d'être des épouses répudiées.

Des pères et des filles de connivence, comme des amants, aux dépens des mères.

Qui sont les mères ? Et les filles ?

Si les rôles ne fluctuaient pas avec autant d'ambiguïté, nous aurions des familles heureuses.

Au lieu de ça, nous voici, me voici. Menaçant à l'interphone : laissez-moi monter, sinon j'appelle la police. Et lui de répondre : tu sais, elle n'est pas là.

Dis-moi où elle est.

Elle allait chez une amie, puis directement à l'aéroport.

Ouvre-moi.

Déclic de la serrure. Ascenseur, troisième étage. Rien à cirer que ce ne soit pas mon appartement, que la compagne de mon ex risque d'être présente, ce qui est bien le cas, rien à cirer d'être accusée de violation de domicile. Portez donc plainte ! Portez donc plainte ! me dis-je dans un hurlement intérieur en pénétrant dans l'appartement, en allant jusqu'à ouvrir les armoires et à regarder sous les lits (ceci est une histoire de jeunes gens disparus. Cherchez dans les armoires, sous les lits. À un moment donné on cherchera dans une cage à oiseaux. De façon insensée, on ouvrira la cage. Et ce sera le moment le plus vil, le moment où toutes les filles et tous les garçons seront rapetissés, changés en concepts abstraits. Ou alors les parents auront tous tellement vieilli qu'ils ne prêteront plus attention aux proportions, ils chercheront tous, dans cette histoire, quelque chose de minuscule).

En attendant, je cherche Anita. De pièce en pièce, puis je sens les regards peser sur moi.

J'aimerais accuser mon ex et sa compagne, c'est votre faute, englobant celle-ci dans mon accusation, car il est évident qu'elle est complice, qu'un front compact s'est formé contre moi, la mère irraisonnable, absente, colérique, dépressive, agressive (à tous les coups, il lui a raconté que, pour obliger Anita, enfant, à se calmer, je lui serrais les bras en enfonçant mes ongles dans sa chair). En général inaffective, sadique avec tout le monde, test : serais-tu prête à jurer devant un tribunal que tu ne t'es pas réjouie des malheurs d'autrui ? Que tu n'as pas éprouvé une sensation de bien-être en apprenant qu'Untel avait perdu son emploi, qu'un autre avait été licencié du journal ? Un sentiment d'avoir échappé au danger : pas moi.

Dans les années de frustration, de recherche du succès, et même dans le succès – preuve que ce ne sont pas les conditions qui nous changent, nous restons identiques dans le malheur comme dans le bonheur, malveillants –, ces années-là n'avais-je pas désiré, prié Dieu, tout en doutant de son existence (s'il existe, pourquoi ne me récompense-t-il pas ?), prié pour que l'écrivaine qui me ressemblait tant meure ? Et si la mort n'était pas possible : une mauvaise critique, un très modeste oubli, Seigneur.

Des pensées ordinaires, plus ordinaires que ce que les gens sont disposés à admettre, manque de chance c'est moi qui suis condamnée, toujours moi. Trop facile – aimerais-je dire à mon ex et à sa compagne, représentants de la foule d'individus qui m'ont jugée, en rejetant sur eux la responsabilité de mes mauvaises relations avec Anita, en les insultant, où étiez-vous, comment y avez-vous contribué ?

Je baisse les yeux et murmure : elle me déteste.

Il rétorque : non, pas du tout, puis les discours habituels, l'âge, un moment critique. Maintenant sa compagne – équilibrée et sage, elle, oui – pose une main sur mon épaule. Anita t'adore, affirme-t-elle.

Et je la regarde – qu'est-ce que cette petite bonne femme a de plus que moi ? –, je la regarde tandis que sa main s'attarde en guise de réconfort, je la regarde, j'aimerais lui dire : putain ! Putain, à cette femme qui, à cinquante-trois ans, a séduit mon mari que je trompais depuis des années, elle qui a un métier et une solidité financière, au point qu'on ne peut pas la soupçonner d'être avec lui par intérêt, contrairement à moi, comme ma belle-famille l'a insinué – arriviste, disait-on de moi. Maudite putain, à elle qui a pris ma place dans un mariage presque parfait (à mon avis, aujourd'hui).

Début d'après-midi, intérieur bourgeois : devinez qui est la mère, le père, l'enfant.

Soudain je me rends compte que je me suis ridiculisée. Que vont-ils penser de moi ? Qu'est-ce que cette femme dira juste après mon départ ? La pauvre, dira-t-elle.

Mouvement de fierté, je suis une écrivaine. Je pourrais montrer les innombrables lettres que je reçois, que j'ai reçues, énumérer les gens qui se sont approchés pour me serrer la main. Bravo, me félicitaient-ils. Il y a eu une année où tout le monde savait qui j'étais. Je grandis – moi, moi, une version idéale de ma personne se dilate –, je redresse les épaules. J'avais un rendez-vous tout près d'ici, dis-je.

Mon ex propose de me raccompagner. Je refuse : c'est à deux pas.

Et je m'en vais en tirant ma valise aux roues cassées, poids mort, comme si je traînais de force un enfant qui refuse d'avancer.

* *Quel effet cela fait-il d'être célèbre à vingt-trois ans ?*

J'y suis habituée, j'ai débuté très tôt dans ce métier, enfant.

C'est-à-dire ?

Mattel cherchait une petite fille pour représenter Barbie en chair et en os. Des castings avaient lieu dans le monde entier.

Et ?

Je me souviens du président, quand il m'a vue, j'avais sept ou huit ans. Il me voit et il dit : nous l'avons trouvée.

Ensuite ?

J'ai été Barbie de sept à quatorze ans. Le fait de paraître plus jeune m'a permis de rester Barbie très longtemps.

(Note : extrait d'interview, mal enregistrée – à ce moment-là, la voix s'atténue, l'actrice a dû s'emparer du coussin –, que je suis obligée d'écouter encore et encore.)

6.

Je n'ai pas de rendez-vous et Federica n'habite pas à quelques rues d'ici. C'est elle que j'ai appelée en sortant de chez mon ex, à elle que j'ai demandé : je peux venir ?

Aucune explication de ma part, aucune question de sa part. Bienvenue dans l'intimité. Dans la compréhension qui ne requiert pas de discours. La sororité qui naît uniquement dans l'adolescence et qui, malgré les éloignements, malgré une séparation de trente ans, perdure dans les cellules du corps comme la jeunesse dans l'esprit, regardez les malades d'Alzheimer. Ainsi les individus souffrant de la maladie d'Alzheimer – dont j'ai observé les attitudes chez ma grand-mère paternelle –, regardez-les, perdent la mémoire des faits récents, tandis que leur mémoire à long terme résiste, et il n'est pas rare que le passé se change pour eux en présent – papa, réclamait ma grand-mère. Le passé se mue en présent, comme dans ces rues qui sont maintenant les rues de mes seize ans. Les glycines.

Nous disions : après trente années de silence, d'éloignement, son nom apparaît il y a deux mois dans ma boîte électronique. Voilà que resurgissent au bout de trente ans ce nom et ce prénom (que je tairai, je le répète, parce qu'il s'agit d'un personnage réel).

Depuis ce premier courriel, depuis mon intention de la tenir à distance, de l'expédier, de l'humilier, mon plan a brusquement changé. Je ne vais pas raconter les étapes précises de cette nouvelle approche, de ces retrouvailles à l'âge adulte après une séparation à l'adolescence.

En l'espace de deux mois, Federica refait irruption dans ma vie en tant que présence physique. C'était elle qui m'écrivait, la nuit de Cagliari, elle qui s'inquiétait : il neige ? C'est toujours elle qui s'est informée ce matin de mon heure de départ et a proposé de venir à l'aéroport, ce à quoi j'ai répondu : j'ai quelqu'un à interviewer, à savoir la jeune actrice. Car, impossible de le nier, qu'elle soit retrouvée ou inattendue, l'amitié comporte une alternance de plaisir et d'agacement. Je me surprends à réfléchir – qu'ai-je donc de commun avec cette femme à la vie confortable, avec cette personne qui n'a jamais été obligée de trimer ?

J'ai d'abord éprouvé de la satisfaction. Elle qui écrivait : j'ai pleuré en lisant ton livre. Moi qui m'interrogeais : et si ma vieille camarade de classe était la seule à m'avoir comprise ? Et si c'était ça, le dédommagement que j'ai tant recherché ? J'ai donc répondu : voyons-nous. Et nous nous sommes revues. Dans un bar, où j'ai d'abord remarqué ses seins, qu'elle a fini par se faire refaire je ne sais quand. Je l'ai imaginée à l'âge de vingt ans piquer une crise et obtenir l'accord de ses parents. Quinze millions de lires (je le dis avec précision, parce que je me suis souvent renseignée. Auprès des médecins que j'ai consultés dans l'espoir que l'un d'eux, apitoyé par mon cas exceptionnel, me fixerait un bon prix, cinq millions auraient suffi, ah, si ç'avait été cinq...)

J'ai imaginé la fille de vingt ans obtenant ses seins. Arborant des vêtements moulants, décolletés. Elle se déshabillait devant les garçons, et moi ?

Qu'est-ce que je fabriquais pendant ce temps-là ? J'essaie de mettre nos vies en parallèle.

Moi qui n'ai pas pu recourir à la chirurgie esthétique, moi qui en aurais eu besoin – mes ressentiments se ravivaient. Où étais-je ? Que pensais-je ? Pour qui souffrais-tu, jeune provinciale, au moment où ton amie exhibait ses nouveaux seins ?

La chenille qui se mue en papillon. Prenons encore une fois le papillon comme paramètre d'une existence heureuse. Quinze millions de lires m'ont interdit de me changer en papillon, un père mort précocement qui a laissé une fortune infime, une mère angoissée par l'avenir au point de vendre le peu qu'elle avait et de l'investir à la banque, dépôt à trente ans, pour le jour où mon frère et moi aurions une famille, dans la certitude que nous serions incapables de construire quoi que ce soit de nos propres forces, en nous projetant dans l'avenir, inadaptés.

Quinze millions de lires ont constitué la distance qui me séparait de l'amour.

Donc, j'ai d'abord éprouvé de la satisfaction face à Federica, puis un sentiment de revanche. Suivi d'un retournement qui faisait de moi la meilleure, la seule à avoir accès aux lieux élitistes. Ne serait-ce qu'hier je suis allée au Parlement saluer de vieux amis, disais-je dans le vide. Si je le voulais, mais je ne le veux pas, je pourrais fréquenter des clubs dont l'entrée m'était interdite autrefois (rappelons-nous ici les dix-huit ans de Lavinia au Club de la Chasse, dont l'accès – s'était-elle justifiée, la pauvre – était réservé aux nobles. Si bien que, magnanime, elle avait donné chez elle, une semaine avant la fête ou le bal comme ils l'appellent, une semaine avant le bal, un après-dîner frugal pour nous autres les individus normaux.)

Sur ces souvenirs réapparaissait la photo de classe, section C, cour du lycée, panier de basket. L'image émergeait, la disposition précise, moi, la dernière à gauche. Les visages se dessinaient l'un après l'autre : je suis en mesure de les énumérer tous, noms et prénoms, ainsi que les torts qui m'ont été infligés, ou que j'ai vécus comme tels, dérisions, insultes, hé, Lavinia – je me concentre sur la fille accroupie au premier rang.

Soyons honnête : Federica ne domine pas le classement des fautes. C'est Lavinia qui occupe la première place. Compte tenu des années qui ont immédiatement suivi le racontar selon lequel ma mère était une clocharde, les années de l'amitié, Federica dégringole au classement, elle échoue à la dernière place, ou presque, à la dernière si je n'avais pas continué de me sentir inadaptée en entrant chez elle, tandis qu'elle répétait : nous sommes pareilles. Si nous avions été pareilles – aimerais-je dire et redire, un écho qui s'élève de sa chambre et traverse trente années –, si nous étions pareilles, aujourd'hui nous aurions toutes deux les seins refaits.

Après quoi retentissaient ses mots sur mon roman, contre les insultes des membres de ma famille, des lecteurs. Ils résonnaient : jamais je n'aurais imaginé…, écrivait Federica dans son premier courriel. (Pour vous expliquer les étapes qui m'ont conduite à aujourd'hui, à moi qui me dirige vers son domicile à la recherche de réconfort.) Et dire que je croyais que c'était l'embonpoint, ton problème ! écrivait-elle dans un élan excessif qui me persuadait que j'avais vécu une tragédie, une immense violence dans mon enfance/adolescence, une violence incompréhensible pour vous, lecteurs (flash sur les commentaires en ligne : « ah, si j'avais une piscine, moi ! », « la scène du frère qui l'enterre vivante dans le jardin n'est pas crédible »). Eh bien, les insultes et les commentaires des lecteurs et des membres de ma famille – n'oublions pas les membres de ma famille, sur lesquels nous reviendrons plus tard, ou peut-être pas, ça n'en vaut pas la peine –, me laissent entendre que seule cette personne du passé voyait en moi une adolescente incomprise. Seule Federica, en lisant mon roman – elle l'a relu, elle continue de le relire, dit-elle –, se laisse submerger de tendresse pour la fille de seize ans que j'ai été. J'aurais voulu t'embrasser à chaque page, écrivait-elle dans son courriel. J'aurais voulu que tu sois là, devant moi, pour te serrer fort dans mes bras.

Voilà ce qui a fait vaciller mes projets de règlement de compte. Ce qui m'a poussée à voir Federica, à l'accueillir dans ma vie.

Bars, restaurants. À une présentation, à une lecture, elle est dans le public. Chaque fois qu'elle vient de Gênes à Rome. Elle qui m'accompagne à un taxi, dégourdissons-nous les jambes. J'étais terriblement seule et je ne m'en rendais pas compte, croyant que le problème, c'était une femme sans mari la nuit dans une grande maison, une fille au loin, imagine qu'un individu mal intentionné… Imagine un individu mal intentionné, la nuit… Moi qui croyais qu'il suffisait de verrouiller la porte à double tour. Comme j'étais seule, le jour et la nuit ! Dans mon existence d'écrivaine célèbre, une existence constituée de départs et de retours, moi qui monte sur une estrade et en descends, qui occupe des fauteuils en face des caméras, moi qui me tiens devant un micro, applaudissements. Moi qui prépare ma valise cabine, qui la vide. Moi qui m'assieds sur le lit et pense à ma fille. Je pense : J'aimerais qu'elle soit là.

J'envoie un message auquel elle ne répond pas. Le message dit : « Tu as besoin d'argent, ma chérie ? »

Deux mois ont suffi pour me ramener sur les chemins de l'adolescence, loin du monde, vers le seul être qui m'offre de la compréhension, parce que Federica est de nouveau le seul être capable de me comprendre.

Au cours de ces deux mois, d'octobre à décembre, je ne suis jamais allée chez elle, et ce par manque de temps, par paresse, ou par peur, comme vous voulez.

Passé et présent se superposent, glycines, coin de rue. Combien de fois ai-je tourné à ce coin de rue ?

Parmi les glycines, le rose pâle du petit immeuble, ainsi que mes souvenirs. Nous qui patinons dans le couloir en rayant le parquet. La tête lancée dans le jardin du vieux. À propos, qu'est devenu le vieux du rez-de-chaussée ? Trente ans.

Cela fait trente ans que je n'étais pas revenue.

Au loin, une silhouette tourne sur elle-même. Les bras tendus vers le haut, par ce glacial après-midi de décembre. Elle tourne en agitant un ballon de baudruche marqué de l'inscription I LOVE YOU.

La dernière fois que je l'ai vue – elle qui se soustraie à la lumière du lit de bronzage, mais est-ce vraiment la dernière ? Ne mens pas, écrivaine, définis la dernière image de la fille blonde, décris-la, avoue.

En cette journée d'hiver, devant la grille de ce petit immeuble rose, la silhouette perd l'équilibre, titube, ne tombe pas.

Regarde qui est là, indique Federica.

L'autre plisse les paupières pour mieux me voir : qui es-tu ?

Dès que sa sœur prononce mon prénom, Livia me jette les bras autour du cou.

J'ai l'impression qu'elle ignore qui elle étreint, elle serre très fort, si fort qu'elle lâche la ficelle du ballon. Non ! s'écrie-t-elle. Désespoir dans sa voix et dans ses mains tendues vers le ciel. Non ! répète-t-elle en essayant de sauter comme s'il était possible de le rattraper, alors qu'il faudrait voler, compte tenu de la distance. À quel âge comprenons-nous que nous ne pouvons pas voler ? À quel moment précis découvrons-nous que voler est la prérogative des oiseaux et des papillons ? (De nouveau le papillon.)

Je l'avais acheté avec mon argent, croasse-t-elle, les bras dressés.

Le ballon de baudruche désormais très loin, inscription illisible.

Nous sommes maintenant trois à avoir le nez en l'air. Vers le petit point qui monte, rapetisse, adopte une forme mentale différente pour moi, pour Federica – pas pour Livia qui dit encore : mon ballon.

Et puis : espérons qu'il volera au-dessus d'un beau garçon.

Vous vous demandez sûrement comment la créature extraordinaire, désir de tout un quartier, rêve interdit de trois générations d'hommes au moins, s'est transformée en cette quinquagénaire, en cette demeurée.

Vous vous demandez sûrement comment et pourquoi.

7.

Au début des années quatre-vingt, on prétendait que des jeunes filles disparaissaient dans les cabines d'essayage d'une boutique de vêtements à la mode, via del Corso, à Rome. Une trappe s'ouvrait sous leurs pieds et *pouf*. Destinées à la traite des blanches, les malheureuses étaient vendues en Arabie ou en Turquie et l'on perdait toute trace d'elles. Selon une opinion diffuse – légende métropolitaine ou pas –, Mirella Gregori et la plus célèbre, Emanuela Orlandi[1], figuraient à leur nombre. Entrées dans le magasin pour essayer un jean, trappe.

Admettez-le, nombre d'entre vous ont désiré être la fille aux longs cheveux sombres et au bandeau sur les avis de recherche. Admettons-le, nombre d'entre nous ont alors commencé à porter, comme Emanuela, un bandeau

1. Les deux adolescentes disparurent à un mois d'intervalle à Rome en 1983. Ces affaires très médiatisées demeurent aujourd'hui encore irrésolues. On invoqua, parmi les possibles ravisseurs, des membres des services secrets italiens, du Vatican et d'une organisation criminelle agissant à Rome.

tantôt en éponge, tantôt en tissu sur le front. Hippies, disparues.

Et nombre d'entre nous – regardons-nous dans les yeux, filles des années quatre-vingt, avouons-le – se sont imaginées aux mains des kidnappeurs, d'abord violents, puis amoureux (follement amoureux de nous !), qui finissaient par nous relâcher, et nous, toujours nous – belles et laides, brunes et blondes, riches et pauvres, le désir était notre niveau social –, nous rentrions à la maison sous les applaudissements de la foule. Nous retournions auprès de pères qui nous avaient jusqu'alors ignorées, auprès de mères qui ne s'intéressaient qu'à elles (frivoles ou dépressives, en tout cas un concentré d'égotisme qui nous replaçait sur un pied d'égalité. De nouveau plus semblables que nous ne le croyions).

Nous rentrions.

Soudain nous devenions populaires, tout le monde voulait sortir avec nous, se disputer notre amitié, nous offrir une présence pour éviter que les souvenirs de notre détention ne resurgissent.

Vice-versa, dans un second temps – Emanuela ne revenait pas –, nous nous sommes imaginées en grand nombre dans la trappe, ligotées, emprisonnées. Vendues, tuées. Nous persuadant que, en fin de compte, notre foyer n'était pas si mal que ça et notre famille, le lieu le moins dangereux qui soit (certitude qui se désagrégerait, elle aussi).

Ceci est l'histoire de Livia, oui, mais au fond, plus universellement, c'est l'histoire des filles de cette génération.

Ceci est l'histoire d'Emanuela Orlandi qui demeurait dans nos pensées en dépit des années écoulées – six, sept, puis huit, neuf ans. La partie héroïque de nos personnes, celle qui affrontait les ravisseurs – dans un coin obscur de notre imagination, représentons-nous l'imagination comme une grotte. Dans le coin, Emanuela héroïque et, au fil du temps, de plus en plus fragile. Viens, disions-nous en secret à cette partie perdue. Ne pleure pas.

Après-midi devant la télé.

Sur l'écran, l'image d'Emanuela, c'est le cinquième anniversaire de sa disparition, la famille demande qu'on ne l'oublie pas, dit la voix du journaliste.

Assez ! s'exclame Livia à l'adresse d'une personne que nous ne sommes pas, une troisième fille invisible, Emanuela, un concept. La somme de nous toutes.

Elle soupire, réclame la télécommande. Y a rien de plus gai ?

Alors que nous brûlons d'avoir un petit ami, Livia est lasse. À l'âge de dix-sept ans elle a eu toutes sortes d'expériences sexuelles, à en juger par les confidences qu'elle nous livre les rares fois où elle est à la maison.

J'aimerais connaître des émotions différentes, dit-elle.

Genre ?

Un truc qui n'arrive qu'à moi.

Elle nous avouerait un soir qu'elle était allée dans cette fameuse boutique et qu'elle avait choisi des vêtements au hasard avant de se barricader dans la cabine d'essayage. Elle nous avoue qu'elle a fermé les yeux et attendu que la trappe s'ouvre sous ses pieds.

Au cours de ces années-là, le désir de devenir quelqu'un se répandait parmi les filles. Livia ne se contentait pas des frontières du lycée, même si celles-ci s'étendaient au quartier où tout le monde savait qu'une certaine blonde se faisait sodomiser. La rumeur était arrivée jusqu'à nous, qui jurions, scandalisées, qu'on ne nous y prendrait jamais, au grand jamais, tout en espérant, dans le tréfonds de nos âmes obscures, d'enfreindre le plus tôt possible notre serment.

Être reconnue dans la rue, voilà à quoi aspirait Livia.

On peut donc affirmer *a posteriori* – c'est *a posteriori* qu'il faut expliquer toute la jeunesse de Livia – que l'homme qui distribuait des tracts devant le lycée lui est apparu comme une occasion.

Il cherchait l'héroïne d'un film. Présentez-vous au casting, disait-il, entrez dans le monde du cinéma ! Toutes les filles, qu'elles fussent timides ou effrontées, acceptaient le tract. L'idée de votre visage sur un écran de cinéma et, à l'orchestre, les garçons qui ne vous ont pas aimées.

L'humiliation fut au rendez-vous, chute collective. La déception partagée quand le regard de l'homme fixa un point au-dessus de nos têtes et que ce point était Livia.

L'homme se dit sûrement c'est la bonne. Foudroyé, comme tous ceux qui la voyaient (mais c'était peut-être chez nous une exaspération nécessaire pour nous mortifier car, dans la jeunesse, il n'y a pas de place pour les compromis et nous devions représenter les rebuts).

Donc, l'homme nous dépasse toutes et va à la rencontre de Livia.

Il lui parle, s'anime, joint les mains en signe de prière. Agite un bras pour délimiter un cercle. Un cercle de lumière au centre duquel elle pourrait se trouver – imaginons ses propos –, en devenir la reine.

D'en bas, de notre point de vue, Livia ne semble pas intéressée : pour sûr, pensons-nous, elle ne tardera pas à tourner les talons, comme elle en a l'habitude avec les hommes de tous les âges.

La suite est inattendue. Ils s'éloignent ensemble, l'homme ne cesse de parler, lui faisant peut-être miroiter l'Amérique, Hollywood.

Livia se dit sans doute : il est laid et vieux. Oui, elle se le dit certainement, l'humiliation ne va pas tarder et nous savourerons bientôt ce spectacle.

Attention, filles des années quatre-vingt/quatre-vingt-dix, attention à cet instant précis : Livia, la meilleure d'entre nous, monte dans la voiture de l'inconnu. Renault bleu marine, témoignerai-je par la suite.

(À l'époque, on n'obéissait pas à la règle qui consistait à refuser qu'un inconnu nous conduise quelque part. On montait dans le véhicule de n'importe qui. Comme Emanuela, qu'on avait vue monter pour la dernière fois à bord d'une BMW verte.)

Inutile, les jours suivants, d'interroger Livia à propos du film, du bout d'essai, du type, sympa ?

Elle continue d'aller et venir comme avant. Elle n'a pas d'heures, elle claque les portes. Elle dit : va te faire foutre. Trop facile, proteste sa sœur. Aie au moins un peu de respect pour ton entourage, par exemple pour Simona, argumente Federica en mentionnant la dispute entre les deux filles à cause de Livia qui a embrassé le copain de leur cousine lors d'une soirée, se justifiant ensuite de la sorte : c'est lui qui s'est jeté sur moi. Version répétée face aux larmes de Simona qui, non, ne l'ont pas apitoyée.

Compte tenu du je-m'en-foutisme de Livia, que nous avons expérimenté sur notre peau, de son égoïsme et de son indifférence absolue envers son prochain, nous refuserons de croire à l'envoûtement mentionné de nombreuses fois par la suite. À savoir que l'homme, l'inconnu, l'aurait envoûtée.

Parmi les hypothèses : il voulait l'exploiter. La mettre sur la route de la prostitution/de la mendicité.

Il l'a droguée.

Traite des blanches, trafic d'organes.

Pas pour nous qui connaissons le sujet et qui savons donc qu'elle ne se plierait jamais à la volonté de qui que ce soit, qu'elle accepterait encore moins d'être utilisée, alors que le monde entier cède à ses désirs, à commencer par Massimo avec qui elle sort depuis trois mois et qui est écarté juste après l'apparition de l'homme devant le lycée. À cause de cet homme, en déduira-t-on ensuite, cet homme désigné comme le responsable des malheurs de Livia – première explication de sa mère. Si cet individu n'avait pas fait irruption dans l'existence de Livia, elle serait restée avec Massimo, il ne serait rien arrivé, nous serions à présent tous en sécurité, répéterait sa mère (version provisoire, retournée au détriment d'un autre coupable, nous le verrons).

Pour être honnête, Livia n'a eu jusqu'ici que de brèves liaisons et Massimo obéit à la règle, elle prétend elle-même qu'elle n'est pas amoureuse à cent pour cent (*sic*), certains jours oui, d'autres pas.

Et Massimo, qui est dans la vie réelle un garçon athlétique de dix-huit ans, de bonne famille, entouré d'amis, populaire entre les murs du lycée et pas seulement, eh bien, Massimo en est réduit, dans le champ magnétique de Livia, à l'état d'un mâle palpitant, prêt à demander pardon alors qu'il n'a pas commis d'erreur, prêt à rappeler quatre, cinq fois, jusqu'à ce qu'elle réponde. Qu'est-ce que tu veux ? demande-t-elle, agacée, au téléphone.

S'il nous fallait distinguer un tournant dans la vie de Livia, ce serait sans aucun doute le bout d'essai (mais : a-t-il vraiment eu lieu ?) auquel nous imputons chez elle des changements esthétiques tels que l'amaigrissement – au point que sa mère l'emmène chez le médecin –, l'amaigrissement et l'apparition de touffes sous les aisselles qui, à l'arrivée de la chaleur, dépassent de ses tee-shirts sans manches, allusion à une tout autre touffe. Qu'est-ce que cela ferait de se perdre dans l'autre ? Nous imaginons des hordes de mâles se posant la question. (À l'époque, tout était un appât sexuel : les bretelles des soutiens-gorge, les bords des culottes. Jeunes prostituées non par choix, mais par naissance, à nos yeux de puritaines – encore ce « marquées au fer rouge ».)

Trop peu, pourrait-on objecter à propos des changements en question, trop peu pour parler de rébellion. Livia se dresse-t-elle contre sa famille ? En attendant, elle évite Massimo. Elle nous confie qu'elle compte le quitter. Il est stupide, explique-t-elle. Il n'a pas de dignité.

Nous autres croyons que c'est à cause du bout d'essai – qu'elle continue de passer sous silence et qui a dû alimenter ses rêves de grandeur. Elle plisse les paupières : tout le monde se souviendra de moi.

Mais s'ancrer dans la mémoire d'autrui constituait un désir banal. Notre génération ne voulait pas qu'on l'oublie (pourquoi as-tu commencé à écrire, écrivaine ? Quelle trace souhaitais-tu laisser ? Quel message à vous qui venez ensuite ? Mais : es-tu capable de laisser un message ?).

Les appels téléphoniques de Massimo se multiplient, de plus en plus désespérés dans la mesure où Livia refuse de répondre. Bien qu'elle l'ait réduit à l'état d'adolescent fragile, il demeure en public un gagnant, tennis, basket-ball, habitué à contester la défaite, telle que l'imminent éloignement de Livia.

D'accord, elle l'a quitté, qu'elle ait au moins le courage de le lui dire en face ! exige-t-il, et, comme cet argument ne prend pas, il en vient aux aspects financiers : rends-moi mes cadeaux.

C'est nous qui, par un après-midi de printemps, nos sacs à dos remplis d'objets, dont un ours en peluche que j'ai d'abord contemplé puis pressé contre ma poitrine, parce que les amoureux offrent des peluches et que moi je n'en ai jamais reçu…

C'est nous, donc, qui rejoignons le mâle blessé pour lui rendre ses cadeaux. C'est nous qui nous matérialisons devant ce garçon qui rêve d'une dernière apparition de sa bien-aimée, en vain.

Et maintenant arrêtons le cours du temps, dilatons l'instant afin qu'il adopte toutes les formes possibles.

Dans notre existence mineure, nous n'aurions jamais imaginé nous retrouver dans un bar en compagnie d'un exemplaire masculin du genre de Massimo. Notre espoir : qu'on nous voie, que le bouche-à-oreille fasse monter notre cote, nous propulse des marges jusqu'au centre ou presque. Pas le centre, soyons réalistes.

Cheveux lisses – grâce au fer mutuellement passé –, yeux ourlés de noir pour Federica, lentilles de contact bleues pour moi – informes du cou jusqu'en bas. Du cou jusqu'en bas, pulls, cardigans.

Nous heurtons les chaises, vacillons vers la table. Nous fermons les yeux, imaginons que l'adolescence est un petit théâtre de têtes coupées. Ah, si c'était un petit théâtre de têtes coupées…

Dans les rêveries suivantes, la réélaboration compulsive de ce moment en tant que terme ultime de l'émargination et début d'une insertion sociale, eh bien, dans ces rêveries j'élimine Federica, j'entre seule dans le bar. Cheveux lisses, bouclés, talons, minijupe, fuseaux, maigre, anorexique, yeux bleus. Massimo qui déclare : tes yeux m'éblouissent.

C'est exactement à ce moment-là – réel, réélaboré, déformé, en tout cas les yeux bleus, car ma vraie identité, ce sont ces faux yeux bleus, y compris lorsque je ne mets pas de lentilles, y compris avec mes yeux marron, la vraie moi a le regard céruléen –, c'est à ce moment-là que se produit la transformation. Soudain la petite provinciale se change en citadine, en aristocrate (si je quittais le bar et me précipitais au Club, on me laisserait entrer, c'est ton moment, ton moment avant minuit, Cendrillon de province).

L'attention des gens sur moi/nous. Tu la sens, Federica ? Retournons à la réalité, redevenons deux. Tu sens l'électricité de cet instant extraordinaire qui pourrait durer éternellement et nous immuniser ?

Quelque part dans le monde, des papillons agitent leurs ailes, des fleurs éclosent.

Un faon tombe, blessé.

Quelque part dans le monde, minuit sonne, et Massimo annonce : Livia est enceinte.

Lumière aveuglante sur elle, obscurité sur nous.

Vous avez compris pourquoi elle refuse de me voir ?

C'est à cause de sa grossesse qu'elle l'a quitté, comme s'il était coupable, se plaint-il, alors que c'est cinquante-cinquante, dit-il ; qui voulait le faire sans préservatif, hein ?

8.

Les événements se précipitent, ne nous demandez pas comment nous autres, créatures ignares, inconscientes, totalement vierges, ne le comprenons pas. Hypothèse n° 1 : par vengeance, Massimo parle au père de Livia, lui révélant que sa fille est enceinte. Hypothèse n° 2 : l'autorisation d'un des deux parents est obligatoire pour avorter, ce qui oblige Livia à se confier à son père, lequel avertit la mère (dans leur famille, les rapports de force sont inversés). Hypothèse n° 3 : Imelda écoute une conversation téléphonique entre Livia et Simona, durant laquelle les deux filles évoquent l'avortement, et court en informer les parents (l'époque où les Philippins ne comprenaient pas l'italien est révolue).

Quoi qu'il en soit, Livia part. Nous sommes en mai, elle quitte le lycée en avance, sans que cela modifie son résultat final, puisqu'elle est reçue (si c'était arrivé à la provinciale que je suis, les choses auraient été bien différentes, mais passons).

Durant l'été, Federica me rejoint au bord de la mer, nous nous égarons dans nos rêveries pour remplir le vide d'informations concernant Livia.

Elle a été admise dans un pensionnat, disent ses parents, il faut la remettre dans le droit chemin. Pas une seule allusion à sa grossesse, si bien que nous commençons à en douter : et si c'était une invention de Massimo ? Nous oscillons entre le vrai et le faux.

En discutons, allongées au soleil.

D'après toi, ça fait mal ?

Genre appendicite.

C'est-à-dire.

Chatouillement.

En attendant, nous mûrissons le projet de devenir blondes, encore plus blondes. Federica prétend que verser de la bière sur les cheveux les éclaircit. Nous achetons des cannettes de bière que nous cachons sous nos lits.

Juillet, août, arrive septembre en même temps que Livia, laquelle regagne le domicile familial sans un bonjour, sans un mot. Porte qui claque.

Sa mère secoue la tête : pire qu'avant. Nous laissant entendre que les mois de pensionnat n'ont servi à rien – le pensionnat demeure la version officielle.

Et elle a raison : nous constatons nous-mêmes que Livia n'a pas changé, si l'on excepte ses aisselles épilées.

Néanmoins, nous percevons de la souffrance au-delà de ses silences, de sa façon de s'isoler, son walkman à plein volume sur les oreilles. Qu'est-ce qui te manque, Livia ? aimerions-nous lui demander, ce dont nous nous abstenons. Qu'est-ce que tu regrettes, cherches, te remémores, revendiques ? Le film, le bébé ? Y a-t-il eu un bébé ? Et dans ce cas : fille ou garçon ? Qui était l'enfant auquel tu as renoncé ?

Malgré la rage que la fille aux cheveux blonds suscite en moi – je parle ici en mon nom, car être sa sœur signifie sans doute davantage, plus de tendresse, plus de violence –, je voudrais la secouer. Hé, en l'arrachant à son lit de bronzage, regarde autour de toi ! D'accord, tu as peut-être raté un film, perdu un bébé, mais as-tu une idée du nombre de films et de bébés qui t'attendent ? As-tu la moindre idée des expériences qui t'attendent ? Et puis, avec irritation : peux-tu vaguement imaginer combien de fois j'ai désiré être toi ? Avoir tes cheveux, tes jambes ?

Qu'aurais-je fait si j'avais été elle le temps d'une journée ? donnez-moi juste une journée, une journée me suffit. Comment te serais-tu conduite, fille de Maremme ?

Avant même de pouvoir donner une réponse, tu n'auras plus envie d'être elle.

Les nuages s'amoncellent comme des blocs de béton, le vent soulève les papiers sales, les sacs en plastique. Le soleil se refroidit. Le ciel veiné d'éclairs s'abat sous forme de pans d'eau drue. Dans l'obscurité transparente des soirées de printemps. L'été s'évapore. Des tas de feuilles tourbillonnantes. Des arbustes entraînés par le vent. Les journées s'allongent. L'été revient. Le soleil tape à pic sur nos têtes blondes.

Plus personne ne désire être Livia.

Même destin qu'Emanuela : l'instant d'avant, nous étions des milliers à rêver d'être à sa place ; l'instant d'après, plus une seule.

C'est l'histoire de Livia, d'Emanuela, de toutes les filles tombées dans la trappe. Comme il était facile de disparaître autrefois…

La veille de la disparition de Livia, nous avions connu une période de paix, presque de sérénité. Vous voulez les essayer ? demande-t-elle sur le seuil de sa chambre. Elle parle de ses jeans. Federica se précipite et tente d'en enfiler un, mais elle a beau tirer dessus, il s'arrête à ses chevilles. Je suis grosse, se plaint-elle en étirant, en forçant. Puis elle regarde l'étiquette : 8/9 ans, est-il écrit, et elle ne comprend pas. Sa sœur se hâte de reprendre son bien. Vous êtes belles comme ça. Et aussi : si j'étais un garçon, je tomberais amoureux de vous.

(Il vaut la peine de signaler qu'à l'époque les adolescentes anorexiques achetaient leurs vêtements chez Benetton 0-12. C'était une espèce d'objectif.)

Par la suite, en me rappelant que Livia clignait rapidement les paupières et retenait son souffle, je pourrai affirmer qu'elle avait peur.

Comme nous, durant cette période, elle ne sortait pas. Ses parents le lui avaient interdit ; nous, personne ne nous l'interdisait. Pleurait-elle dans sa chambre ? Tenait-elle un journal intime ?

Dans les nôtres s'étalaient les mêmes inscriptions que l'année précédente et que deux ans plus tôt : CONNASSE, en lilas. BOUDIN, en rose.

Qui sommes-nous, nous qui ne sommes tombées dans aucune trappe ?

Ferme les yeux et retourne en arrière, dix-huit ans, dix-sept ans. Tu as seize ans, écrivaine.

9.

Je ne me reconnaissais pas parmi les membres de ma famille. Mère, grand-mère, frère.

Je ne me reconnaissais pas dans la modestie, dans le premier étage de l'immeuble de la via dei Monti Parioli. Dans l'absence de luxe – fût-il simulé, simulez-le !

Donnez-moi un manteau de fourrure, un cygne, n'importe quel signe de distinction. Un cocktail Molotov pour faire un massacre. S'il m'est impossible d'être la première, j'ai toutefois l'opportunité d'éliminer un individu qui me condamne à l'infériorité, un au hasard. Tuerie au lycée dans laquelle meurt une seule personne, Lavinia (puisqu'il faut choisir – mes fantasmes de dévastation trahissent encore de la timidité, je suis encore incapable de m'imaginer près d'un monceau de cadavres –, c'est elle que je choisis).

Comme je refuse de m'identifier aux membres de ma famille, je passe plus de temps chez Federica que chez moi. J'y couche, conversations dans le noir : c'est vrai que les dents jaunissent quand on taille une pipe ? Projet : apprendre à vomir en fourrant un doigt dans sa gorge.

En me retournant sur le lit de camp : tu sais ce que je voudrais maintenant ? Un animal rien qu'à moi, un bébé de quelque chose.

Hiver, printemps. Les nuages masquent la lune. Le soleil brille, opaque. Le ciel s'estompe, blanchâtre. Il s'intensifie, noir. Dans l'obscurité transparente. L'été s'évapore.

Les nuits qui constituent mon adolescence se succèdent dans la chambre de Federica. Nous nous endormons sans nous dire bonne nuit, comme si nous plongions dans le sommeil main dans la main. C'est l'âge où les cauchemars sont les plus nets et où ils se répètent sous l'apparence de scènes primaires jaillissant de l'inconscient. Comme vous le diront les psychologues et les psychothérapeutes – nous sommes une génération d'ex-jeunes psychanalysés –, il arrive que des épisodes de l'enfance, fussent-ils insignifiants, restent gravés dans la mémoire et se représentent sous forme de symboles, ou carrément se répètent, inchangés, vous amenant à douter qu'ils aient réellement eu lieu.

L'un de mes rêves récurrents concerne la figure paternelle. Lui au-dessus de moi, m'immobilisant par les poignets ; moi qui veux crier sans y parvenir. La conviction qu'il m'a fait quelque chose est trop réelle et trop détaillée pour être uniquement imaginaire. La mémoire efface les souvenirs douloureux par instinct de survie et ceux-ci resurgissent de manière inattendue dans le sommeil. Par conséquent, oui, mon père a profité de mon corps d'enfant, d'adolescente – pédophile, obsédé. L'histoire familiale se répète, lui comme mon arrière-grand-père, moi comme ma grand-mère. Mon père a abusé de moi. Cela s'est sûrement produit, disons que cela s'est produit. *I love you, daddy* (dans le cas contraire, ne me jugez pas, lecteurs. Freud lui-même accuse son père de séduction incestueuse avant de se raviser en déclarant qu'il estime cette théorie erronée, préférant plutôt le contraire : une tension sexuelle de sa part vers son géniteur).

Tout cela pour dire que réalité et rêve se confondent à cette époque et que les lignes suivantes sont réelles jusqu'à un certain point. Ou mieux, qu'il s'agit de pièces manquantes compensées par des ajouts imaginaires, et de rêveries qui deviennent réelles à force d'être répétées, d'illusions d'optique, d'inventions à proprement parler. Je ne suis pas quelqu'un de fiable.

Mais allons à cette nuit. Sans lune, pleine lune. Le vent incline les frondaisons des arbres, pas un souffle de vent, sur la route un arbuste aux allures de squelette.

Chacun de nous tentera ensuite, à des distances et des intensités différentes, de reconstruire l'événement, y trouvant sa propre place, comme s'il était indispensable d'y avoir participé.

En considérant la compétition suivante pour tenir un rôle, la chance est pour une fois de mon côté.

Cette nuit-là, je me trouve dans cet appartement et, contrairement à Federica, j'ai le sommeil léger. Je pourrais donc être l'unique témoin. Imaginons une famille dont tous les membres dorment – dorment littéralement – et moi qui veille.

Je me tourne, me retourne, je vois des choses, des silhouettes qui s'animent – un état, comme je le découvre une fois adulte, lié à l'activité onirique de l'adolescence, au cortex, etc. (nous en concluons qu'il est très pénible d'être adolescent). J'aimerais réveiller Federica – bavardons un moment –, la supplier.

Or je me lève.

Je ne me souviens pas d'être allée dans la cuisine, mais c'est une possibilité. J'ai peut-être ouvert le frigo et y ai pris une pomme avant d'errer dans la maison vide.

J'ai peut-être contemplé les lumières de la ville, blottie sur le canapé du salon, ou je me suis plutôt immobilisée à quelques mètres de la baie vitrée, derrière laquelle se détachait une silhouette. De quoi as-tu eu peur, vierge provinciale ? D'un tigre, d'un lion – l'éventualité que des animaux féroces s'introduisent dans cette maison était bien réelle. Je me rappelle un barrissement.

Retourne en arrière, écrivaine, retourne à la nuit de ténèbres de ta jeunesse, est-ce là qu'est enfermé le secret de tout le reste ? Qui tu es, ce qui te terrifie. Compte les fois où une poupée blonde apparaît dans tes livres. Une silhouette évanescente, toi-même, resurgissant pour dire : c'est ta faute.

C'est toi, la fille derrière la vitre, toi, une autre, vous ensemble, un été a suffi pour vous rendre toutes blondes, selon des nuances qui vont de Livia à toi en passant par Simona et Federica. Vierges suicidées – pour certaines, vierges est inexact, pour d'autres, suicidées.

C'est vous, ni vierges ni suicidées, dans une chemise de nuit rose qui ondoie autour de votre corps. Vent léger, citronnier.

Tu pourrais tendre une main à ces filles-là.

10.

Où est-elle ? interroge une voix alors que la lumière s'allume. Où l'avez-vous cachée ?

En robe de chambre la mère secoue la fille qui a du mal à se réveiller. Dis-moi où elle est !

Qui ? marmonne Federica.

En pyjama, les cheveux électriques, nous nous levons, tandis que la mère continue de s'enquérir de sa fille.

Elle rabat les couvertures de Federica comme si quelqu'un pouvait se cacher dessous, quelqu'un de la taille de Livia. Elle se penche pour regarder sous le lit. Puis l'armoire, elle fonce sur l'armoire, l'ouvre, se met à fouiller parmi les vêtements pendus : comme si c'était possible.

Federica lui demande si elle a jeté un coup d'œil à la salle de bains rouge. J'ai cherché partout, répond-elle. Alors, attrapant sa fille cadette par un bras, elle bondit hors de la chambre et entre dans celle de Livia, où la lampe rose à côté du lit en désordre diffuse une faible lumière. Elle le fait exprès, dit la mère, elle m'en veut.

Federica recule comme si c'était sa faute, et effectivement la mère se fâche contre elle, elle se retourne et, comme si elle la voyait sous un nouveau jour, lance : qu'est-ce que tu lui as fait ? La suppliant : dis-moi où tu l'as mise !

Ces événements se produisent entre 7 h 10 et 7 h 40, le 23 octobre 1988 au matin. J'ai essayé d'être fidèle aux faits, ou du moins à mes souvenirs, puisque de nombreuses années se sont écoulées depuis et que je n'ai jamais abordé avec Federica cet épisode demeuré tabou. C'est pourquoi, dans les limites d'une reconstitution à distance, je me suis efforcée de rapporter ce qu'il s'était passé avant qu'on ne retrouve le corps. Parce qu'il y avait un corps, un corps qui gisait dans la végétation d'un jardin luxuriant pendant que la famille s'agitait.

Or à ce moment-là tout le monde l'ignorait.

Ou plutôt d'autres hypothèses, telles que la fugue ou l'enlèvement, traversent l'esprit de la mère. Son aînée a été kidnappée, traite des blanches, une fille de ce genre… blonde aux yeux bleus.

Il faut appeler la police, déclare-t-elle au milieu du salon, c'est une question d'heures, tu sais ce qu'on fait avec les filles ? On les emmène à l'étranger. Cachées dans les coffres pour franchir la frontière.

Anéanti, le père dit : oui. Aussi anéanti que la mère est agitée ; elle n'arrive pas à tenir en place : elle doit parler aux amis de Livia, l'un d'eux sait peut-être, l'un d'eux sait forcément.

Elle disparaît dans le couloir pour revenir, l'agenda de sa fille entre les mains, chercher un nom, décrocher le combiné, composer le numéro et entendre dire à l'autre bout du fil que Massimo est en classe – c'est un jour de classe, oui, notion du temps perdue. Demander alors si, par hasard, Livia n'est pas là, si elle n'a pas couché là, implorer – sans laisser à son interlocuteur le temps de répondre – implorer : tout s'arrangera, pourvu qu'elle rentre.

De tous les membres de la famille, la mère est certainement la plus angoissée. Le père, la tête entre les mains, est incapable d'effectuer le moindre mouvement. Federica, dans un coin, rêve de disparaître – elle aussi, juste elle, au fur et à mesure que les heures s'écoulent sans qu'on ait de nouvelles de sa sœur et que ses sentiments de culpabilité grandissent, s'accroissent terriblement, pourquoi pas elle à sa place ?

Imaginons un homme encagoulé qui s'introduit de nuit dans la maison (bien qu'on ne relève pas de signes d'effraction), imaginons cet homme décidé à enlever une des filles et portant son choix sur la plus âgée pour la simple raison qu'elle est seule dans sa chambre. C'est moi, ma présence qui sauve Federica. D'instinct, nous nous prenons la main. Elle serre la mienne, elle s'y agrippe pour éviter de tomber, où ? Sous terre, trappe.

Peu à peu la thèse de l'enlèvement prend forme. La mère, réfléchissant tout haut, nous n'avons pas été prudents, dit-elle, nous aurions dû acheter une voiture modeste. Et aussi : elle qui va tous les jours chez le coiffeur, sans compter les fourrures. Cette époque n'est pas faite pour les fourrures, pour les bijoux, énumère-t-elle.

Pendant que défile la liste des privilèges, je me dis que personne ne me kidnappera, et c'est un regret. Donnez-moi un diadème, un cygne.

De nouveau la mère disparaît dans le couloir pour réapparaître tout habillée, vêtue d'un manteau de fourrure (oui, la fourrure). Elle ira au lycée parler aux élèves, annonce-t-elle. En sortant, elle prie son mari de rester là.

Pourquoi ?

Les ravisseurs pourraient téléphoner.

De fait, on téléphone. Arrivent des appels auxquels le père répond fougueusement.

(La coiffeuse qui rappelle son rendez-vous à madame, il est probable qu'elle l'ait oublié. Et puis – l'appel suivant, dans cette maison, le téléphone sonne fréquemment – le gardien de la villa du bord de mer informant qu'il a trouvé une vitre brisée, celle de la mansarde, sans doute par une mouette, et le père interprète cela absurdement, désespérément, comme un indice : sa fille pourrait-elle s'être cachée dans la villa, après s'y être introduite par la fenêtre, troisième étage – elle le pourrait ? Non, elle ne le pourrait pas, aucun être humain ne le pourrait. Et pourtant lui, le père, outrepassant toute raison, oblige le gardien à inspecter chaque pièce, chaque recoin, à la recherche de quoi ? Refusant de livrer trop d'informations, de révéler que Livia est introuvable, à la recherche de quoi, Monsieur ? Vérifier s'il manque des objets de valeur.)

Pendant ce temps, la mère surgit dans le lycée, fait sortir les élèves des classes (cela en dit long sur les établissements scolaires de ces années-là, la facilité avec laquelle on entrait, sortait, apparaissait et disparaissait).

Elle se concentre d'abord sur Massimo. Et, comme un peu plus tôt avec Federica, elle l'accuse. Elle demande où il a caché Livia, ils se croient très malins, eux, ils se prennent pour des adultes. Qu'il dise immédiatement où il l'a mise.

Depuis la disparition, sa fille a adopté des formes différentes : tantôt poupée susceptible d'être déplacée, tantôt petit objet à dissimuler dans un tiroir, sous l'oreiller.

Qu'est-ce que vous avez fabriqué ? poursuit la mère dans le couloir, devant les élèves et les professeurs. Massimo jure qu'il n'a pas parlé à Livia depuis des semaines : elle ne lui adresse plus la parole, tout le monde peut en témoigner, Federica, la première, peut dire combien de fois il a appelé Livia sans succès. Cela fait des mois qu'il ne sait plus rien à son sujet, où elle va, qui elle fréquente, même s'il est en mesure d'affirmer avec certitude qu'elle sort avec des gens plus âgés, pas des lycéens. Quelqu'un l'a vue entrer dans un hôtel du centre-ville, mais sans être sûr à cent pour cent qu'il s'agissait bien d'elle. Elle ou une personne qui lui ressemblait beaucoup.

Et, dans un crescendo de fureur : ils me le paieront ! Je vais les tuer, je jure que je vais les tuer ! amenant la mère à croire qu'il connaît les coupables.

Dis-moi leurs noms ! supplie-t-elle.

Mais Massimo est trop occupé à lancer des menaces dans le vide, à jurer qu'il va retrouver Livia, qu'il va la chercher maintenant, tandis que ses amis essaient de le retenir. Il se débat, laissez-moi ! Il s'engouffre dans l'escalier en manches de chemise, disparaît.

De l'autre côté du quartier, nous. Désorientées, troublées, vierges, menteuses, l'une des deux plus menteuse que l'autre. Nous regagnons la chambre de Livia, où la lampe est restée allumée, le lit défait, si ce n'est que la lumière vient maintenant de la fenêtre, jour.

Nous fouillons dans ses affaires à la recherche d'indices. Peluches – vous vous souvenez ? Les soupirants offrent des peluches. Vêtements, culottes. Soutiens-gorge de nombreuses couleurs, un rouge. Imaginons la nuit précédente. Imaginons la blonde, gestes lents (*9 semaines ½* est-il déjà sorti ?), imaginons-la les cheveux détachés, regardant fixement l'homme sur le lit. Joyeux Noël.

Ce sublime fantôme se promène dans la pièce, dans le quartier. Si on ne la retrouve pas, me dis-je, on se la rappellera ainsi. Nue, y compris pour ceux qui ne l'ont jamais vue nue, moi je l'ai vue. Nue, à force de l'avoir imaginée.

Bien plus tard, enfin en sécurité, bien plus tard, à la maison, j'enlève mon tee-shirt, je dégrafe mon soutien-gorge, un truc élastique de pharmacie, évitant de lever les yeux vers le miroir, cela fait des années que je ne me regarde pas. Je prends l'autre soutien-gorge – si on me fouille, je dirai : je voulais un souvenir, un petit souvenir de Livia. Je l'enfile, peine sur l'agrafe. Me voici. À droite, le bonnet est à moitié vide ; à gauche, il déborde. D'un côté, du coton pour remplir ; de l'autre, une main pour aplatir. Voici la personne que je devrais être – je lève les yeux –, la fille à la poitrine symétrique, au soutien-gorge rouge. En toute bonne foi. Opérez-moi.

Mais rembobinons la cassette – vous découvrirez par la suite qu'il existe vraiment un enregistrement –, rembobinons la cassette jusqu'au matin de la disparition.

Le salon bondé, père, mère, amis intimes, membres de la famille.

Imaginons, en revanche, la petite foule qui occuperait mon appartement. Représentation de ma famille pour le cas où je disparaîtrais, un groupe de parents du côté maternel défile dans ma tête. Oncle assureur, mère professeur d'italien dans un établissement technique. Dans le salon, au premier étage du 49/a, via dei Monti Parioli, canapés beiges – vue sur l'immeuble d'en face.

Retour à la réalité, à l'appartement aux grandes baies vitrées – toits, ciel.

La mère demande qu'on cherche une photo de Livia, elle la montrera aux passants dans la rue. Elle murmure en titubant, aussitôt soutenue par la tante. C'est à cet instant, à cet instant précis, qu'elle remarque la tache sur la moquette.

Qu'est-ce que c'est ? Elle se penche, touche.

S'il y avait un chat, un chien. Si l'on pouvait donner un sens à cet épisode, déceler un possible indice – le ravisseur par mépris ? Livia elle-même ?

Et soudain : un gorille ? dit la mère. Et si un gorille l'avait enlevée, insiste-t-elle alors que l'assemblée se tait, gênée.

Il n'y a pas de réponse, les événements pressent, et bientôt plus personne ne songera à la tache, qui donc s'est introduit (elle n'y était pas hier, assure Imelda), qui donc s'est introduit dans la maison en pleine nuit pour pisser sur la moquette ?

Et moi, étrangère, la main refermée sur le soutien-gorge rouge dans ma poche. Il faut que je parte, dis-je à Federica dans un chuchotement.

Reste, rétorque-t-elle en m'attrapant par le bras.

Je sais ce que signifie cet étau, tout ce qu'il signifie.

Solitude, avenir inconnu qui menace, cette superposition, fusion, addition pour former un unique individu fort, moins apeuré, légèrement moins, moins que qui ? Que moi, que toi. Que les filles de la trappe, que Livia ou ce qu'il en reste parmi les buissons du jardin au rez-de-chaussée du petit immeuble rose, dans ce quartier résidentiel.

À travers les baies vitrées, illusion de printemps. Le bleu du ciel, le jaune des citrons. L'orange de ce qui a l'air d'être un papillon, mais qui est – aiguisons mieux le regard, aiguisons le regard – une tache d'insecticide.

La mère se plaint, elle imagine le pire, cette enfant, dit-elle, comme s'il n'en existait pas d'autres. Or, puisqu'il en existe d'autres, comme si celle-là était le meilleur fruit. Il suffirait d'ouvrir les armoires respectives de Livia et de Federica pour constater les différences, pour voir concrètement qui, des deux, est la préférée.

Dans ma poche, le soutien-gorge palpite.

Notre cœur rouge à toutes.

Se ressaisissant, le père annonce qu'il compte se rendre au commissariat, il lui est impossible d'attendre la fin des vingt-quatre heures. Expliquer que c'est un cas particulier, une fille exceptionnelle, qu'il faut partir tout de suite à sa recherche.

La mère fond en larmes, sa longue retenue a été admirable, elle pleure et déclare que cette enfant l'a toujours désespérée, qu'elle lui joue encore une fois un sale tour, qu'est-ce que vous croyez (alternative à la théorie de l'enlèvement) ? Livia vit en compétition avec elle, peut-être parce qu'elles se ressemblent – le parcours d'identification débute –, qu'elles se ressemblent énormément aussi bien pour ce qui est du caractère que du physique, Livia lui a volé mille fois ses vêtements, elles ont la même taille – ajoute la mère en pleurs, et c'est sur elle-même qu'elle pleure, il existe un moment, dans la perte d'un être aimé, où l'on pleure sur soi. À cause des nous perdus avec elle. La mère pleure quand on sonne à la porte, et elle bondit sur ses pieds, persuadée que Livia est de retour.

Quelques secondes, le temps de découvrir que ce n'est pas Livia, mais le général du rez-de-chaussée – celui que nous qualifions de vieux.

Dès lors tout se déroule confusément.

Nous descendons l'escalier derrière la mère, le père, les oncles et tantes – vague souvenir de foule.

Une voix rassure : l'ambulance arrive. Elle est morte, s'exclame la mère, dites-moi la vérité.

Nous descendons, nous trébuchons au point de perdre l'équilibre, ou presque, nous ne le perdons pas, main sur la rampe jusqu'en bas. Sirène au loin. Dans le hall, individus nébuleux, corps obstruant le passage, nous repoussant, la sirène de l'ambulance se rapproche, alors que Federica se débat dans les bras d'une silhouette, hurle : lâchez-moi ! Et aussi : c'est ma sœur.

Ils auraient pu kidnapper la cadette. Imaginons Federica au milieu des buissons, imaginons une fille moins exceptionnelle que Livia, hauteur normale, poids supérieur à la moyenne. Imaginons un corps quelconque dans la végétation d'un jardin bourgeois.

Cela n'aurait-il pas été une moindre perte ?

Et pourtant, maintenant, c'est ce corps quelconque qui, doté d'une force inattendue, réussit à se faufiler parmi les gens, à se frayer un chemin à coups de poing et de pied – moi derrière, du moins me semble-t-il, désormais nous sommes une unique fille forte.

Dans le hall de l'immeuble, Federica se faufile, s'introduit dans le jardin, court, mais son père la bloque, l'empêchant d'aller plus loin.

Et elle, s'agrippant à ses épaules, sur la pointe des pieds, en nage, essoufflée, elle regarde. Là-bas, parmi les buissons, la mère affaissée sur quelque chose, la mère jetée comme un poids mort sur un chat, un chien, quelque chose. Parvenant à écarter son père, Federica rejoint sa mère et regarde ce sur quoi elle est penchée. Sa sœur, en chemise de nuit.

Chemise de nuit rose.

11.

Selon la reconstitution : entre trois et quatre heures du matin. Le 23 octobre. Température de 12 °C.

Profitant de l'échafaudage qui sert à la rénovation de la façade de l'immeuble, Livia fugue. Toujours selon la reconstitution, elle trébuche (perte d'équilibre/malaise/vertige) et tombe. Elle est sauvée par le store tendu au-dessus du patio du rez-de-chaussée : sans lui, elle serait morte (l'homme que nous appelons le vieux s'érige ainsi en sauveur).

Le vieux déclarera qu'il n'a rien entendu. Pas de bruit. Excepté, vers cinq/six heures du matin, une plainte, un gémissement qu'il a pris pour celui d'un animal. Un singe, a-t-il pensé.

Du choc de son corps contre la terre et mis à part les fractures – jambe droite, fémur, tibia, rupture des ligaments du genou droit, selon le compte rendu médical –, le plus grave reste la perte de connaissance.

Si elle avait été plus sérieusement blessée, entre sa chute et le moment où elle a été retrouvée, elle serait morte.

Par exemple, en cas d'hémorragie interne.

Béni soit le store, béni soit le vieux.

Toujours selon la reconstitution : il est probable qu'elle n'ait pas réussi à appeler au secours après avoir repris connaissance, à bout de forces. À moins que, posez-vous tous la question, elle n'ait pas voulu. Réfléchissez un instant : Livia décide-t-elle de se laisser mourir ?

Ce ne sera pas une question explicite, encore moins collective. Mais une question de conscience, un soupçon de conscience qui hantera chacun d'entre nous. Un tourment qui conduira les adultes à une mort précoce et nous transformera, nous, en vieillards.

Cela se produira par la suite, l'accident est trop récent.

Pour l'instant, frayons-nous un chemin parmi les glycines, posons nos pieds sur le terrain humide (soudain je m'aperçois que Federica n'a pas de chaussures), piétinons quelque chose de pointu, ne souffrons pas, nos sens sont plus loin, deux mètres avant notre corps, déjà au milieu de la végétation. Accroupissons-nous, allongeons-nous. Voyons ce qu'on ressent, ce que Livia a dû ressentir durant ce laps de temps, respirons, respirons, fermons les yeux. Recroquevillons-nous.

Passons au motif : selon l'hypothèse qui s'impose – une fois l'enlèvement écarté –, Livia aurait eu un rendez-vous et, compte tenu de l'interdiction de ses parents, aurait cru bon d'utiliser l'échafaudage pour s'y rendre, elle n'aurait pas osé franchir la porte d'entrée, même si tout le monde dormait, la seule pensée que sa mère/son père risquaient de se réveiller et de provoquer une dispute l'aurait retenue. Elle avait l'intention de sortir.

Pieds nus ? En chemise de nuit ? objecte-t-on.

À moins qu'elle ne fût droguée, songe la mère, désireuse de rejeter la faute sur un tiers, de déverser sa rage sur un individu réel. Et si on l'avait droguée ? Si on l'avait poussée ?

Un soupçon qui se transforme peu à peu en certitude.

Et si quelqu'un était monté par l'échafaudage ? Livia avait l'habitude d'inviter des garçons et de s'enfermer avec eux dans sa chambre. De faire l'amour à quelques mètres de ses parents, derrière une porte close. Un été au bord de la mer, comment l'oublier ? Une nuit d'été, comment l'oublier ? La mère avait trouvé devant le réfrigérateur ouvert un inconnu en slip qui s'était justifié, à sa vue, en ces termes : j'avais soif. Et Livia, il convient de le rappeler, réveillée, accusée, avait répondu : je ne le connais pas – afin de rester innocente aux yeux de papa et maman.

Car à la fin, derrière ses manières effrontées, Livia est une froussarde. Elle parle, elle parle, mais elle n'agirait pas.

Bref, fuguer ne lui ressemble pas, garantit la mère, elle n'aurait jamais osé prendre une telle initiative, elle est responsable (de lâche à responsable, voilà que commence la transfiguration de sa fille, la manipulation de son caractère et de son identité, comme on le fait avec les défunts pour idéaliser leur souvenir). Il est probable, argumente la mère, qu'elle ait donné rendez-vous à un garçon et qu'elle ait refusé de le suivre au moment où il le lui aurait demandé – toujours selon le caractère en cours de transfiguration de sa fille –, malgré son accord initial. Il est probable qu'elle ait dit au téléphone – la mère imagine une conversation téléphonique entre sa fille et le débauché : oui, fuyons, puis qu'elle se soit dérobée, une fois placée devant cette éventualité réelle. Revenons ainsi au caractère de Livia, plus précisément à celui que sa mère décrit : apparemment rebelle, en vérité obéissante. Fille respectueuse, craintive, très attachée à sa famille (sanctifiée, elle peut maintenant mourir). En tête-à-tête, l'irresponsable, quel qu'il soit, proteste ; Livia s'est ravisée, elle a compris dans un éclair de lucidité que c'était une folie ; or le fou, le drogué, certainement drogué, ne se résigne pas, il essaie de la convaincre, dispute, bagarre probable, bourrade.

Massimo dormant alors chez lui, comme le confirment les témoins, la mère accuse l'individu qui se trouvait devant le lycée. Elle exige qu'on le recherche, elle dit : cet homme voulait l'enlever, lui faire du mal. Livia aurait connu le même sort qu'Emanuela Orlandi.

Éléments communs avec l'affaire Orlandi :

— Le sujet a été approché à l'extérieur du lycée sur la promesse d'un emploi (les policiers demanderont si, selon les connaissances et les amis de Livia, la marque Avon a été récemment mentionnée).

— Le sujet est une adolescente.

12.

J'ai commencé à tromper mon mari la veille de notre mariage. Un adieu à ma jeunesse. Notre fille a alors cinq ans. Nous nous marions en vertu d'une exigence légale, non par foi dans le sacrement. Nous sommes heureux, désireux de vivre ensemble, le mariage n'est pas nécessaire pour fonder une famille, dis-je à mon compagnon. Mais comme sa famille prétend que je m'intéresse à sa fortune, me qualifiant d'arriviste, il décide de m'épouser afin de nous protéger, notre fille et moi. Pour le cas où il lui arriverait quelque chose, explique-t-il, pour le cas où nous nous retrouverions seules. Émue, je réplique : je t'interdis de dire ça, même sur le mode de la plaisanterie.

La veille de notre mariage, je le trompe. Rapport sexuel occasionnel avec un ami commun.

Après le mariage, les choses changent : fini, les rapports sexuels occasionnels, d'abandons sans amour. Après le mariage je me lance dans des liaisons de quatre ou cinq mois au cours desquelles je suis d'abord enthousiaste, avant de me refroidir progressivement.

Voici donc l'homme marié dont je tairai le métier, il vous suffit de savoir que c'est un homme occupé, qu'il voyage. Il disparaît souvent, s'abstient de répondre à mes messages – tendres, menaçants et, pour terminer, implorants. Nous nous voyons une fois par mois, voire moins. Il ne lit ni mes articles ni mes romans. Je suis amoureuse, lui aussi.

Un jour il me lance au lit : quitterais-tu ton mari pour moi ?

Non.

(Et je suis sincère, si mon mari ne m'avait pas quittée, s'il n'était pas tombé amoureux d'une autre, je serais restée avec lui. Il était la famille que je voulais.)

Persuadée depuis toujours que son père est la partie faible de notre couple, ma fille rejette sur moi la faute de notre séparation. Depuis trois ans, depuis que nous nous sommes séparés, son père s'efforce de lui expliquer qu'il est responsable de notre rupture, qu'il a rencontré une autre femme, que cela arrive. Avec un sourire qui sous-entend « on ne me la fait pas », notre fille réplique : laisse tomber, je la connais – et c'est de moi qu'elle parle.

Elle crie que je la dégoûte, que je ne pense qu'à l'argent, tout le monde le sait (un grand merci aux membres de la famille qui lui ont inculqué cette idée. À moins que ce ne soit une conviction personnelle, le monde entier comprend peut-être du premier coup).

S'ensuivent des années de disputes, pur mépris d'Anita à mon égard et amour inconditionné pour son père – qui savoure sa vie avec sa nouvelle compagne, femme équilibrée, sérénité –, des années au cours desquelles je l'implore : pardon. Elle rétorque : va te faire foutre, en quittant toute pièce où nous nous trouvons ensemble.

Puis, il y a un an, la décision de s'installer à Londres. Je n'ose pas m'y opposer, comme je le souhaiterais, j'aimerais lui dire, tandis que je la croise dans le couloir ou que nous nous heurtons dans la cuisine : reste.

Dans deux mois elle aura vingt ans.

À propos de la mémoire, de ce qu'elle conserve et de ce qu'elle refoule. À propos de son arbitraire : il n'est pas vrai que, par instinct de survie, nous oublions ce qui nous a blessés pour éviter d'en souffrir en nous le remémorant (voir ma grand-mère agrippée à un seul souvenir : papa). Voir mon cas : en nous représentant la mémoire comme une grotte obscure, là où nous avons caché Emanuela, quels actes mon papa à moi accomplit-il dans cette grotte ? De quel crime se souille-t-il ? Passons sur le fait que, dans la vie réelle, je ne l'appelle pas papa, passons sur le fait que je me superpose donc à ma grand-mère : que fabrique donc mon père dans cette grotte génétique ? Abus, violence. Quelqu'un, dans le noir, frappe, mais ça pourrait même être moi).

C'est pourquoi, lecteur, il n'est pas vrai que nous refoulons nos souvenirs douloureux. En opposition avec l'armée de psychanalystes qui a tenté de me guider (de me manipuler, dirai-je, à un moment donné de la vie, vers mes trente ans), j'affirme aujourd'hui que la mémoire obéit au hasard. Tout comme l'imagination.

Il y a toutefois un jour douloureux que je me remémore avec exactitude, du moins je crois.

Le jour du départ de ma fille. Le vent, les chaussures inconfortables.

Taxi :

Tu rencontreras des gens intéressants.

…

Des jeunes qui viennent de tous les coins du monde.

…

Tu as pris ton manteau ?

Non.

J'avais insisté.

J'ai ma doudoune.

Séance de questions-réponses, tandis que, tournée vers la vitre, elle m'offre la vision de son dos. Elle a les cheveux châtains comme moi, juste plus fins.

Dès sa naissance, j'ai été angoissée par l'idée qu'elle soit grosse. À l'âge de quatre ans, elle a deux kilos de trop – avis du pédiatre. Je regarde sa bedaine enfler, diminuer, juste le temps d'un soulagement, une semaine, dix jours, de nouveau grosse. Elle lève, elle lève, dans mon esprit la petite lève comme de la pâte. Je lui reproche de manger trop de pain. J'essaie de lui inculquer des règles : fruits, légumes. Arrête de lui préparer du popcorn, dis-je à la nounou.

Et aussi : tu veux devenir un boudin, comme moi ? (Énonçant clairement que je parle de façon qu'elle soit différente de sa mère, je veux qu'elle soit différente.)

Elle aura mes jambes, je pense, elle sera énorme.

Contempler ses longues jambes dépassant d'un short, ses baskets qui, malgré leur aspect massif, ne privent pas d'élan ses chevilles et ses mollets, mieux, en soulignent la finesse.

Scruter par-derrière la fille d'un mètre soixante-seize (la peur qu'elle soit aussi petite que moi). La regarder se diriger vers le contrôle de sécurité, rejoindre la file, placer ses objets personnels dans les bacs appropriés – tu as beaucoup voyagé, fille du monde –, franchir les portiques sans les faire sonner, contrairement à moi, qui les fais sonner à chaque voyage.

La voir s'éloigner ne me remplit pas d'inquiétude – on va la molester, la violer –, plutôt d'orgueil. Alter ego en mission, je superpose mes vingt ans aux siens : fais-les souffrir. Humilie-les.

J'ai mal évalué la taille, le poids, la résistance de ma fille. Persuadée qu'elle aurait des chagrins d'amour et autres, qu'elle serait l'objet de moqueries.

La voici enfant chez des amies, exclue par les filles de son âge qui lui interdisent d'entrer dans la chambre où elles se maquillent en groupe.

Comme elle a sept ans – non plus ces quatre ou cinq qui lui permettent de pleurer, laissez-moi entrer, elles ne me laissent pas entrer –, elle s'assied au bord du canapé, prête à bondir pour le cas où on la convoquerait. Elle lisse sa robe, ramasse un papier coloré sur le sol. Et moi, tout près. J'aimerais tellement entrer dans la chambre, sales connasses – crier.

Mais sept ans, c'est trop pour être défendue par sa maman. Je me borne donc à protéger du regard la fillette sur le canapé, elle que je refuse d'abandonner à la période de la prévarication qu'est la croissance. Il y aura d'autres portes fermées. École, piscine, hip-hop, plage, une journée d'août ordinaire où elle croisera les yeux d'un garçon.

Cette fillette qui adopte les contours d'une chose destinée à beaucoup souffrir me ressemble terriblement… Je me cherche en elle, je me trouve.

Bond dans le temps : projection inexacte.

Élancée, yeux en amande de sa famille paternelle. Têtue, autonome et en même temps pleine de tendresse pour les êtres sans défense – enfants, animaux, encore l'ADN paternel, en ce qui me concerne j'étais trop concentrée sur ma propre fragilité pour être émue par un enfant/animal.

Et donc respectueuse envers son père, disions-nous, en qui elle reconnaît un être juste ; agressive envers moi. Dans nos disputes, elle en vient à me dire : tu n'as rien construit dans ta vie.

Ceci est notre moment – tentatives de ma part dès ses quatorze ans –, allons dans les magasins, viens chez le coiffeur, coiffons-nous de la même façon ! Et, croyant pouvoir l'acheter en souvenir du temps passé – comme c'était facile, tu te souviens des poupées ? –, je proposais la même dynamique : j'ai envie de t'offrir quelque chose de précieux, par exemple un pendentif.

En vain : impossible d'entrer en contact avec cet être d'abord adolescent, puis adulte.

De façon répétée, elle demande : où étais-tu quand, et quand, et encore quand – énumérant les circonstances où j'étais absente, remplacée par la nounou.

Point après point, je l'admets : je n'étais pas là. Enfin, j'explose : d'accord, j'ai été une mauvaise mère.

D'accord, j'ai dit un jour : je vais te mesurer, et je t'ai placée contre le mur, traçant un signe au crayon pour ne plus recommencer par la suite, si bien que tu es restée sur le mur de ta chambre figée à ces quatre-vingt-cinq centimètres. Mais si tu savais comme j'ai aimé ces quatre-vingt-cinq centimètres, comme je les serrais contre moi, tous les quatre-vingt-cinq, dans le lit !

Et encore, en poursuivant mes aveux de culpabilité : à la fin de ton premier camp scout (techniquement de ta première ronde, puisque tu étais louvette), au moment où le père Christian (s'appelait-il père Christian ?), au moment où le père Christian disait en chaire que vous autres louvettes étiez restées en contemplation de Dieu pendant 789 minutes, 789 par vingt louvettes, j'ai pensé : qu'est-ce que je fais à cette petite, où l'ai-je envoyée ?

D'accord, je continue – je demandais chaque fois ta pointure à la nounou et j'étais chaque fois surprise : 26 ? 32 ? Déjà 34 ?

Et pourtant, 26 32 34, je te couvrais de chaussures. Ballerines, souliers pailletés, lumineux, chaussures de sport, tu ouvrais le placard et les couleurs de tes mille chaussures t'inondaient. Qui te les avait offertes ?

Et alors ? rétorques-tu à bord du taxi, à l'aéroport, dans tous les endroits où nous avons discuté. Les lieux s'estompent, au premier plan : nous. Tu as les cheveux courts.

C'est durant cette phase, trois ans après ma séparation, six mois après le départ d'Anita, que Federica a resurgi. Durant cette période de solitude où je suis légalement séparée, mon unique fille me méprise, mon amant s'est évanoui – un autre, non l'homme qui me priait de quitter mon mari. Durant cette phase, Federica resurgit et me donne le sentiment d'être moins délaissée. Elle rétablit la norme de la génération : liste des anciennes camarades de classe séparées, certaines au second mariage. Nombre d'entre elles ont repris les activités de leurs pères, avocats, notaires. Elles détruisent leurs cabinets professionnels et leurs patrimoines, elles vendent leurs immeubles et leurs terrains, dit-elle. De toutes, je suis celle qui a réussi. La seule à avoir eu du succès. Peu importe que je sois également séparée, cela ne dépend pas d'une volonté personnelle, assure-t-elle, c'est une question de chance. Elle parle en connaissance de cause, en femme séparée comme moi, et puis non pas comme moi, je suis meilleure, mes réussites en milieu professionnel.

Tu écris ? interroge-t-elle. Je réponds : oui. Je fournis parfois des détails : je fais des recherches, projet d'un essai. J'avance lentement à cause du journal, dont je suis la plume la plus prestigieuse, la plume féminine – je minimise –, ce qui m'empêche de me consacrer à plein temps à mon roman. Rends-toi compte, je ne discute pas des papiers avec les subalternes, mais avec le directeur en personne, il m'adore.

Quand je repense à nous il y a trente ans..., commente Federica.

Notre existence de figurantes laissait entrevoir d'éternels rôles secondaires, sur le tapis bleu il n'y avait que des rêves – nous embrasserons. Au lieu de ça, malgré ce départ néfaste, nous avons réussi. Moi davantage, pour faire mentir la certitude que c'était, elle, Federica, la privilégiée.

Sincèrement, combien de fois – elle qui parvenait à perdre quatre, cinq kilos, elle à qui sa mère offrait une robe du soir –, combien de fois ai-je prié : fais qu'elle grossisse, que la robe se déchire, qu'elle brûle, si je pouvais le faire de mes propres mains, donnez-moi un briquet, un cocktail Molotov.

Je repense aux phases de notre amitié : mouvement continu de renversements qui voyait tantôt elle tantôt moi l'emporter sur la souffrance de l'autre, et vice-versa.

Trente années s'écoulent, nous voici. Trente années s'écoulent et je cours vers elle. Chagrinée parce qu'Anita s'obstine à me rejeter, qu'elle débarque à Rome sans prévenir, qu'est-ce que je t'ai fait ? aimerais-je lui demander, tandis que je marche sur les routes de l'adolescence, trente ans en arrière, je me rapetisse, je deviens aussi jeune que ma fille, soudain une des nombreuses privilégiées m'évite, omet de m'inviter à ses soirées. Anita comme Lavinia, au Club de la Chasse.

Trente ans plus tard, dans les mêmes rues, glycines, après avoir cherché Anita chez son père, dans son appartement, sous les lits. Ma fille. Évoquée, désirée, absente, au lieu de.

En réalité, je la cherchais avant, rembobine la cassette, écrivaine : pendant l'interview, devant l'actrice qui saisit le coussin et le pose dans son giron en le transformant en poupée, en bouclier. Devant cette créature transie à laquelle tu aurais voulu couvrir les jambes et à laquelle tu as proposé ton écharpe. Je n'ai froid qu'en haut, a-t-elle refusé. Haut que tu aurais aimé serrer dans tes bras.

Alors il y aurait eu quatre-vingt-cinq centimètres entre tes bras. Tous les centimètres des filles entre tes bras.

Je le comprends soudain. Après avoir cherché Anita, après avoir ouvert les portes sans succès, après m'être sentie ridicule, bête, immensément bête, après avoir fui et m'être abritée dans le passé innocent – entre les glycines, le rose pâle ! –, le lieu sûr, pour découvrir qu'il était au contraire menaçant, si menaçant – attention aux souvenirs, stupide écrivaine –, le lieu de la faute qui s'incarne dans la silhouette dehors.

C'est ta faute, retentit la voix du passé, la tête blonde, la poupée.

La quinquagénaire dans la rue tournoie, le ballon de baudruche lui échappe. I LOVE YOU. Vole, jeunesse ! Vole, innocence !

Espérons qu'il volera au-dessus d'un beau garçon.

13.

Demandons-nous une nouvelle fois comment et pourquoi la fille sublime, objet du désir d'un quartier tout entier, rêve interdit de trois générations de garçons au moins, s'est transformée en handicapée.

Revenons en arrière, au corps de Livia entre les buissons du jardin.

Au bout de vingt jours de coma, Livia se réveille, âgée de dix-huit ans, le jour de son anniversaire est déjà passé, ses cheveux sont tombés, que de choses tombent dans cette histoire !

Les cheveux coupés pour l'opération, craniectomie, terme technique que Federica se répète tel un mantra, clou qui lui transperce la tête, compensant presque ce qu'a subi sa sœur.

Si l'on excepte la cicatrice sur son crâne, Livia – quand on la regarde endormie – n'a pas changé. On dirait une poupée, un ange. La merveilleuse fillette de ses parents. Si elle pouvait rester endormie (ce sera plus tard une pensée passagère, le bref crépitement d'une ampoule qui grille : si elle avait continué de dormir).

Au bout de vingt jours Livia se réveille. Assommée, aphasique, l'effet du coma, pensent les membres de sa famille. La désorientation temporaire d'un individu revenant presque de la mort, un individu qui dit : maman – premier mot, après avoir ouvert les yeux.

Voix rauque, regard à la recherche d'un soutien, car en appelant maman elle ne s'attarde pas sur sa mère, si bien que ses parents craignent qu'elle ne reconnaisse personne, enfin ses yeux se posent sur sa sœur. Tu as grossi, dit-elle.

Père et mère sourient. Pas de dommages cérébraux.

Mais les changements sont là. La nouvelle Livia est bouffie, lente. Cela fait toutefois partie de l'évolution post-traumatique normale, la période de rééducation indiquée par les médecins, deux, trois mois, suffira pour qu'elle retrouve l'usage de sa jambe. La déambulation est effectivement le problème majeur. Les fractures ont été réduites et Livia devrait être capable de marcher. Hélas, la communication entre la tête et le corps s'est interrompue, explique le médecin. Corps entendu comme une jambe endommagée. Le même effet que si on l'avait amputée. Il arrive alors que Federica la pince en cachette de ses parents et, n'obtenant pas de réaction, qu'elle troque les pinçons contre des caresses, enfin contre de simples contacts. Parfois, le soir, tandis qu'elle regarde la télé sur le canapé, elle pose la main sur la jambe fantôme de sa sœur. Pensez aux siamois, pensez au tronçon du corps qui les rattache l'un à l'autre.

Au lieu de s'inquiéter des possibles dommages cérébraux de sa fille, la mère concentre son attention sur ses cheveux, qui ont repoussé châtains. Elle envisage de la conduire chez le coiffeur demain, tout de suite, comme s'il était urgent de rendre à Livia ses cheveux blonds.

C'est à cause des cheveux foncés qu'elle a l'air d'une autre personne, prétend-elle face à l'embarras des autres.

Elle a des trous de mémoire temporaires, assure-t-elle en remarquant le regard vide de sa fille.

Comment tu t'appelles ? demande pour la troisième fois Livia à la Philippine venue lui apporter son repas.

Comment elle s'appelle ? interroge-t-elle à propos de sa cousine qui lui rend visite. La personne qui lui a saisi la main et qui a pleuré.

Simona, répond Federica, le vide sous les pieds, comme si elle tombait à son tour. Car Simona n'est pas une simple cousine, c'est sa seule cousine, presque sa sœur ; enfants, elles passaient l'été ensemble dans la maison de campagne, cueillons des coquelicots ! Attrapons des papillons ! Combien de temps ça vit, un papillon ?

Le soir, dans son lit, Federica imagine les médecins qui perforent la tête de Livia, la matière extraite du trou. Coquelicots, papillons. À la vue du premier papillon, au printemps, elle le supplie : ne t'en va pas.

La rééducation commence. Établissement privé à l'autre bout de la ville, ce qui, à cause de la circulation, implique une heure de trajet à l'aller et une heure de trajet au retour. Comme les parents, bien décidés à refouler le problème, ont repris leur vie normale, multipliant même leurs engagements si tant est que cela soit possible, et comme Livia refuse de monter en voiture avec des étrangers – au début, on lui avait proposé un chauffeur –, Federica est obligée de l'accompagner, de gaspiller des après-midi entiers, de réviser la nuit, de ne pas réviser, de se présenter en cours ensommeillée, impréparée (que de compréhension de la part des enseignants, prêts à fermer un œil, à la récompenser avec la moyenne, voire plus... Je me demande s'ils auraient été aussi compréhensifs envers moi. Moi, fille de personne. Un souvenir resurgit, alors qu'une lettre circule dans les classes après qu'ont péri dans un accident de la route les parents et le petit frère d'une fille de seconde, afin d'exprimer la sympathie des élèves à Camilla. Je demande, et ce n'est pas une revendication, juste de la curiosité : pourquoi aucune lettre ne circule à la mort de mon père ?*).

Federica accompagne Livia à la rééducation en taxi et assiste à la thérapie dont elle me rapporte chutes, échecs, jambe droite qui ne répond pas aux stimuli.

Certains exercices se déroulent dans la piscine. Imaginez la piscine d'un centre de rééducation. Imaginez aussi les piscines auxquelles les sœurs sont habituées. Assise sur le banc, dans l'odeur de désinfectant, le sol carrelé comme celui des bains publics, Federica regarde sa sœur accrochée au bord, elle la regarde repousser les planches et les mains du physiothérapeute. Jour après jour, elle contemple sa sœur en état de régression. Lâche le bord, aimerait-elle lui dire, lui crier, nage (Federica a appris à nager avec l'aide de Livia). Je t'en supplie, en vient-elle à murmurer en son for intérieur, les yeux fixés sur la personne qui occupe un coin du bassin, cette personne qui ne peut pas être sa sœur, car sa sœur plonge, fait des cabrioles. Lâche-le, implore Federica dans la piscine du centre de rééducation.

Des jours, des semaines, agrippée au bord, jusqu'à ce que Federica intervienne. Ce matin-là les deux sœurs se présentent au centre et s'exhibent dans un spectacle, donnons-lui donc ce nom.

Des après-midi de répétition ont précédé ce moment. Dans sa chambre, Federica a aidé sa sœur à se déshabiller, à enfiler son maillot de bain, pour la persuader ensuite d'obéir à ses ordres. Non sans insistance elle a convaincu Livia de fermer les yeux et de lever les bras pour lui passer par la tête le truc rouge, comme l'aînée l'appelle, ne connaissant pas son nom exact – elle le connaissait avant l'accident. Federica l'a ensuite invitée à s'allonger sur le sol et lui a dit : maintenant bat des pieds. Sur le tapis bleu, une fille s'appliquant à battre des pieds en l'air, balançant son corps d'un côté à l'autre, sans aucune coordination (ce ne sera toutefois pas ce souvenir qui remontera, des années plus tard, dans la mémoire de Federica, ce ne sera pas l'image de la démence).

Donc, le matin où les sœurs s'exhibent.

En présence de physiothérapeutes et de vieillards – que Livia prend sans doute pour des jeunes, pour un public indifférencié, elle a reconquis son public –, Livia enfile la bouée rouge, elle a appris son nom, se coule dans l'eau, flotte. Elle flotte, quoique à proximité de l'échelle. Elle flotte, et soudain elle tournoie, petite volte, demi-volte.

Trois mois ont suffi. Si, au début, Livia a besoin de s'appuyer à quelqu'un, si on a loué un fauteuil roulant pour qu'elle se déplace dans la maison, regarde-la maintenant : le jour où elle traverse le salon les bras écartés, un pied devant l'autre, comme sur un fil tendu dans le vide, le jour où ses parents et sa sœur assistent à la scène avec un mélange de crainte et d'espoir, le jour où Livia atteint la baie vitrée, à l'autre bout du fil imaginaire, où son père s'essuie les yeux et où sa mère applaudit.

* Il me faudrait des années pour comprendre la différence de ces événements. La portée dramatique du premier par rapport à la portée du second, bien qu'il s'agisse de *mon* père. De nombreuses années s'écouleraient avant que je repense à Camilla, à ce que signifie être orpheline à l'âge de quinze ans. Soudain seule au monde. Et alors, déjà adulte, je me demanderais où elle était, ce qu'elle faisait. Tu as eu des enfants, Camilla ?

14.

Au point où nous en sommes de l'histoire – l'exploration de mon adolescence à travers celles de Federica et de Livia (nuances de la même fille, depuis Emanuela Orlandi jusqu'à moi en passant par Livia, depuis la disparue jusqu'à l'obèse, ou le contraire ; une unique fille qui pâlit peu à peu) –, à ce point, les verrous sautent. Nous constatons nous-mêmes que nous sommes troublées, que sommes-nous devenues, constellation sans lune, étoiles microscopiques ponctuant le ciel noir ? Quelque chose cloche.

Le moment est venu de corriger le récit, lecteurs. D'admettre à contrecœur la manipulation.

J'ai dit que Federica et moi nous sommes séparées au terme d'une amitié de plusieurs années, chacune sa route, ai-je affirmé, laissant entendre que nos différences sociales nous destinaient à des milieux opposés, évoquant les efforts, de mon côté, et les privilèges, du sien. Proposant de nouveau les deux camps : jeunes gens du panier de basket, résistants à la douleur, prédestinés, contre moi, milieu petit-bourgeois, avenir à construire. Je vous ai fait croire que je m'étais éloignée pour des raisons sociales, j'ai dépeint le refus d'un monde hautain qui repoussait les inférieurs. J'ai dû vous prouver que les castes existent, les castes cruelles excluent, indifférentes aux sentiments du genre de ceux qui m'unissaient à Federica, car il y avait entre nous un lien, sororité, alter ego dans lequel nous refléter, dans l'obésité comme dans l'anorexie.

Tapis bleu mer, piscine. Main dans la main, nous prions.

Nous prions ensemble, jusqu'à l'accident de Livia.

Retournement, vérité : c'est moi qui m'éloigne. C'est moi, la vile créature qui est restée là tant qu'elle a reçu la gratification d'être prise pour la sœur ou pour la cousine. Tant qu'on la croyait née et élevée dans le même milieu. Ancêtres prestigieux, vêtements, clubs où entrer avec témérité (en réalité, jamais entrée, sinon à l'âge adulte). Tant que leur lumière se projetait sur moi et que je me découvrais presque blonde dans le miroir – je ne détonnais pas parmi eux, nuance plus foncée du même blond. Du plus clair au plus foncé : Livia, Federica, Simona, moi. Tant que j'ai tiré avantage d'être enchâssée entre elles, je suis restée.

Le ciel constellé de nuages semblables à des décombres. Le vent fléchit les arbres. La mer brille sous un soleil étincelant. Les fleurs éclosent. L'été s'évapore.

Après l'accident, je redeviens châtaine dans mon miroir. La lumière qui nous a éclairées s'est éteinte, nous nous sommes toutes éteintes, en admettant que nous ayons été des étoiles.

Cela ne concernait pas que Livia.

A posteriori : tel est le problème de l'identification.

Après l'accident, tout devient dérangeant. Le malaise que je perçois en entrant dans l'appartement. Côtoyer l'un de ses occupants, sans être pour autant directement touchée, la proximité suffit. Federica, mère, père. Moi. Qui suis-je ?

Bien que je me sois transformée en fille des villes, je me demande une nouvelle fois qui je suis.

Nous tombons toutes avec Livia. Et moi, je me défile, refusant de redevenir une laissée-pour-compte.

Je préfère encore le premier étage de la via dei Monti Parioli, ses canapés beiges. Un père violent, une mère déprimée. Je préfère ma personne au fruit pourri, à la rose fanée.

Le problème se pose aujourd'hui, dans mon réaménagement romanesque des faits, où mon éloignement de Federica et de Livia au moment du besoin ne trouve pas de place.

Père ogre, pédophile, OK. Père ogre, mère castratrice, très bien ; moi adolescente objet de dérision de la part des riches aristocratiques, l'image du sac à dos-koala soulignant parfaitement mon inaptitude ; mais, moi qui répudie mon amie, inacceptable. Incohérence du personnage – le mien. Les sentiments de honte voire de répulsion à l'égard des dommages/de la maladie qui risque de me contaminer. Il n'y a pas de place pour les gestes iniques dans l'autobiographie idéale. Les bassesses sont pour les autres. Moi, je suis la victime. L'oubliée qui finit par s'en sortir. Mon histoire est une histoire de revanche, Jésus-Christ renié et ressuscité.

Hélas, dans la version de ma crucifixion, l'histoire cloche, les morceaux ne s'assemblent pas.

Par amour de la littérature, par respect de la vraisemblance, mais aussi par paresse (il est pénible d'inventer des passages intermédiaires qui me voient écartée et, trente ans plus tard, recherchée pour ma célébrité), il me faut corriger ce récit et avouer. C'est moi, uniquement moi, qui ai délibérément et en pleine conscience brisé mon amitié avec Federica – l'expression « nous nous sommes éloignées » étant trop imprécise. C'est moi qui ai cessé de lui téléphoner. De la voir, de la fréquenter. C'est moi qui ai mimé pour ma mère, combiné à la main : dis-lui que je suis partie.

Malgré tout, quand elle se manifeste, à l'instant où je la retrouve à la grille du 49/a, via dei Monti Parioli, je ne recule pas. Méchante oui, mais pas lâche. Du genre qui dit les choses en face, qui n'a pas peur de la vérité – moi, telle que je me dépeins vis-à-vis du monde et de moi-même.

Ainsi, à la question de son amie : quel mal t'ai-je fait ? Pourquoi m'évites-tu ? la jeune fille courageuse répond – en affrontant tous les jeunes gens du panier de basket, en les regardant droit dans leurs yeux vides, bleus, verts, millions d'yeux magnifiques –, la jeune fille répond fièrement : j'ai l'impression d'être différente.

Tac au tac générique, de plus en plus circonstancié – famille, avenir –, et le rejeton de Maremme en arrive à l'estocade finale, totalement gratuite, compte tenu de la complaisance de l'interlocutrice qui implore : restons amies.

Dans cette position de fragilité totale de l'autre, le rejeton enfonce le clou : il faut que j'obtienne ma licence, que je voyage.

Croyant que la cause de la dissension réside dans le choix de la faculté, Federica rétorque : je m'inscris en Lettres.

L'amie précise : c'est une question de possibilités. Toi, ta sœur.

Quoi ma sœur ?

Moi, je suis en bonne santé, s'acharne la provinciale en dévoilant sa vraie nature, son identité jusqu'à présent masquée. En bonne santé, répète-t-elle.

C'est à cet instant précis que j'ai commencé à être la fille méchante que je suis. Ou, plus probablement, que je suis redevenue la créature méchante que j'ai toujours été.

Loin de moi, maladie. Pauvreté, guerre, famine, orphelinage, veuvage. Continuer sa route, passer son chemin tandis que les mendiants essaient de vous arrêter. Estropiés, vieillards (si seulement tu avais été plus attentive, écrivaine, tu aurais remarqué que les vieillards augmentaient au fil des ans, si seulement tu les avais regardés, tu aurais pensé que ces vieillards pouvaient être tes parents, et alors tu te serais peut-être arrêtée pour déposer une pièce de monnaie dans leurs gobelets en plastique).

Le manque d'empathie, l'absence de pitié envers le prochain, en particulier quand il est fragile : voilà l'un des côtés de mon caractère. Si je dois me décrire : intelligente, inaffective.

Et pourtant, quelque chose s'est ménagé un espace en moi, pas tant au niveau de l'émotion que sur le plan du stimulus. Des images de proximité des troubles mentaux remontent du passé, une sorte de familiarité et en même temps de danger évité. Un vécu qui conditionne les choix. J'explique ainsi mon intérêt croissant pour les maladies, en particulier les maladies chroniques. Dernière proposition au journal : anorexie, comment elle a changé au cours des dernières années. Réponse du rédacteur en chef : sujet dépassé (n'était-ce pas le directeur en personne avec qui je discutais des papiers ? Si seulement quelqu'un reprenait toutes mes affirmations…).

J'insiste, il n'a pas confiance en moi ? Il a peut-être oublié mon reportage de l'année dernière, celui qui a entraîné des millions de retweets, des millions au sens figuré. A-t-il par hasard refoulé le travail que j'ai accompli à l'hôpital Bellaria de Bologne, au centre pour les troubles du sommeil ? Mes recherches sur le terrain pendant quatre jours au contact du personnel médical et des patients. Les témoignages recueillis. La sensibilité qui m'a permis de donner une voix aux malades, si bien que le professeur – chef de service, ponte – a déclaré que personne n'avait raconté la maladie avec autant de compréhension. Merci, a-t-il déclaré. Tout est donc oublié, rédacteur en chef ?

Dans le doute, je renvoie le vieux reportage. J'en relis moi-même des extraits en me félicitant. Non, je ne m'identifie pas aux malades, pas même à la relecture, je ne m'identifie pas et je commets une erreur.

« Je ne peux pas rire, pleurer, tomber amoureuse », dit Rosanna, vingt-neuf ans. Jamais eu de fiancé, « qui voudrait d'une fille comme moi ? » Et par *une fille comme elle*, elle entend une fille qui s'effondre à chaque émotion.

Alors qu'elle fond en larmes après un éclat de rire, Rosanna sent ses muscles lâcher. Elle s'effondre sur le sol. Paralysie totale durant laquelle il lui est impossible de bouger, de parler. Mais elle entend. Elle entend donc les phrases des gens qui l'entourent, elle est morte, affirme un individu, et elle aurait envie de crier : je suis en vie ! Et aussi : ne m'abandonnez pas !

Diplômée de médecine, interne en chirurgie thoracique, Rosanna passe le plus clair de son temps à l'hôpital, « si je n'avais pas choisi ce métier, si j'avais été, par exemple, enseignante, je ne m'en serais peut-être pas aperçue ». La privation de sommeil due au rythme du travail souligne les troubles (en remontant mentalement dans le temps, on décèle des signes avant-coureurs. Elle, fillette, qui s'endort dès l'instant où elle monte en voiture, elle adolescente qui fume pour ne pas céder au sommeil).

La paralysie du sommeil, tel est le commencement des troubles. Une nuit, Rosanna sent une présence sur sa poitrine. Une vraie personne, dotée d'un cœur qui bat et d'un corps qui pèse, assure-t-elle, l'empêche de bouger et lui murmure à l'oreille des choses affreuses au sujet de la mort.

Inutile d'aller se confesser à l'église, cela se reproduit. Et de nouveau elle voudrait dire : ne m'abandonnez pas.

Voilà pourquoi elle a pris Hans, « les bergers allemands sont très protecteurs envers leur maître, en particulier si celui-ci est une femme ». Hans sait comment se conduire quand elle tombe. Si elle oubliait un brûleur allumé, il aboierait. Même si Rosanna sort rarement désormais et que ses amis – auxquels elle tait sa maladie – imaginent que c'est à cause du chien, que ce changement d'habitudes est dû au chiot.

« J'éprouve la sensation de tout rater, explique-t-elle, à l'exception de ma promenade avec Hans. » Et à propos de lui : « Parfois je m'endors en lui lançant sa balle. »

Et dire que, enfant, elle courait, grimpait, effectuait des roues et des cabrioles sur la pelouse. Née et élevée à la campagne, elle passait ses journées à explorer les environs, rien ne l'effrayait, pas même les animaux, tels qu'un lion dans un bois, un jour (c'était un lion, elle le jure. Ou peut-être un symptôme de la maladie à venir). Elle se sentait toute-puissante. Au lieu de ça, elle ne peut ni rire ni pleurer ni se mettre en colère, « pas de relations sexuelles ». Par pudeur, par honte. Surtout, par peur.

Peur de faire courir des risques à quelqu'un d'autre. De fait, une fois le diagnostic reçu, elle demande : « Puis-je continuer à être médecin ? »

Et peur de la mort apparente. En tapant sur Google « narcolepsie/cataplexie », elle a trouvé le premier cas connu de l'histoire, au début du XIXe, une femme déclarée morte qui se réveille dans son cercueil.

15.

À l'époque où Federica se détache de sa famille, je ne fais plus partie de son monde depuis longtemps, sinon sous forme de souvenir.

Elle vient de rencontrer Giorgio et elle a décidé de vivre avec lui. Il était différent des autres, dit-elle.

Federica raconte ; après la perte de son ballon, Livia est rentrée à la maison, toute chagrinée, et nous, nous quittons la maison pour nous diriger vers le parc. Sur un banc, à quelques mètres de là, l'homme qui vend des ballons de baudruche. Federica ne doit pas oublier d'en acheter un pour Livia.

Ce jour-là, ou un autre, sur ce banc, à la table d'un bar, elle m'explique ce que son éloignement de ses parents a signifié et le rôle que l'accident de Livia a joué dans tous ses choix à venir. Livia, en général, la personne en laquelle elle s'est transformée.

Elle affirme que oui, elle avait recommencé à marcher, mais que son sens de l'équilibre était précaire.

Les jours où elle trébuchait, où elle tombait.

Elle restait par terre, égarée, comme si elle avait besoin d'un raisonnement pour identifier les lieux, où était-elle ? Dans sa chambre.

Federica lui tendait la main pour l'aider à se relever, et le poids qu'elle soulevait était celui de sa famille entière. Tous ses membres avaient régressé avec Livia.

Tu imagines ce que ça fait de gronder ta mère à cause de sa robe tachée, de lui dire d'aller se changer ? Et ton père ? Ce père qui un instant plus tôt encore voyageait et jouait aux échecs et que tu dois maintenant tirer par le bras, dans la rue : attention aux voitures !

Pour éviter de voir leur fille diminuée, ils se faisaient aussi petits qu'elle.

Giorgio a représenté pour moi une façon de fuir, reconnaît Federica.

À l'époque, il vivait dans un appartement proche de l'université, soixante-dix mètres carrés partagés avec un copain. Elle se rappelle le jour où elle lui a rendu visite, son attendrissement. Chaussettes et slips séchant sur le dossier de sa chaise. Elle descend lui acheter un étendoir, ils en rient pendant des années, premier cadeau, l'étendoir.

Son intelligence me fascinait, dit-elle, un des êtres les plus intelligents que j'aie jamais rencontré. Maintenant imagine la réaction de mes parents. Ils s'opposent à notre union avec tous les arguments possibles. C'est prématuré, vous vous connaissez à peine, il vient du Sud. Ils vont jusqu'à me dire qu'ils ne me donneront pas une lire, ma mère redoute que j'aie à m'occuper de l'appartement, à nettoyer les chiottes, moi qui suis habituée à une femme de ménage. Je me demande quelle aurait été ma décision s'ils avaient réussi à admettre ce qu'ils craignaient vraiment. Leur limite, du reste, a toujours été leur inaptitude à mettre des mots sur les choses. Si bien que Federica les soupçonnait d'être incapables de remarquer le moindre changement.

Ainsi, Livia continue d'être la fille exceptionnelle, juste un peu rebelle. Elle se conduisait parfois de la pire des façons, et ils ne bronchaient pas. À table, elle mâchait et recrachait, elle prétendait qu'elle avait oublié la couleur du truc qu'elle avait fourré dans sa bouche, qu'elle voulait le voir. Et autres gestes absurdes tous les jours, mille fois par jour. Soudain Federica craque. Elle a mis des années et des années à imploser.

Aujourd'hui, elle en convient : s'installer chez Giorgio a été une provocation, un moyen d'obliger ses parents à réagir. Plutôt que de lui parler d'argent, ils auraient pu dire : que deviendra ta sœur ? Que deviendra ta sœur si tu t'en vas ?

Après l'accident, les parents de Federica se déchargent de leur fille aînée sur leur cadette, ça, je m'en souviens.

Je crois que nous considérer comme une unité les réconfortait, se dit Federica. Je l'ai compris en devenant mère, en particulier avec le second. Penser qu'ils étaient deux, la nuit, dans la même chambre.

Mon père rentrait à la maison et demandait : les filles ?

L'idée que nous soyons ensemble, que l'une veille sur l'autre, le réconfortait.

Faux, j'étais la seule à veiller.

Quand ils partaient, et ils partaient souvent, ma mère s'adressait à Livia. Prépare un bon petit plat à ta sœur, disait-elle.

Tu comprends ? Livia ne savait plus manger ni marcher, au début elle n'était même pas capable d'aller toute seule aux toilettes, et notre mère lui disait de cuisiner.

Rompant avec tout cela, Federica s'installe auprès de Giorgio, malgré l'opposition de ses parents. Plus qu'une opposition, ce sont des menaces qui impressionneraient la fille de seize ans sur le tapis bleu, les yeux fermés. Pas la femme, celle que j'ai moi-même considérée comme le pur produit de *cette* famille, seins refaits, et qui se révèle peu à peu différente. Il est probable que les seins soient arrivés après ses grossesses. Par exemple, à la demande de son mari, ou en cadeau de ce même mari pour la motiver, l'arracher à sa dépression post-partum. J'imagine de nobles motifs. Ou de la vanité. Une concession dans le cadre d'une vie de renoncements. Parce que la vie de Federica n'a pas été aussi facile que je le croyais (penchons-nous sur un équilibre imprévu : moi qui dois présenter mes excuses aux jeunes gens du panier de basket).

Après leur mariage, Federica s'installe à Gênes avec Giorgio, engagé entre-temps dans une multinationale du secteur alimentaire – là, nous échangeons nos rôles, à quelques différences près. Tandis que je m'urbanise, elle se provincialise, nous nous demandons alors à qui l'entrée des clubs, l'entrée du Club*, est interdite aujourd'hui –, instant d'hésitation, réponse : à moi, toujours à moi. La naissance, les quatre quartiers de noblesse (trente ans plus tard, les mots de Lavinia : mais tu n'as vraiment rien, deux quartiers, un ?) continuent de l'emporter.

Federica va donc vivre à Gênes, où elle cherche un emploi indépendamment de son diplôme. Elle comprend qu'il lui faut rabaisser ses exigences, du moins au début. Elle, la fille de seize ans sur le tapis bleu, oui elle, s'adapte.

Premier emploi dans une agence de voyages. Parallèlement elle envoie des CV, passe des entretiens (en toute conscience, me serais-je attendue à ce qu'elle devienne une femme aussi entreprenante ?).

Deuxième emploi, cabinet d'avocats, où elle travaille jusqu'à ce qu'elle tombe enceinte.

À la naissance de Leonardo, elle a vingt-quatre ans.

Le petit semble éloigner davantage la famille de Federica, en particulier Livia, qui disparaît. Avant, elle téléphonait tous les jours ; maintenant, elle ne répond même pas.

Ma maternité la faisait souffrir, affirme Federica, la naissance de Leonardo lui a sans doute insufflé la certitude qu'elle n'aurait pas d'enfant. Bref, Livia réalise soudain qu'elle est différente.

Mais, ayant lu Freud, je corrige : Livia ne songeait pas à l'impossibilité de devenir mère, elle se sentait plutôt trahie. Elle cessait d'être le petit bébé dont Federica devait s'occuper. Ou alors, seconde possibilité : elle a perçu Federica comme une adulte, un être avec lequel elle n'avait plus rien à partager – dans sa vision d'adolescente :

d'un côté, les adultes, de l'autre, les jeunes luttant pour leur liberté.

Heureusement, cet éloignement ne dure guère. Leonardo a un an quand les sœurs reprennent contact.

Federica se rend à Rome avec les enfants, entre-temps Michele est né, attirant toute la famille à l'hôpital.

À sa vue, Livia porte une main à sa poitrine. Combien pèse-t-il ? interroge-t-elle.

Comprenant mal la réponse de sa sœur, elle murmure : deux cents grammes.

(Aperçu du cerveau de Livia : les dommages entravent sa faculté de calculer, plus précisément d'être concrète. En revanche, l'abstraction ne lui pose aucun problème : un cercle, la lumière.)

Plusieurs années s'écoulent. Leonardo a six ans, Michele quatre.

Surprise ! Leur tante leur rend visite.

Les enfants sont heureux. La tante qui saute sur le lit, la tante qui hurle à tue-tête, voilà ce qu'est Livia pour eux.

Giorgio se montre moins enthousiaste : sa belle-sœur est à ses yeux une créature difficile à gérer, puisqu'on ne peut pas prévoir ses réactions, sans oublier qu'il s'agit de sa première visite depuis la mort de leur mère. La première fois que Livia voyage seule.

Il n'y a pas d'inquiétude à avoir, rassure Federica.

Si tu avais quatre ou six ans, rétorque-t-il, si une créature bizarre pénétrait chez toi…

Federica s'énerve.

Elle accuse son mari de raisonner comme eux, les individus qui ont marginalisé Livia ; à les en croire, il fallait l'enfermer.

Parenthèse (impossible de ne pas commenter, de ne pas corriger au fur et à mesure le récit de Federica). Parenthèse fondée sur les souvenirs qui remontent à ma mémoire dans toute leur clarté. Si Federica avait été honnête, elle aurait reconnu qu'elle comptait, ou avait compté, au nombre des individus en question.

Elle suppliait sans cesse ses parents de nous autoriser à sortir sans Livia : elle ne pouvait tout de même pas lui servir de baby-sitter vingt-quatre heures sur vingt-quatre ! je m'en souviens. Souvent, elle souhaitait que Livia se perde. Elle me le confiait : j'aimerais qu'elle ne revienne pas.

Et encore, l'idée qu'elle avait soufflée un été à sa mère : placer Livia trois mois dans une clinique, puis aller la rechercher.

Longtemps, ou peut-être par intermittence, Federica avait été dans leur camp. Seize, dix-sept ans. Dix-huit, dix-neuf ans. Trop jeune pour porter le fardeau dont ses parents l'avaient accablée. Puisque père et mère, après la première période d'adaptation, nous l'avons dit, reprennent leurs habitudes. Partent, donnent des dîners.

Obligée de vivre avec elle dans une promiscuité permanente, y compris la nuit – les sœurs couchent dans la même chambre, lits superposés achetés tout exprès –,

Federica connaît la nouvelle Livia, il y a des choses de l'aînée que seule la cadette connaît.

Par exemple, les nuits où Livia pleure et appelle maman. Maman, de plus en plus bas. Et si, au début, Federica en est effrayée, elle finit par s'y habituer. Dors – en se tournant de l'autre côté. Et aussi : ça suffit !

Ou les nuits – destinées à sortir de l'esprit de Livia, sa mémoire ne retient rien –, les nuits où Federica s'introduit dans son lit, la serre contre elle et lui dit en la berçant : tu es à la maison.

Ces nuits-là, Livia se plaint : j'ai froid. Et Federica se persuade qu'elle se voit en rêve au milieu des buissons, que sa sœur revit les heures qui ont suivi sa chute, qu'elle tombe chaque nuit ; et chaque nuit Federica descend – physiquement – du lit, reproduisant le mouvement qu'elle aurait dû accomplir la nuit de l'accident, descendre, et la sauver.

Voilà pourquoi Federica connaît sa sœur dans l'intimité de ses peurs, dont cette même Livia n'a ni conscience ni trace future.

Elle ne se remémorera pas sa question dans le noir : peut-on tomber enceinte par la bouche ?

Dans le lit supérieur, Federica presse les paupières, prie : fais qu'elle meure. Oui, elle a parfois souhaité la mort de Livia.

Cette même Federica qui, des années plus tard, accusait Giorgio d'être insensible.

Achevant de lui rappeler que sa sœur avait eu un accident (comme si elle défendait l'ADN, le gène de la famille, une autre chose qu'elle n'admettrait pas. Elle n'avouerait pas combien de fois elle s'est hâtée d'expliquer à de nouvelles connaissances : elle n'est pas comme ça de naissance).

La mort de sa mère, raconte-t-elle, a modifié la situation. Elle s'est sentie responsable, de nouveau responsable après avoir fui – d'accord, elle admet qu'elle a fui. Si bien que, des années plus tard, ses enfants adultes, la séparation, elle n'est pas certaine d'avoir vraiment été amoureuse de Giorgio. Elle ne songe plus à créer quelque chose qui lui appartienne, un univers sans aucun lien avec sa famille d'origine. Et ce désir a tout déformé.

À la Villa Borghese, sur un banc, dans un bar, au téléphone. Federica décrit le moment exact où tout ce qui lui semblait juste a vacillé. Elle a éprouvé un sentiment d'extranéité qui l'a amenée à se demander si elle avait eu raison de fuir ses parents et sa sœur. Soudain, le désir inverse, réintégrer le monde trahi, la pensée que ses parents étaient peut-être dans le vrai (encore une parenthèse, la conservation de cette classe sociale n'est pas un stratagème visant à éviter la dispersion des patrimoines, mais quelque chose de plus profond, je le comprends maintenant aux propos de Federica : un instinct contre la peur de l'inconnu, une loi de la nature identique à celle qui interdit aux êtres humains de s'accoupler avec les animaux ailleurs que dans la mythologie grecque, d'où naissent des monstres).

La visite de Livia signifie un passage de témoin, Federica qui recommence à prendre en charge le fardeau, même si elle ne se hasarderait jamais à qualifier sa sœur de *fardeau* devant son père.

Maintenant que leur mère est morte, elle doit se montrer plus présente. Elle envisage de se rendre à Rome plus fréquemment afin de soulager son père. Le pauvre homme, quel tourment de le voir se pencher pour ramasser les chaussures de Livia par terre, toujours occupé à réunir des morceaux de sa fille…

Une chose est certaine : aujourd'hui, en vertu d'une maturité différente qui inclut l'expérience maternelle, Federica estime que son père et sa mère ont surprotégé Livia. S'ils lui avaient laissé un espace de liberté où expérimenter, s'ils lui avaient offert un minimum d'autonomie, elle aurait grandi – avec toutes ses limites, bien sûr. L'évolution n'est pas une affaire d'intelligence, mais d'expérience. Livia a été privée de l'expérience, conclut Federica.

Je suis surprise : cette femme n'est-elle donc pas aussi bornée que je le croyais ? Sommes-nous vraiment arrivées à de telles conclusions en parcourant des voies différentes – Dostoïevski et Freud pour moi, un travail de bureau pour elle ?

Livia n'a pas grandi, poursuit Federica. Raison pour laquelle elle décide, le jour de sa venue à Gênes, de forcer sa propre méfiance, la peur qu'elle nie auprès de Giorgio. Ma sœur – revendiquant ce *ma* – ne ferait pas de mal à une mouche. Aller dîner dehors, laisser les enfants avec leur tante constituent à ses yeux un pas important pour le développement intellectuel de Livia dont elle assume la pleine responsabilité. Ils regarderont la télé, sauteront sur les lits – et face au regard méfiant de son mari : écoute ton cœur.

* La vérité, c'est qu'à une occasion – une seule – je fais mon entrée au Club de la Chasse. Déjà adulte, pas encore affirmée sur le plan professionnel, freelance, sous prétexte d'interviewer le prince ***, lequel me donne rendez-vous dans cet endroit interdit et tant rêvé (j'apprendrai plus tard que le prince, obligé de louer le palais familial, vit dans deux petites pièces dont il a honte, d'où le choix du Club comme lieu de rencontre). Suit l'interview (jamais publiée car refusée par tous les journaux pour le motif : qui veux-tu que ce pauvre type intéresse ?), précisément suit la fin de l'interview :

Nostalgie du vieux monde, Votre Altesse ?

Il est arrivé au cours des années que des déclarations d'affection me parviennent de ***, le domaine de mon enfance, le lieu où j'ai grandi. Je me rappelle un Noël, le téléphone sonne, une voix très lointaine s'en échappe : « Votre Altesse, cela fait des années que j'essaie de vous joindre. » La fille du fermier. « Vous vous souvenez d'Otello, Votre Altesse ? » Et elle me communique qu'à la mort d'Otello, mon grand-père ordonna qu'on lui coupe un sabot pour le faire plaquer en or. Des années s'écoulent, cette humble personne veut me le rendre. « Cela fait soixante et un ans, Votre Altesse, que je le garde pour vous », dit-elle au téléphone, et me voici incapable de retenir mes larmes, vous voyez ? Maintenant encore je suis ému.

Qu'est-ce qui vous émeut ?

Je me demande si la bourgeoisie qui possède aujourd'hui nos biens parviendra à transmettre ce dévouement.

16.

Sans même ôter leurs manteaux, ils suivent les cris entremêlés qui les conduisent à la salle de bains. Instant d'hésitation de la part de Federica, aie le courage de voir ce que ta sœur a commis – voix intérieure –, ouvre cette porte.

Mousse sur le sol. Brume qui estompe les contours des choses, à l'exception de la silhouette qui jaillit de la vapeur, celle que Federica parvient à distinguer, Leonardo. Vivant, pense-t-elle tandis que Giorgio se rue sur la baignoire et lance : qu'est-ce que vous faites ?

Vous êtes rentrés ! exulte Livia.

Voici qu'apparaît la seconde petite tête, Michele, vivant – songe encore une fois Federica.

Arrêtez ça, lance Giorgio en cherchant à tâtons le levier de l'hydromassage, Michele dit : papa, et Giorgio maudit la baignoire, l'appartement – en réalité Livia, effrayant de son ton agressif le petit qui fond en larmes. Federica s'efforce en vain d'apaiser les esprits, calmez-vous, dit-elle sans grande conviction – calmez-vous –, et sa voix faiblit. Puis Giorgio lui fourre leur fils cadet dans les bras.

Avant de repartir vers la baignoire, de pénétrer dans le brouillard.

C'est maintenant le tour de Leonardo. Livia le retient, lâche-le, proteste-t-elle sans remarquer, dans sa fougue, qu'elle le pousse sous l'eau. La tête de Leonardo disparaît. Quelques secondes, le temps que son père le rattrape.

Leonardo resurgit, au grand soulagement de Federica, oui, ce qu'elle éprouve à la vue de son fils aîné est bien du soulagement. Leonardo surgit et il a six ans.

Par une association d'images, Federica est retournée au jour de l'accouchement, jour où – par une autre association, cette fois de peurs – la peur irrationnelle que son enfant ait des problèmes neurologiques l'avait envahie.

Bien qu'elle sache que le handicap de Livia n'était pas un handicap de naissance, qu'il n'était pas une altération génétique, Federica avait les idées embrouillées.

Sa proximité avec le handicap mental a constitué une contagion. Mille fois elle a observé les gens en évaluant la rapidité de leurs réflexes, leurs capacités de compréhension. L'échelle de démence comme paramètre de jugement. Elle s'était éprise de Giorgio en raison de son intelligence supérieure, confirmée par les mentions Très bien avec félicitations du jury à l'université et par sa carrière rapide au travail (à vingt-neuf ans il était déjà responsable d'une région, que deviendrait-il ensuite ? Que deviendrait-il ? Rien, il n'irait pas plus loin, d'où sa frustration).

L'intelligence donc ou, mieux, l'éloignement de la démence conditionne le regard de Federica sur ses enfants. Moins sur le second, énormément sur le premier. C'est certain, l'aîné a servi de leçon pour le cadet, qui reçoit une attention moins obsessive. Vice-versa, pauvre Leonardo.

Dans la salle d'accouchement déjà, Federica demandait au gynécologue s'il était en bonne santé. Plus tard au pédiatre, encore plus tard aux médecins des Urgences où ils échouaient souvent en raison des peurs maternelles, non à cause de véritables accidents/malaises de l'enfant, à cette armée de spécialistes, elle demandait : il est normal ? Au fil du temps, la question devenait circonstanciée, et ce pour deux motifs : la peur s'était transformée en une obsession précise, concentrée sur un seul détail ; Federica avait affiné les transitions afin que les médecins la rassurent sans tarder. Voilà pourquoi elle finissait par répéter une seule question : il n'a pas la tête trop grosse ?

Les premières années de Leonardo ont fait l'objet d'une observation scrupuleuse, quoique morbide, reconnaît Federica.

Répondait-il au stimulus de la lumière ? Et du son ? Battements de mains à quelques centimètres de son oreille, torche devant les yeux.

Et puis stimuli physiques, marteau à réflexes sur les genoux.

Sans oublier l'idée fixe du percentile de croissance. Premier mot prononcé, à quel mois. Mois de déplacement à quatre pattes, mois de position debout. Premiers pas.

Malgré ces inquiétudes, Leonardo grandit. Vif, sociable. Et Federica se détend.

Son angoisse n'est pas liée à l'éventualité d'un accident – ce qui était arrivé à sa sœur se répétait, se multipliait, devenait le destin des êtres aimés, non.

Une fois la normalité du petit établie, l'appréhension de Federica s'évanouit, la mère se calme.

Pendant la croissance de Leonardo, on ne remarque qu'une circonstance de véritable crainte. Vers cinq ans, au retour d'un voyage professionnel de Giorgio. À la vue de son père, le petit manifeste sa joie ; comme si les gestes et les paroles dont il dispose ne suffisaient pas, après avoir épuisé son répertoire de sauts et de cris il se met à tourner sur lui-même. Il tourne, il tourne. Ça suffit, déclare soudain Federica, avant de l'attraper par le bras ; mais le petit lui résiste et la mère hausse le ton : j'ai dit ça suffit – l'agrippant par les épaules, comme pour l'obliger à se ressaisir.

Cette scène ne serait pas alarmante si elle n'en reproduisait pas d'autres – mille autres dans l'esprit de Federica – montrant Livia sur la terrasse, dans la rue, dans le couloir du lycée où elle est revenue après son accident, Livia qui tourne sur elle-même, sa jupe se soulevant ; dans les souvenirs de Federica il y a invariablement une jupe qui se soulève, dévoilant une culotte.

Nous pouvons affirmer que, toujours dans l'esprit de Federica, Livia n'a jamais cessé de tournoyer depuis le couloir de l'école jusqu'à aujourd'hui, littéralement aujourd'hui, il y a un instant, dans la rue avec son ballon de baudruche.

Elle tourne, tourne, viennent le soir, le printemps, ciel lacéré de nuages gris, soleil à pic sur les têtes, pluie drue, automne, jeunesse.

Quand Federica pense à sa sœur, elle la voit tourner. Livia tournoie, et Federica ressent un mal-être fait de chagrin, de trouble, de désespoir. À bien y réfléchir, de honte.

Ainsi, Federica a superposé l'image de Leonardo tournoyant et celle de Livia, et éprouvé la même gêne, le contraire de ce qu'elle éprouve dans la salle de bains inondée, mais elle ne le dira jamais.

Tandis que son mari s'agite, réagissant à cette trop grande proximité (à l'avenir, l'origine de la probable homosexualité de Leonardo. C'est à cause de ta sœur, accusera-t-il, va-t'en savoir ce qu'elle lui a fait dans la baignoire), Federica ne peut avouer qu'elle se sent réconfortée. Que tout est merveilleux, son esprit l'ayant ramenée – en vertu d'une association arbitraire – au moment de l'accouchement, à l'angoisse, pour la propulser en un éclair dans le temps, dans les années de l'incertitude jusqu'à l'instant où le doute était balayé : son enfant était en bonne santé.

Non, elle ne peut pas manifester sa satisfaction. Il lui faut calmer Giorgio qui menace de punitions, irresponsables, dangereux, lance-t-il à ses enfants en s'adressant indirectement à sa belle-sœur, c'est elle qu'il voudrait accuser mais, dans l'impossibilité de le faire par crainte d'une réaction de sa part, il déverse sa colère en des gestes brusques, insensés, qui consistent par exemple à attraper un peignoir, à le jeter par terre pour éponger l'eau.

Livia bondit sur ses pieds, se couvrant la poitrine de ses mains. Hé, dit-elle, on ne faisait rien de mal. Et elle prie Giorgio de sortir, ne voit-il pas qu'elle est nue ?

Au cours des jours suivants, Giorgio imagine les diverses phases de l'épisode : Livia qui déshabille les enfants. Livia qui ôte ses vêtements devant eux. Six et quatre ans, six et quatre ans, répète-t-il jusqu'à l'épuisement.

Et encore, continuant de se représenter les phases précises de la soirée : ils entrent dans la baignoire, la mousse monte (personne n'a dit à Livia qu'il fallait utiliser un savon particulier pour l'hydromassage, à moins qu'on ne le lui ait dit et qu'elle l'ait oublié). Ils plongent, luttent, Livia en attrape un, puis l'autre. Les corps se frottent. Dégueulasse, commente Giorgio qui met fin à ses relations avec sa belle-sœur.

Federica essaie de réfléchir. D'accord, Livia s'est déshabillée devant les enfants, mais il ne s'est rien produit et Livia n'a même pas eu conscience d'accomplir une mauvaise action – petite allusion à sa perte d'inhibition, à la partie de son cerveau endommagée.

Lucidement, elle ne considère pas que ses enfants conserveront un souvenir de cet épisode, pas en tant que traumatisme, tu sais ce qu'ils se rappelleront ? La salle de bains inondée, le jour où leur tante a inondé la salle de bains. Elle essaie d'expliquer à son mari l'absence de malice de Livia. Son instinct de jeune animal, et elle observe une pause pour chercher une comparaison : chiot, bambin. Esprit libre. Esprit libre, oui, libéré par l'accident, assure-t-elle. Enfant déjà, elle avait ce côté impulsif – tandis qu'elle s'efforce de normaliser, imitant ainsi ses parents, elle comprend soudain ce à quoi ils se livraient et qui était aussi ce dont elle les accusait. Non, ils ne prétendaient pas que tout était comme avant. Chaque jour, après l'accident, son père et sa mère disaient au monde : n'ayez pas peur d'elle. De cette fille bizarre, vive.

Dans la reconstruction d'une chronologie, dans la mise en parallèle de nos vies, la mienne et celle de Federica, qui étais-je alors qu'elle surprenait sa sœur et ses enfants dans la baignoire ? Avais-je un fiancé ? Étais-je heureuse ? Je remonte le temps, me voici. J'aimerais caresser la tête de la fille qui pleure, déception d'amour (j'ai perdu le compte des rejets, j'ai l'impression qu'un seul homme s'obstine à me rejeter, à partir de mes treize ans), j'aimerais serrer la main de cette créature inconsolable, lui dire : tout passe.

Et encore, en avançant parallèlement aux événements – mariage, accouchement –, arrêtons-nous à l'accouchement, six ans après celui de Federica. Qu'ai-je pensé/ressenti – pas de douleur, j'ai exigé une césarienne. Pas de douleur, plutôt de l'angoisse. La même angoisse que Federica, je la reconnais maintenant qu'elle me l'a racontée.

Salle d'opération, je suis la femme allongée, la parturiente, écran de tissu à la hauteur du cou pour cacher la vue du bas. Remue-ménage, mouvements. L'angoisse monte, pas la douleur, il n'y a pas de douleur. L'angoisse explose, pas la douleur. Les choses vont mal tourner, le bébé ne ressemblera pas à celui de l'échographie, ce bébé vu pendant des mois sur un moniteur, complet, parfait.

Je comprends que ma fille est sortie au discours des médecins et des infirmiers. Je ne me souviens pas de son premier vagissement, ni de l'instant où je la vois dans les bras d'une infirmière, ou nettoyée au moyen d'une gaze par je ne sais qui, cet instant indélébile dans la mémoire des mères. Je ne me rappelle pas la couleur de sa peau – on dit que les enfants qui jaillissent du ventre sont rouges et souillés par le placenta.

Je m'entends demander : elle respire ? À propos de cette chose appuyée contre ma poitrine, que je devrais presser contre moi.

Des filles contaminées, voilà ce que nous avons été, Federica.

Notre proximité avec les troubles mentaux. Les images de mouvements à vide, perte d'équilibre, chutes, égarements – où suis-je ? –, personnes et objets à jamais perdus : lui, comment il s'appelle ? Elle, comment elle s'appelle ? Et c'était nous.

Rain Man sortait au cinéma, ou était sorti depuis longtemps et je le regardais à la télévision. Je le regardais et je pensais : les fous sont des génies.

17.

Ma fille est une idiote. Je me suis trompée en analysant son attitude, son hostilité à mon égard. En remontant le temps à la recherche de points de rupture susceptibles de justifier son rejet de ma personne, parlons de rejet, la négation du modèle féminin maternel. Un de mes amants, un des nombreux amants qui se sont succédé à mes côtés, m'a demandé dans un lit d'hôtel si la petite n'avait jamais pris mon téléphone et découvert nos messages : son fils l'avait fait et, par chance, il s'en était aperçu, lui avait arraché le portable des mains.

Au fil des ans, je soupçonnais par intermittence Anita de savoir qui j'étais : une parjure, une menteuse. Un être ridicule – pour le cas où elle aurait lu mes messages. « Je t'en supplie, dis-moi que tu m'aimes », « OK, je disparais », « J'arrête de t'écrire », « Tu m'écris, s'il te plaît ? »

Jusqu'à aujourd'hui, le dévoilement. Je n'ai pas commis d'erreur, ou du moins les choses n'ont pas dépendu uniquement de moi.

Il est bon qu'elle ait eu le courage de me le dire – ou l'audace ? Qu'il s'agisse d'un défi. Il est bon qu'elle m'ait avertie par un coup de téléphone méprisant. Parce que cela m'a ouvert les yeux. Pour qui l'avais-je donc prise ? D'abord pour une enfant rebelle, dotée d'une personnalité qui l'amenait à refuser les vêtements choisis par d'autres. Puis pour une adolescente introvertie, très réservée, ce qu'on m'avait reproché de ne pas être. Excessive, pathétique, dramatique, égocentrique, plouc, j'avais mis au monde mon contraire (grâce au ciel, commenta dans mon dos ma belle-famille). Enfin, pour une fille contrariée par la séparation de ses parents, ou par autre chose avant – juxtaposer son chagrin et notre séparation est peut-être une exagération de ma part et, de la sienne, une manipulation destinée à susciter en moi des sentiments de culpabilité.

Incompréhension, distances, nous arrivons à aujourd'hui.

Aujourd'hui : fin des interrogations. Fin des appels téléphoniques avec son père au cours desquels je me tourmente à propos de mes erreurs, tandis qu'il déclare d'un ton rassurant : ça lui passera.

Fin des scènes additionnées comme dans un film. Scènes de haine, les moments où, depuis la naissance – depuis la naissance, la petite fondait en larmes quand je la prenais dans mes bras, la serrais-je trop fort ? – elle me rejetait. Une série de scènes qui repassent dans mon esprit en cristallisant – en ayant cristallisé depuis longtemps – le soupçon suivant : quel mal lui ai-je fait ?

Janvier 2019, réponse : aucun mal.

16 janvier 2019, ma fille, que je croyais intelligente, exceptionnelle, en tant que dérivation de ma personne (de qui tient-elle son ingéniosité, sa capacité de connexion, hein ?), m'annonce au téléphone : je vais à « Caduta libera[1] ».

Au cours des années, bien qu'elle soit en contact à travers mes fréquentations avec des représentants de la culture, avec des célébrités, Anita n'a jamais manifesté la moindre intention de passer à la télévision. Alors que ses camarades d'école en rêvaient, qu'ils se présentaient à des auditions – de nombreux rappeurs –, elle étudiait. Et lorsque j'avais été moi-même à l'écran, j'avais dû la tirer par le bras : reste là, regarde maman.

Je plaisantais sur sa réticence à se montrer, que j'appréciais en mon for intérieur. Évolution des gènes, quel chemin parcouru depuis mes rêves de provinciale (par ordre, « Zecchino d'Oro[2] », actrice, puis – personne ne m'ayant prise en considération, aucun adulte ne m'ayant transformée en enfant prodige, et j'avais grandi entre-temps – modeste présentatrice télé) !

Au fil des ans, je me déprovincialise, je fais des études, j'estime que se montrer en public est plouc.

Pour la famille bourgeoise que nous sommes, on ne se retrouve dans les médias que pour être commémoré (nécrologie).

1. Quiz télévisé italien.
2. Concours de chant international pour les enfants.

Quelqu'un pourrait objecter : hé, tu es restée la petite provinciale, la fille au koala. Imaginons une Lavinia qui resurgit du passé – deux quartiers, un quartier, rien.

Réponse : la véritable souche est issue du mariage.

Et je me suis bien mariée en donnant naissance à un fruit délicieux, heureux celui qui le cueillera.

Fine, cultivée, elle a respiré la culture depuis sa naissance – me vantais-je devant les enseignants. À l'âge de six ans, elle avait déjà lu tout *Harry Potter* et elle réclamait un livre plus sérieux (mensonge : elle n'avait pas été capable de lire *Harry Potter*, trop difficile, et quand je lui proposais un banal Geronimo Stilton, elle demandait : c'est une vraie souris ?).

Mais tenons-nous-en aux souvenirs manipulés : la petite est extraordinaire. Elle grandit, se transforme en adolescente tout aussi intelligente, laissons tomber sa haine pour sa mère, un détail. Et donc, cette personne, exactement cette personne qui est hors du commun, ma fille, tente aujourd'hui de participer à un quiz télévisé. Elle n'y participe même pas, elle se soumet aux auditions dans l'espoir d'être retenue.

Un affront à mon égard. Elle entend me couvrir de honte, faire de moi la risée de mes amis et de mes connaissances.

Je m'épanche auprès de Federica. Qu'est-ce que je lui ai appris ? Quelles valeurs ? Qu'a-t-elle dans la tête pour rêver de participer à un quiz ? Je ne la connais pas, je me suis méprise sur son compte. Mon exemple, je ne dis pas de mère mais de travailleuse, considérons mon exemple de travailleuse, n'a servi à rien.

Federica réplique qu'Anita ne fait rien de mal. Elle teste sa culture générale, tu devrais en être fière. Un hommage à sa mère, s'efforce-t-elle de me convaincre, une façon de se gagner des félicitations.

À l'autre bout du fil, chez moi, allongée sur mon lit, je soupire.

L'as-tu jamais félicitée ? relance Federica. Et si elle essayait juste d'attirer ton attention ? Tu y as pensé ? Comment te conduisais-tu, toi, avec tes parents ? Combien de tentatives de suicide as-tu faites ?

J'apprends par son père que les auditions de l'émission ont lieu à Milan. Lui, serein : laisse-la vivre.

Deviner la capitale de la Norvège, c'est ça, vivre ? J'admets que j'ai déjà regardé ce quiz. De même que, au départ d'Anita pour Londres, j'ai cherché sur Google Maps sa future université, sa future demeure. Rues, bancs. Le banc où elle s'assiérait quand elle aurait besoin de repos, par une froide journée, par une chaude journée.

Non, mon enfant ne peut pas participer à un quiz télévisé.

Je ressasse : une fille qui a passé l'examen d'entrée en Médecine à l'université la Sapienza, six mille candidats pour neuf cents places, et en même temps à Londres, finissant par choisir cette dernière qui lui apporterait une expérience à l'étranger. Une fille qui, si l'on excepte les années de primaire, n'a jamais eu d'exigences ; à preuve, la fête pour ses dix-huit ans que je comptais organiser à la campagne, dans le couvent du XVIe siècle de sa grand-mère paternelle, ou en ville, louons une villa, un palais ; à preuve, son choix de fêter son anniversaire avec ses amies les plus proches, trois. Et si je vociférais pour la façade, je m'enorgueillissais en mon for intérieur : j'ai mis au monde une fille qui sait choisir.

Et voici que cette fille, oui, elle, a maintenant l'intention de faire le clown à la télévision.

Federica tente de me calmer en citant ses enfants en exemple : n'exagère pas. Qu'a-t-elle éprouvé, à mon avis, quand son mari et elle ont demandé à Leonardo s'il était gay en souhaitant qu'il le soit – cela aurait expliqué sa solitude, son retrait du monde – et qu'il a répondu par la négative, les troublant, éveillant en eux le soupçon qu'il souffrait d'une dépression ? Au fil du temps, ils ont compris que c'était sa nature, une génération particulière, asexuée.

Nous devons les accepter tels qu'ils souhaitent être, dit-elle, moralisante, nous ne pouvons pas répéter les erreurs de nos parents. Au fond, le fait qu'ils soient en bonne santé est déjà un miracle. Tu lis les journaux ? Bourrés d'histoires de ce genre, de jeunes qui ne se ressaisissent pas après s'être drogués, un cachet, terminé.

Le problème est là, Federica, ta pensée-guide, me dis-je. Le fossé qui te sépare de ta sœur.

Maintenant aussi, elle me parle, mais c'est à elle-même qu'elle s'adresse. Nous croyons disposer de beaucoup de temps, continue-t-elle. Nous nous croyons éternels, vis comme si c'était le dernier jour.

Je me laisse entraîner par mon amie naïve, une femme que j'aurais éloignée si j'avais fait sa connaissance aujourd'hui. La règle des liens de sang s'applique : l'humanité qui t'échoit. Il est bien vrai que je me suis rebellée contre l'humanité qui m'avait échu, brisant les liens avec la plupart des membres de ma famille. Après la mort de mes parents, j'ai abandonné tout le monde, à l'exception de mon frère dont je ne supporte pas l'autorité, l'accent moitié romain moitié toscan qui crée l'hybride plouc. Mon frère jumeau et mes parents, tant qu'ils ont vécu.

Par exemple, ma mère – je n'ai pas eu le temps de développer de véritable sens critique à propos de mon père, saint ou pédophile.

Ma mère, en revanche, sa pauvreté culturelle, les livres que j'ai trouvés chez elle après sa mort : *Jonathan Livingstone le goéland.*

Les papiers accumulés, par exemple des paiements de factures datant de 1985, ou le dossier détaillé d'expertises et d'illustrations photographiques concernant la terrasse illégale des voisins. Des milliers de documents que j'ai renoncé à lire. Par manque de temps – un an n'y aurait pas suffi – et par lâcheté, Federica avait-elle raison ? Federica adolescente à qui ma mère édentée ouvrait la porte.

Dans la chambre, après sa mort, dans sa chambre bourrée de feuilles de papier et d'objets, où je me tenais, raide, comme si je risquais d'être contaminée, je me suis interrogée : n'était-ce pas là un début de clochardisation ? Je n'ai rien compris.

Dans ce cas, pourquoi s'étonner que ma fille s'ajoute aujourd'hui à la foule des inconnus ?

Je ne la connais pas, je ne connais pas non plus mon frère jumeau, ni mon ex-mari. Je ne connaissais ni mon père ni ma mère. Entourée d'étrangers depuis l'enfance.

Moments de méconnaissance suivis de dévoilement, et ce dernier, d'un sentiment infini de solitude, où suis-je, qui suis-je ? (Nombreux sont ceux qui se posent cette question dans cette histoire) :

— de retour de la salle d'opération où l'on m'a prélevé les ovocytes, troisième tentative consécutive de fécondation artificielle, je résiste. De retour de la salle d'opération, encore sous l'effet de l'anesthésie, je vois les silhouettes de mon mari et de ma mère, autour du lit qui précède le mien, demander à son occupante comment elle se porte, avant de se rendre compte que ce n'est pas moi et lui présenter leurs excuses. Allongées, nous nous ressemblons toutes.

— Ma fille qui, à la représentation de Noël, sur l'estrade, agite la main à l'adresse d'une grosse femme négligée, puis s'aperçoit que ce n'est pas moi. Elle recommence à me chercher du regard et me trouve.

Nous nous sommes inventés, produits de désirs et de peurs. Ai-je dit que je me souviens de mon père, très grand ? Un mètre quatre-vingt-dix. Et mon frère jumeau, qui suscite chaque fois ma stupéfaction, n'avait-il pas les yeux verts ?

Réflexions récentes, auparavant je n'y prêtais pas attention. Auparavant l'invention l'emportait. Maintenant j'hésite, je vacille. Étrangère parmi les étrangers.

Federica est la seule personne qui semble me connaître. Cette personne qui dit : toi qui es gentille. Tu as un grand cœur, ajoute-t-elle, et je ne me demande pas pourquoi elle prononce ces mots, alors que j'ai été méchante envers elle, justement, et envers Livia. Je ne m'interroge pas, je suis telle qu'elle me dépeint. Généreuse, honnête. Dans mon désir de coller à cette représentation – la meilleure dans la vie et au travail –, je mets de côté ma fierté et j'écris au rédacteur en chef. Je propose une nouvelle fois l'anorexie, je deviens péremptoire, à la limite du mépris. Enfermés dans votre belle rédaction, vous ne vous êtes pas aperçus que les jeunes filles meurent dans le monde, lui écris-je. Les jeunes filles ont cessé de manger. Le raconter est un devoir. Aller sur place, dans la seule structure publique d'Italie qui prévoit un traitement spécifique à travers des menus personnalisés et une hospitalisation/un séjour. Un centre qui n'est pas une clinique, mais une résidence, et je joins des photos. Encouragée par Federica, je répète : il serait criminel de fermer les yeux. Nous autres adultes avons le devoir de protéger les nouvelles générations. Ces jeunes sont nos enfants, nos enfants fragiles, que nous ne pouvons pas abandonner !

D'où te vient donc cette formule, écrivaine ? Nos enfants fragiles.

Plus tard, beaucoup plus tard, je me dirai : ressaisis-toi.

18.

À bord du train pour Milan, Federica répète que je devrais être fière. Tu sais, seuls les génies participent à ce genre d'émissions, précise-t-elle, pas les gens ordinaires. Malgré ce réconfort, je continue de me demander où je me suis trompée avec Anita. J'analyse, je bâtis des hypothèses. Un téléphone portable à l'âge de six ans, une maison de poupée extralarge avec laquelle elle n'a jamais joué et que je suis allée récemment rechercher à la cave – en mémoire de toi, de moi.

Et encore : des chaussures à talon trop tôt. Je me rappelle ton refus de sortir – laissez-moi rester avec vous ! implorais-tu. Ton besoin d'avoir des barrières, un territoire délimité, que je prenais pour de la peur, pour des complexes physiques au point de te dire : regarde-toi donc dans le miroir, tu es sublime – et c'était à moi que je parlais, c'était une version adolescente de moi-même que je superposais à ton image et que j'encourageais. Pour conclure, sans que tu aies prononcé un mot : OK, peut-être le nez, nous irons chez un bon chirurgien. Et, tant que nous y sommes, nous rectifierons aussi tes oreilles.

Mais Anita voyait des critiques dans ces encouragements.

Je passe en revue les conflits à la recherche d'une réponse que je ne trouve pas. Pourquoi m'en veut-elle ?

Examen de conscience durant tout le trajet et après. Taxi, hôtel.

Pour économiser, nous avons réservé une seule chambre, nous glissons sur le ton étrange du réceptionniste qui nous lance « Bienvenue, mesdames » en nous donnant les clefs, ce n'est peut-être qu'une impression de ma part. Ces derniers temps, la crainte des jugements d'autrui a resurgi. Ce que pense le monde en me voyant. De peur que les gens puissent commenter, je me remets à raser les murs, à éviter les groupes.

Je me dirige vers l'ascenseur en traînant ma valise cabine, encore un poids mort, un enfant qui refuse de me suivre.

Je me repose sur le lit : ces derniers temps, je me sens très fatiguée, qu'Anita le sache, qu'elle comprenne mon sacrifice.

Je ferme les yeux pendant que Federica arpente la salle de bains. Il n'y a qu'un seul peignoir, proteste-t-elle, où est le second ?

J'ai faim, dis-je. Nous commandons par téléphone.

J'ai chaud. J'ôte mes vêtements. Ce doit être la nervosité, dis-je. Tu sais depuis quand je n'ai pas vu Anita ?

Sur le lit, tandis que nous mangeons des sandwiches et des chips, la conversation prend un tour plus intime. Nous grattons la rouille de la gêne : tu sais qui a été le premier à me sodomiser ? dis-je en me rappelant très clairement le moment où je l'ai confié à Federica, nous étions sur la terrasse, la véritable expérience semblait s'accomplir dans nos bavardages. Ou plutôt c'est lui qui se perd, le garçon qui m'a dépucelée par-derrière. Et les rouges à lèvres volés à la parfumerie ? Et le jour de la tête dans le jardin du vieux ? (Encore le souvenir de cet événement sans importance.)

Un certain temps est nécessaire pour arriver au présent, à nos vies réduites en miettes.

Giorgio, raconte Federica, ne la touchait plus depuis trois ans, il ne posait même pas la main sur son bras, s'ils avaient été honnêtes ils se seraient séparés plus tôt. Mais nos enfants sont extraordinaires, il faudrait que tu les connaisses, dit-elle. En particulier l'aîné. Il a terriblement souffert du conflit avec son père qui ne l'accepte pas tel qu'il est, qui voudrait le voir différent, extraverti, don juan, par exemple ! Bref, Giorgio n'est pas l'homme intelligent qu'elle croyait, elle doit l'admettre. Une démonstration de bêtise supplémentaire, une des nombreuses, dit-elle –, au fil des ans il lui a fourni mille preuves de son étroitesse d'esprit, question de culture, du milieu dans lequel on grandit. Donc Federica évoque l'épisode de la baignoire, Livia et les enfants dans la baignoire. Après cet épisode, Giorgio a cessé toute relation avec sa belle-sœur, interdisant même à ses enfants de la revoir.

Suit le récit de la tension croissante, des événements qui ont creusé peu à peu un fossé entre eux, suit le compte rendu d'un mariage volant progressivement en éclats, rapporté avec mélancolie et un sentiment de défaite qui m'est si insupportable – question de comparaison – que je change de conversation. Je demande : le sexe ?

Avec lui ?

En dehors.

Elle secoue la tête : je me suis contentée d'être mère.

Je réagis : tu ne peux pas te renfermer sur toi-même. Tu es jeune, tu as un tas de possibilités – et en disant « tu », j'entends « nous ». Les relations sexuelles améliorent le bien-être physique. Après la chose, les traits se détendent, les endorphines se libèrent.

Suspendons le temps : deux femmes sur un lit. L'une qui fait carrière (au crépuscule, ou presque, mais une seule le sait), carrière avec famille désunie, l'autre sans réussite professionnelle, sacrifiée au nom de la famille qui s'est ensuite désintégrée. Deux femmes sur un lit, une vie passée à les séparer pour les réunir sur la même pente, ou au-dessus du même précipice. Quelle différence y a-t-il entre elles ? La distance s'efface.

Quand vient mon tour, j'évoque l'amant que je fréquente depuis peu et le précédent, l'homme marié qui me demandait de quitter mon mari. Et j'avoue : je pense encore à lui. Il me rejoignait à l'hôtel, dans les hôtels, il me baisait, il repartait. Et je restais au lit jusqu'au soir, en général il arrivait l'après-midi. Je commandais de quoi dîner dans la chambre, la plupart du temps je ne touchais pas à ce repas, préférant penser à lui tout alanguie et immobile.

Et pourtant, dis-je, ce qui l'emportait sur l'ensemble – lui qui n'appelait pas, qui ne s'attardait que deux petites heures –, ce qui balayait ses lacunes, c'était l'absence de gêne chez moi. Un jour je me suis levée pour aller à la salle de bains, nue, totalement nue, pour la première fois de ma vie. Avec lui, je me sentais belle, vraiment belle.

Pourquoi tu n'as pas fait de chirurgie esthétique ? interroge Federica.

Entre autres par manque de temps, d'argent.

Mais maintenant, ça ne coûte pas cher, quatre mille, cinq mille.

Je ne sais pas pourquoi – je m'énerve – j'ai fini par y renoncer, OK ? Ou plutôt si, je sais, mon travail me prend beaucoup de temps, j'ai énormément travaillé.

Sous-texte : pas comme toi qui avais du temps libre et de l'argent, toi qui as pu je ne sais quand, peut-être à l'époque où cette intervention coûtait dix ou quinze millions de lires. Je me rappelle cette époque, le chirurgien annonçant : quinze millions, dans votre cas c'est une opération compliquée. Et tu sais pourquoi – discours intérieur ? Il était du même milieu que vous, il opérait dans des cliniques de quartier, il s'enrichissait sur nous, les complexés, les enfants défectueux de personne.

La revendication sociale rejaillit. Feu qui brûle subitement et qui détruirait tout s'il se propageait. La bombe que j'invoquais habitait en moi – à la place du cœur, à la place d'un organe vibrant, l'organe féminin.

Elle n'explose pas.

Sur ce lit, la rancune, le sentiment d'injustice demeurent latents.

Pour démontrer peut-être que nous sommes une seule personne, qu'elle a réalisé pour nous deux les rêves que je n'ai pas réalisés, moi, par manque d'argent, Federica soulève son tee-shirt.

Je suis hypnotisée par ses seins.

Oui à la chirurgie esthétique ! Disons oui à la chirurgie esthétique ! Toutes ensemble, chœur de nous, sans exception (par le passé quelqu'un a prétendu qu'Emanuela Orlandi vivait en Turquie et qu'elle s'était soumise à une opération de chirurgie esthétique pour modifier son apparence et ne pas être retrouvée).

Vive la chirurgie !

Je demande : c'est douloureux ?

Juste un peu de gêne au réveil.

Je dis qu'il doit être incroyable de s'endormir plate et de se réveiller augmentée, le rêve d'une vie qui se réalise.

Sauf qu'elle révèle : tumeur.

Je ne sais pas quoi dire, je ne sais pas ce qu'on dit dans de telles circonstances.

Il y a une éternité, précise-t-elle.

À l'époque, elle a pensé à moi, affirme-t-elle. Pendant deux mois elle a été comme moi, pire. Il lui manquait un sein. Ablation. Dans l'ensemble, l'opération a été simple, la phase réparatrice, entend-elle.

D'un côté, prothèse et mamelon, tu vois – en montrant –, tatouage.

De l'autre, prothèse. Pour ça, il vaut mieux ne pas avoir de seins, explique-t-elle. Dans son cas, cela a permis d'introduire deux prothèses identiques. Sous le muscle, précise-t-elle : les prothèses placées devant sont ignobles, on les voit à un kilomètre. Si je devais me décider, incision dans l'aisselle, cicatrices invisibles. Si je devais me décider, elle me donnerait le numéro de son chirurgien, un magicien. Naturellement, Livia n'est au courant ni de la tumeur ni du reste, il faut la protéger dans ce domaine.

Ce qu'est Livia d'ici. Comment sa silhouette flotte à distance derrière la fenêtre de l'hôtel qui donne sur une tour éclairée, ce qu'elle est précisément, nul ne le sait, un phare dans la nuit, une utopie. Il suffit d'une lumière dans le noir pour convoyer les espoirs, comme le tapis bleu d'autrefois, main dans la main.

Le téléphone sonne, Federica regarde l'écran – Livia. Et quand elle ouvre le lien que sa sœur lui a envoyé, nous écoutons une chanson.

À cette distance, Livia est une vieille chanson de notre jeunesse.

19.

Je m'apprête à revoir ma fille, cela fait plusieurs mois que je ne l'ai pas vue, augmentation du rythme cardiaque. Achète-lui un bouquet de fleurs, propose Federica. Je suis horrifiée. Arrêtons-nous une seconde, mal aux pieds. Semelles gel, dit-elle. Dans les baskets ? Toujours, encore elle : sur du moelleux les pieds ne gonflent pas.

Deux femmes d'âge mûr. Deux femmes d'âge mûr dans une rue de banlieue où filent des voitures et, là-haut, enchâssée dans le ciel gris, la tour Mediaset[1].

La veille au soir, sur les notes de la chanson d'amour qu'avait envoyée Livia, nous avons contemplé les lumières de la tour comme si c'était la lune, quelque chose de différent et de très beau, et nous nous sommes endormies. Un long sommeil à la veille de cette journée importante,

1. Tour de transmission de 100 mètres de hauteur flanquant les studios de télévision de Mediaset (groupe de médias appartenant à Silvio Berlusconi), à Cologno Monzese, dans la banlieue milanaise.

préparée dans les moindres détails – passe, numéro du studio. Malheureusement on nous informe, à l'entrée du centre de production, que le quiz sera enregistré dans l'après-midi.

Trajet en sens inverse, retour à l'hôtel, discussion sur les fleurs. Hiver, températures au-dessous de la moyenne saisonnière, je transpire à grosses gouttes.

Ces derniers temps, je suis fatiguée, ajoutons une douleur incessante à la plante des pieds. Tu as grossi, disent mes amies, trop de poids sur les genoux et sur les pieds.

Lit, service de chambre. Se blottir juste un instant, s'endormir – je m'endors n'importe où.

Plus tard, dans le hall, je découvre que j'ai oublié le papier, et Federica propose de monter. Assieds-toi, dit-elle en me traitant comme une malade. Tandis que je m'enfonce dans le fauteuil, le réceptionniste sourit. Aujourd'hui il est flanqué d'un collègue. Je les vois se donner un coup de coude, je sais qu'ils parlent de moi, de nous, je ne suis pas idiote. Je m'apprête à me lever, à leur infliger une leçon, quand quelque chose me fige sur place, une pensée : cette journée doit être consacrée à Anita, le bien attire le bien – le conditionnement de Federica entre en scène – quand on sème l'amour, etc.

Me voici de nouveau devant les studios de télévision.

Je me demande si, en me voyant, Anita superposera à mon image celles de mille garçons, de mille fleurs.

(Je m'interroge, moi qui ai interdit aux hommes, aux rares hommes, de m'offrir des fleurs. Diamants, cygne, donnez-moi un cadeau durable – durée de vie moyenne d'un cygne ?)

Moi qui déteste le sentimentalisme, moi qui ne supporte pas les comédies romantiques.

Bouquet de roses à la main, voici que je reproduis les scènes banales des films d'amour. Si ce n'est que je suis une mère, non un amoureux (êtes-vous certains que ce désir de rapprochement, après des années d'incompréhension, ce besoin de s'étreindre – parce que ma fille, lorsqu'elle était petite, m'étreignait, cela arrivait subitement. J'étais allongée, j'étais assise, et cet être minuscule tentait de m'enlacer, s'arrêtant à la moitié, moins de la moitié, comme une ceinture qui ne ferme pas. Et alors : êtes-vous certains que cette nostalgie n'est pas identique, sinon supérieure, au désir désespéré d'un amoureux repoussé ?).

Me voici dans la rue, si c'était une comédie romantique il pleuvrait.

Mère reniée prête à étreindre fille en renonçant à récriminations, et même : participe au quiz, je suis avec toi ! La capitale de l'Éthiopie, mon amour ?

Espérer que quelqu'un t'a déjà attendue ainsi. Pas de roses pour moi, des centaines pour toi.

Toujours voulu mettre au monde une fille plus aimée que moi.

Depuis quand ne l'ai-je pas vue ? Six, sept mois. Une période suffisante, à cet âge, pour se transformer.

Si elle était au milieu de la foule, si ces studios étaient une école, l'université, je ne la reconnaîtrais pas. Mère dénaturée, absente, quatre-vingt-cinq centimètres. Quatre-vingt-cinq centimètres de hauteur, pointure 24. J'ai figé ma fille à l'âge de deux ans, après quoi elle s'efface. Lorsque je ferme les yeux, la première image que j'ai d'elle : quatre-vingt-cinq centimètres. C'est ensuite, seulement, que mon esprit s'accorde au temps réel. Si j'avais raconté ça à mon analyste, il aurait décrété : vous avancez par bonds. Vous cristallisez les gens, votre père à cinquante ans, votre fille à deux ans, vous n'autorisez pas les êtres à grandir, à mourir – j'imagine son discours, mot pour mot.

Mais puisque je n'en ai pas parlé à mon analyste – un des nombreux analystes qui se sont succédé comme mes amants, pris et abandonnés –, j'ai évité d'entendre ce discours. Un discours très banal, docteur, docteurs, d'autant que je suis ici, attendant ma fille, laquelle, en tant qu'adulte, a décidé de s'engager sur une voie que je ne partage pas, et pourtant.

Et pourtant je suis là, bouquet de roses, et la crainte de ne pas la reconnaître – d'où le sentiment de culpabilité et la confirmation que vous aviez raison, vous autres analystes, bien que vous n'ayez pas proféré un mot. Vous aviez raison : je cristallise, je fige.

Puis elle surgit et, non, je ne cristallise pas. Je reconnaîtrais mon bébé de dos, d'en haut, de travers.

Je retiens mes larmes (ne serais-je pas en train de devenir pathétique, comme Federica ?). Et si ma fille ne venait pas à ma rencontre, je jure que je le ferais, que je me jetterais dans ses bras – renversement des rôles.

Qu'est-ce que tu fiches ici ? attaque Anita.

Je ne veux pas me disputer avec toi – moi, lui tendant les roses.

Je dois enregistrer.

Je réplique que je ne suis pas pressée, je chercherai un bar avec mon amie, j'attendrai. Elle rétorque que cela prendra une heure, deux, on l'ignore, et me voyant décidée à rester, elle s'énerve. Tu es anxiogène ! s'exclame-t-elle.

Arrêtons-nous un instant. Dès le début, dès le premier instant où je suis devenue mère, j'ai canalisé mon angoisse, il s'est agi d'un exercice. Inspire, expire. La petite ne tombera pas, ne glissera pas. Personne ne lui fera de mal. Parfois sa grand-mère paternelle laissait un de ses chiens se promener dans la maison pendant que ma fille marchait à quatre pattes, puis sur ses deux jambes, mais encore minuscule, il aurait suffi d'une morsure, d'une seule morsure de cette bête. Tout le monde me disait : Détends-toi, Pluto ne la touchera pas.

Elle ne tombera pas, ne glissera pas, ne s'effondrera pas, ne se noiera pas, elle n'arrêtera pas de respirer la nuit – disais-je à la mère que j'étais et à la petite, disais-je dans le lit en tendant la main vers elle, blottie à mes côtés. Anita a dormi avec moi jusqu'à l'âge de huit ans. Ou j'ai dormi avec elle. C'était plutôt un besoin de ma part, y compris quand, assez grande, elle disait qu'elle voulait se coucher dans son lit. Je répondais : pas ce soir – je bredouillais –, lundi.

Ce qu'il est arrivé ensuite, entre la petite fille dans mon lit et cette jeune femme qui me tourne le dos pour pénétrer dans le studio de télévision, je l'ignore.

Mon enfant disparaît derrière la porte vitrée et je cherche du réconfort auprès de Federica : tu as vu sa froideur ?

Bouquet de fleurs. Je suis ridicule.

Déçue, enragée, hésitante, perdue au milieu d'une foule de gens, qui sont donc tous ces gens ? (Je découvre bientôt qu'il s'agit de figurants et plus tard, des mois plus tard, je décide d'interviewer un homme dont c'est le métier, serait-ce une façon inconsciente de me rapprocher de ma fille ?*)

Une heure, deux heures s'écoulent, et Anita me retrouve exactement au même endroit, bouquet de fleurs. Soupirant tenace.

À ma vue, elle se fâche, réaction presque imperceptible, elle plisse les paupières, se mord l'intérieur de la bouche.

Je t'avais dit de ne pas attendre.

Allons dîner, Federica est là – je l'indique –, je t'ai parlé d'elle ?

J'ai un rendez-vous.

Où dors-tu ?

Chez Chiara.

Je suppose que Chiara est une amie. Il est possible qu'Anita l'ait déjà mentionnée et que j'aie oublié, je suis distraite. Mea culpa : je me suis trompée plus d'une fois sur les noms de tes amis. Je me suis trompée sur le tien, t'appelant Agnese, et tu demandais : qui est-ce ? En réalité il n'y avait aucune Agnese dans ma vie présente comme passée, ce prénom ne pouvait sortir que de ma négligence. Ce n'était pas celui d'un être cher, le prénom de ma mère, de ma grand-mère. C'était probablement le dernier prénom que j'avais entendu en éteignant la télé.

Prends au moins les fleurs, lui dis-je en essayant de la retenir.

On s'appelle demain, réplique-t-elle.

Je t'accompagne en taxi – je, mais Anita est déjà loin, elle n'entend pas ou feint de ne pas entendre.

Sa grande silhouette élancée rapetisse dans la rue. Elle échappera bientôt à mon champ de vision pour la seconde fois ; la première, c'était à la puberté.

Puberté : je surveillais la formation de ses seins. Peu importait qu'ils soient petits ou gros. Fais qu'ils soient identiques, priais-je, oui, je priais et m'informais : peut-on opérer une fille de moins de dix-huit ans ?

De moins de combien ?

Treize, quatorze.

Face au silence du chirurgien, je relançais : seize. Dix-sept !

Anita en avait onze, elle fleurissait, et j'ai eu parfois la certitude – illusion d'optique ou pas – d'entrevoir sous son maillot de bain, sous son tee-shirt, en tout cas en été, au milieu des glycines de la maison de campagne, tandis qu'elle courait sur la pelouse, au bord de la piscine, au milieu des glycines j'ai eu la vision d'un être bancal. Était-ce ma fille, ou ma propre personne de retour du passé ? Peu importe, une créature malheureuse se tenait devant moi.

Abandonnée dans la rue. Sans-abri, mendiante, je vends des roses. Je jette les roses, alors que Federica tente de m'en dissuader. Va-t'en, lui dis-je en la repoussant. Elle avait des rendez-vous, rétorque-t-elle, elle te l'a dit.

Je l'interromps : peux-tu me laisser tranquille, s'il te plaît ?

Et je m'en vais, je ne sais où, dans le labyrinthe des studios de télévision.

Pas après pas, ma rage augmente, jeter les roses n'a pas suffi. Si je regagnais l'hôtel, par exemple. Je rentrerais, combative, et réglerais leur compte aux réceptionnistes, à tous les employés, serveurs, domestiques, je les affronterais. Vous qui avez vu deux lesbiennes, deux vieilles lesbiennes, je le sais. Eh bien, vous : vous savez qui nous sommes vraiment, qui vous hébergez dans votre hôtel ? Deux adolescentes inquiètes, folles, réprimées, vierges, sadiques, insensées, immorales, dangereuses, vierges, totalement vierges. Attention, si ça nous prend, on cassera tout. L'élan de destruction, la tentation de tout faire sauter ne se sont jamais assoupis en moi (« Elle a fait exploser sa famille », écrit @nick999 à mon sujet, et personne ne m'a jamais mieux comprise que ce @nick999).

Je marche, je rumine, je change de bouc-émissaire. C'est la faute de Federica, sa faute et celle de son lavage de cerveau, pourquoi l'ai-je écoutée ? Quelle bêtise de suivre cette femme !

Qui est-elle pour m'apprendre ce qui est juste et ce qui est erroné ? Pour forcer ma nature et m'amener à être ce que je ne suis pas ? Je marche, ma rage se cabre, qui est cette créature banale qui parle du temps comme d'un cadeau précieux, de la vie comme d'un voyage et qui interprète tout comme un signe du ciel, genre les galets en forme de cœur qu'il lui arrive de trouver sur la plage en été, chaque été, sur n'importe quelle plage, dit-elle, carrément à l'autre bout du monde, un jour aux îles Fidji : à tous les coups c'est un message, quelqu'un, là-haut, veut me dire quelque chose, ma mère.

Je me suis livrée à cette femme. A-t-elle tenté de me circonvenir ? J'imagine des scénarios possibles : elle me réclame de l'argent. Supposant que j'en gagne beaucoup – elle me supplie de lui accorder un prêt, elle me fait chanter.

Ou alors : et si elle était vraiment lesbienne ? Si elle l'était déjà à l'époque et ne s'était mariée que par convention bourgeoise, nourrissant en son sein un amour bien vivant ? Cela expliquerait les coupures de presse sur ma carrière, sa recherche compulsive d'informations me concernant. Cela expliquerait son absence d'hostilité envers moi, qui l'ai blessée, balayée. Elle m'aimait alors que je lui offrais mon amitié, elle maîtrisait à grand-peine ses pulsions érotiques.

J'ai beau être horrifiée, je m'attendris sur ma personne. Moi, l'adolescente, l'innocente, sur le tapis bleu.

Le monstre n'était pas mon père, mais mon amie, c'était son corps qui me menaçait, sa main qui s'introduisait dans ma culotte. Ou peut-être pas. Les mains se confondent. Un individu a profité de ma candeur. Pauvre moi – l'auto-apitoiement resurgit –, pauvre petite moi (lecteur, glisse sur mes quatre-vingts kilos, oublie que je méprisais les mères, que j'injuriais les pères, que je rêvais de tuer mes camarades de classe, sinon tous, au moins une, Lavinia). C'était moi, la victime. Victime vierge d'un monde féroce, qu'est-ce que vous m'avez fait, qu'est-ce que vous avez fait à la grosse fille, Federica, mère, père ? Et sans transition : employeurs, lecteurs.

Que de violence à mon égard, dans quel état m'avez-vous mise ! La rage rue, moi aussi.

Je pénètre dans un studio.

Je monte des escaliers, je descends des escaliers, je parcours des couloirs, j'ouvre des portes, j'enjambe, je me perds.

Voilà, vous pensez maintenant que je pleure, que le moment est venu de pleurer, écrivaine, de prendre conscience du peu de chose que tu as construit et détruit, même dans la destruction tu n'as pas brillé. Le moment de reconnaître l'immense solitude qu'est ta vie, ton échec, la terrible chute dont tu ne te relèveras pas. Fin. Tu ne seras jamais ce que tu pouvais être. Tu es ça, et ce n'est pas grand-chose.

Bien que vous m'imaginiez tous en larmes, je ne pleure pas. Je ne pleure pas et ne pleurerai pas. Vous ne me verrez pas sangloter, cachée derrière un pilier – à mieux y regarder, un palmier – du décor d'un studio de télévision.

Je suis une femme forte, capable d'affronter les revers du destin, une femme que la solitude n'a jamais effrayée. Si je calcule, j'ai passé plus de temps seule qu'accompagnée.

Par exemple, l'été : les jeunes de mon âge à la plage, et moi, dans ma chambre, volets fermés. Et les réveillons devant la télévision ?

Et quand mon amant s'en allait après l'amour, il s'en va et je reste. Et je passe six ou sept fois plus de temps seule dans le lit qu'en sa compagnie. En train d'imaginer des confidences qui n'ont jamais été prononcées.

C'est dans ces heures qui succèdent à l'amour avec lui, avec eux, avec vous, que la liaison devient intime, poignante. L'amour s'accomplit dans la solitude.

Dans ces conditions je ne vois pas comment je pleurerais maintenant, dans un studio de télévision, sous un faux palmier. Pas de dévoilement subit. Je vais bondir sur mes pieds et partir. Je m'attarde encore un peu dans cette cachette parfaite. Le minuscule espace que je cherchais, enfant. Se recroqueviller, respirer. Silence absolu, un silence qui n'existe pas dans la nature.

Je m'éterniserais volontiers ici. Sauf que, tout d'un coup, l'obscurité s'abat sur moi. Les mille feux s'éteignent – les mille feux de la rampe, mille feux d'une vie heureuse.

Je ne crois pas, loin de là, aux esprits surnaturels. Le soir est tombé, l'employé a certainement fermé sans savoir qu'il y avait quelqu'un à l'intérieur. Ce n'est pas la première fois que je me retrouve dans le noir : je ne compte pas celles où je l'ai été chez moi, celles où mon ex m'a laissée, la nuit, dans la maison des bois, dehors hurlements de loups et d'autres animaux (des faons, apprendrais-je plus tard, les faons crient, gémissent – pour ceux qui les associent aux gracieux exemplaires des dessins animés). Pour être honnête, j'ai cessé d'avoir peur à un moment donné : dès qu'il y a eu un petit corps dans le lit, à côté de moi, celui de ma fille. Cela a duré quelques mois, un, deux ans, et plus encore, sept, huit – je l'ai déjà dit. J'ignore si c'était une affaire de protection, si j'étais censée protéger Anita ou vice-versa, je crois que c'était davantage une question de perspective : quoi qu'il arrive, qu'il puisse arriver – événement surnaturel ou réel –, nous étions deux. C'était un livre ou un film, je n'ai jamais su d'où venait la scène qui a frappé le plus ma sensibilité : une femme se pend avec son chat. L'idée qu'ils partent ensemble, le chat et elle, chassait sa peur. En regardant ou en lisant, j'ai pensé : moi aussi.

Seule, j'étais un être terrifié ; en tant que mère, non. Laissez-moi n'importe où, à côté de ma fille endormie, et personne ne surgira.

Les années où nous avons vécu ensemble m'ont appris le courage, y compris lorsqu'elle n'était pas là ; je me suis constitué une réserve de courage. Dormir dans des maisons vides, marcher dans des rues sombres, dans les bois qu'Anita qualifiait de jungle dans son enfance, ce qui m'était apparu comme une métaphore parfaite de notre famille.

Pour cette raison, j'éprouve à présent de l'agacement. De l'irascibilité à cause de petits événements qui comportent un gaspillage d'énergie. Je cherche mon téléphone à tâtons. Au point où nous en sommes, vous imaginez qu'il n'y a pas de réseau et que je suis prisonnière, en proie à la panique, au froid.

Vous vous trompez. J'envisage d'appeler la police, mais l'explication prendra trop de temps. Je téléphone à Federica. Je suis dans un studio, il y a un palmier, je décris.

Elle s'agite, elle va me retrouver, elle va s'adresser à la sécurité, elle arrive. Calme-toi, lui dis-je.

L'année dernière, alors que j'effectuais un reportage sur les troubles du sommeil en y mettant une telle passion que je m'étais attardée à l'hôpital de Bologne, songeant même à écrire un livre sur ce sujet et l'annonçant au chef de service, celui-ci a déclaré : je vous ai observée, je me demande si les médicaments que vous prenez sont appropriés à votre cas – par pur exhibitionnisme j'avais mentionné mes médicaments. Ce professeur, un des plus grands spécialistes des troubles du sommeil dans le monde, avait évoqué la cataplexie et j'avais rétorqué en riant : mais non, voyons ! Et lui : vous arrive-t-il, lorsque vous dormez, de sentir des présences comme si elles étaient réelles ? Un corps sur vous qui essaie de vous étouffer ?

Je le revendique aujourd'hui, comme je l'ai revendiqué l'année dernière auprès du professeur : tout ce que je vois/sens est réel. Hier, ce soir, dans le studio de télévision, dans cette espèce de nuit artificielle – autant que les palmiers, autant que mon calme intérieur – où j'entends, je le jure, j'entends des piétinements, des battements d'ailes – qu'on vienne me dire que rien ne vole ici. Soudain je reconnais la respiration de mon père. Je devrais éprouver du soulagement : voici qu'il vient me protéger ; si j'ai échoué ici, c'est peut-être pour avoir la possibilité de le revoir. Et de me sentir en sécurité. Légèreté, retrouvailles, pirouetter sous son regard, pirouetter, tournoyer.

Mais en entendant sa respiration, j'implore : ne me fais pas de mal.

Petite, encore plus petite, je me rapetisse dans un coin. Pensant que je le mérite. Toi, écrivaine, tu mérites qu'on te rende la violence que tu mets dans tes écrits, avec laquelle tu abuses des personnes que tu aimes en les animant à ta guise. En les démasquant, en les humiliant. Tu ne connais pas la pudeur, fille ingrate, mère déplorable. Tu mérites la vengeance de ton père, qu'il choisisse donc la manière et que, de cette manière – tu l'espères en plissant les paupières –, la paix revienne.

Je pourrais rappeler Federica, mais je n'arrive pas à bouger, j'ai peur ne serait-ce que de parler, de murmurer, ne me demandez pas pourquoi, rien n'est rationnel, comme dans la jeunesse, c'est la jeunesse, quand tu sentais une présence dans ta chambre. Tu te recroquevillais et t'efforçais de ne pas respirer pour éviter qu'on ne t'entende.

* Extrait de l'interview de Daniele Sartini, trente-sept ans, représentant médical dans l'industrie pharmaceutique, figurant par hobby.

Votre expérience télévisuelle la plus importante ?

Une émission culinaire dont je ne peux pas dire le nom. On enregistrait à Rome, dans des studios de banlieue, pratiquement à la campagne, au fond d'une vallée. Quand nous entrons, le soleil brille. À notre sortie, tout est blanc. La chute de neige de 2012.

Conséquences ?

Nous sommes prisonniers. Les voitures étaient bloquées, des arbres tombaient. Vous savez ce qui s'est passé ? Les producteurs se sont dépêchés de mettre les animateurs à l'abri. Ils appellent deux minibus et s'en vont en nous expliquant qu'ils ne peuvent pas nous emmener. De toute façon, disent-ils, la neige va fondre, au pire nous pouvons dormir dans les loges. Trente personnes isolées, pas de réseau.

Alors ?

Nous avons décidé de retourner à Rome à pied. J'ai dérapé. On a crié : au secours ! Sans succès, il n'y avait personne dans un rayon de plusieurs kilomètres. Nous avons regagné le studio.

Combien de temps êtes-vous restés bloqués ?

Douze heures, treize heures.

À quoi avez-vous pensé ?

Que nous pouvions mourir.

Et ?

En fin de compte, ça aurait été une belle mort. Dans un studio de télé, tous ensemble.

20.

Federica crie mon prénom. Suit une voix d'homme : Madame, Madame.

Mes yeux s'habituent à la lumière. Studio, palmier. Individus se rapprochant, parmi eux Federica qui se jette à mes pieds. Comment vas-tu ? demande-t-elle.

Madame, nous sommes arrivés.

Derrière Federica, trois agents de sécurité. Gêne d'avoir dérangé tout ce monde.

Je dédramatise : il n'est rien arrivé. Ils se penchent sur moi comme si j'étais ensevelie sous un amas de gravats, une avalanche de neige.

Je répète que je vais bien, c'était juste une question de lumière, rien de plus, je n'arrivais pas à trouver la sortie.

Allons-nous-en, dit Federica en me tendant une main.

Venez, Madame, venez, me lance un des trois hommes, une main tendue, lui aussi.

Sans bouger, je rétorque : je n'ai pas perdu l'usage de mes jambes. Federica demande si je me suis fait mal, j'arrive à me lever ?

Alors je prie l'assistance de nous laisser en tête-à-tête.

S'adressant aux hommes, Federica explique que je suis nerveuse, peuvent-ils avoir la gentillesse d'attendre dehors ? Quelques minutes.

Elle s'assied à côté de moi. Sous le palmier, nous avons toutes deux le regard frontal, comme si nous étions face à un véritable horizon. Pour toutes ces années qui se sont écoulées sur le tapis bleu, prends-moi la main.

Je suis mouillée, dis-je.

Si j'avais eu affaire à quelqu'un d'autre, il m'aurait fallu expliquer ; Federica, en revanche, bondit sur ses pieds, enlève sa doudoune, ôte son pull. Noue-le autour de ta taille, conseille-t-elle.

Ça se verra quand même.

Mets-le.

Je me soulève en m'agrippant au palmier. Je me débarrasse de mon manteau. J'enroule le pull autour de ma taille.

Cela m'arrivait à l'adolescence. Quand je riais trop, quand j'avais une frayeur. J'ai seize ans. Je mouille les canapés, les matelas. Comme un chien. Impossible de me retenir. Je ris, je sursaute, je fais pipi dans ma culotte. J'ai honte.

Honte sur la banquette arrière de la voiture de Massimo, lorsque Federica et moi sommes prises de fou rire, une blague, une situation qui nous laisserait indifférentes aujourd'hui. Nous rions pour un rien. À seize ans, à dix-sept ans. Nous rions entre nous, dans l'incompréhension d'autrui. Je la supplie de se taire, je ne peux pas m'arrêter. Je ris, je ris, ça arrive.

Honte dans la chambre de Lavinia (trente ans plus tard, je te l'avoue, Lavinia, c'est moi qui ai pissé sur ton lit).

Et le matin, au réveil, les nuits où j'ai eu peur, ces nuits où je sentais une présence sur moi – le professeur, le ponte avait raison. Ces matins où j'enlève mes draps et les mets à laver en espérant que maman ne s'en apercevra pas ou qu'elle pensera, si elle s'en aperçoit, qu'il s'agit là de larmes, de mes premières amours.

Premières amours, tu parles ! Maintenant que tu es morte, maman, je peux bien te l'avouer : je mettais du coton dans mon soutien-gorge, du côté renié, écartais les mains des garçons pour les poser sur l'autre. Je gardais toujours mes vêtements, me dérobais sans cesse, j'étais prête à tout pour éviter d'être regardée, sans éprouver de plaisir – le plaisir appartient aux corps harmonieux –, à prendre l'initiative, baise-moi, jouis en moi, pour qu'on ne me démasque pas. Donnez-moi une tunique, donnez-moi le trou, les femmes du XIXe siècle faisaient l'amour dans une tunique trouée.

Donc non, les draps n'étaient pas trempés de larmes. Et ce n'étaient pas des animaux qui souillaient chaises et canapés. Je vous rembourse les frais de nettoyage à vous tous, camarades de classe, pour vos salons abîmés par la pisse d'une grosse provinciale, incapable de se retenir. Rétention, vessie – en admettant que ce soit un problème de vessie, et non un trouble psychosomatique lié au développement, disparu avec la croissance. Il convient de répéter, de souligner que l'adolescence est une période turbulente, compliquée, un petit théâtre de têtes coupées – encore et encore. Répétons-le. Ainsi, à partir de vingt ans, je ris et je tremble. Les années suivantes, je ris et je tremble sans me pisser dessus, jusqu'à aujourd'hui où, du fait de mon âge, les témoins penseront à de l'incontinence, c'est certain. L'accouchement détend les muscles vaginaux ; manque de chance, j'ai accouché par césarienne. Tu n'as pas de justification. Utilise donc des protections. Honte à toi, repens-toi, cache-toi, fuis. Couvre-toi, ensevelis-toi.

(Les lecteurs attentifs retourneront forcément à la nuit fatale, la nuit de l'accident de Livia, au matin où sa mère remarque une tache sur la moquette, s'interroge à ce sujet, s'agenouille, hume.)

À l'extérieur des studios de télévision, le pull à la taille et mon manteau par-dessus. Dehors, enfin, Federica propose de faire du shopping. Il est absurde de s'enfermer à l'hôtel ! exulte-t-elle en me tirant par le bras, direction H&M.

Inutile de m'y opposer, de répliquer que je suis trempée. À l'hôtel, je constaterai qu'il ne s'agit pas d'urine, pas seulement. De l'urine mêlée de sang, à cause d'Anita, du stress causé par cette fille (il se peut toutefois que je sois en train de mourir, d'une maladie dont je n'avais ni le pressentiment ni les symptômes et qui a eu le temps de se répandre, je meurs et ce sont mes derniers jours).

Pour le moment, nous sommes encore là, dans la rue, et Federica insiste : je veux te faire un cadeau, de quoi aurais-tu envie ?

Que désires-tu, mon amie, créature tremblant de froid, mouillée, enfant des années quatre-vingt ?

Donnez-moi un cygne. Un seul jour dans la peau de Livia, le jour du papillon – vous vous souvenez ? Vous qui avez rêvé d'être Emanuela Orlandi. Vous toutes, dans ce magasin à trois étages, suivez-nous.

Représentantes d'Avon, actrices, mannequins, montez dans des voitures, parlez à des inconnus, acceptez des bonbons. Dénouez vos cheveux, tournoyez, pirouettez. Revenez.

Toutes ensemble dans l'escalier roulant, parmi les rayons, attrapez des vêtements, courez, courez, volez des articles.

Dans les cabines d'essayage fermez les yeux. Fermez les paupières, les filles, en attendant que la trappe s'ouvre.

S'il y avait une trappe sous nos pieds, tout pourrait recommencer du début. Recommençons.

21.

Notes pour un reportage non publié :

« Je n'avais pas étudié ça en classe », dit Magda, dix-neuf ans, menu B, en décrivant le jour où elle a eu ses premières règles. Elle avait dix ans, elle a crié très fort, certaine de mourir, puis sa mère est arrivée et elle n'est pas morte.

« Quand on est sept enfants, votre mère et votre père finissent par penser que vous êtes tous les sept identiques. » Voilà pourquoi elle n'a jamais eu pour elle toute seule ni sa maman, ni de chambre, ni de poupée, encore moins de vêtements (passés des aînés aux cadets).

Le plus beau moment de la vie ? « À l'âge de quinze ans, quand elles ont disparu », toujours à propos de ses règles. Ce qui est aussi le moment où elle devient unique parmi ses frères, la fille qui ne mange pas.

31 kilos (pour 1, 58 mètre), elle perd ses cheveux, « parfois, quand je regardais dans le lavabo, j'avais l'impression de voir un poussin, une souris ».

« J'ai apporté une robe du soir que je ne mettrai pas, dit Asia, vingt-neuf ans, menu B. Pour être sincère, je n'ai pas eu l'occasion de la porter dans la vie normale non plus. »

Hospitalisée à plusieurs reprises, Asia est ici depuis le mois de mai. Elle a erré d'hôpital en hôpital, de service psychiatrique en service psychiatrique. De ces expériences, elle dit : déshabillage et fouille à l'arrivée, confiscation du sac dont on a ôté tout ce qui ne convenait pas, édulcorant, chewing-gums, journaux de mode, cotons-tiges, lime à ongles. Et cordons, « mes sweat-shirts sont sans cordons, à l'exception de celui-ci que j'ai acheté la semaine dernière ».

1,73 mètre, Asia, elle a frôlé les 39 kilos avant de regrossir à Todi, mais ne lui dites pas combien de kilos elle a pris, seuls les médecins le savent. Elle a confiance en eux, alors qu'elle se méfiait des médecins de l'hôpital psychiatrique de Brescia. « À Brescia, on se fiche de toi, de ce que tu ressens. On t'oblige à prendre vingt, trente kilos en un mois. » Pour conclure : « Tu pleures, tu dis que tu as envie de vomir, et eux, ils te gavent. Ils t'envoient dans le corps des milliers de calories au moyen d'une sonde. Ils n'ont qu'un seul désir : que tu deviennes énorme le plus tôt possible. Ils se fichent bien de ce que tu penses, toi qui te demandes : quand je serai énorme, est-ce que j'arriverai à marcher, à partir ? »

LIVRE DEUX

1.

La ménopause précoce est un phénomène beaucoup plus répandu qu'on ne le croit.

Il est décrit ainsi sur le Net : « Phase fertile de la femme arrivée à son terme ». Et aussi : « Épuisement spontané de la réserve ovarienne ».

Bon, précoce est un ajout de ma part, un automatisme du temps intérieur antidaté par rapport au temps extérieur. À l'âge de quarante-sept ans, j'ai du mal à m'arracher à ma jeunesse, mes souvenirs sont là-bas, et moi aussi. J'ai seize ans. J'ai seize ans et je patine avec Federica dans le couloir de chez elle, main dans la main, yeux bleus.

Dites-moi comment le cycle de cette fillette/adolescente peut s'achever, alors qu'elle a encore tout à vivre. Un pont temporel me relie aux problèmes hormonaux du début de la puberté. J'ai quatorze ans, je n'ai eu mes règles que deux fois, puis terminé. Gynécologue, traitement. Pilule. Je pourrais le faire tous les jours ! Je veux le faire, hélas ! je n'ai pas de garçons à ma disposition, aucun être de l'autre sexe avec lequel expérimenter.

Je grossis, je maigris, j'ai peut-être un problème à la thyroïde. Endocrinologue. La pauvre, dit-il en me regardant nue, elle est toute tordue (le pic de la dissymétrie a lieu à mes seize ans. Un corps en deux moitiés, une moitié adolescente, l'autre moitié fillette. Ou deux moitiés de filles différentes, l'une timide, l'autre impudique). La pauvre – le médecin.

1,59 mètre pour 72 kilos. 86, 93… J'arrête de me peser. Je grossis en ignorant les nombres, ce que sont les nombres. Seize ans, vierge.

Quinze ans plus tard, la peur que cela arrive aussi à Anita, que ma fille habite le même corps repoussé.

Je la regardais grandir, je l'étudiais. Je mettais de l'argent de côté pour sa majorité (vous voulez savoir pourquoi je ne me suis pas fait refaire les seins ? Pour faire refaire ceux d'Anita. Pour reconstruire ma fille, dans l'intention de lui épargner solitude et manque d'amour).

Si l'on excepte le nez, que je lui proposais régulièrement de rectifier, j'avais un remède tout prêt quand elle prenait deux kilos : liposuccion. J'étais prête à la redessiner entièrement, à créer la fille idéale. Ça n'a pas été nécessaire.

La chirurgie esthétique redevient urgente pour moi à l'âge de quarante-sept ans. Pertes de sang, fatigue, chaleur, froid. Elle deviendra très urgente, étant donné que je vais grossir et me déformer. Opérez-moi.

Revenons sur les phases :

Milan, le moment où je remarque des traces de sang dans mon urine et dis à Federica : rien de grave.

Rome, quelques jours plus tard, le moment où je découvre beaucoup de sang, une hémorragie, et appelle Federica, laquelle m'oblige à passer un examen médical.

Dans la salle de bains de mon appartement (les scènes capitales de cette histoire se déroulent toutes dans des salles de bains), cette quantité de sang m'a effrayée – c'était peut-être l'influence de Federica, sa fermeté. Tu ne peux pas te négliger à ton âge, dit-elle, tu n'as pas fait de frottis depuis quand ? Et je réponds : jamais fait.

Donc, ce jour-là, salle de bains à Rome, je pense : je meurs. Adieu, amis, lecteurs, détracteurs, enfant.

Mais en analysant calmement les symptômes – gonflement, nausée –, agrippée au sentiment d'immortalité qu'a dû m'inculquer une cartomancienne, place Navone : tu mourras en dernier ; eh bien, la femme qui ne craint pas la mort, le témoin de son époque (tu seras le témoin de ton époque, prophétisait la cartomancienne, ou peut-être la version héroïque de moi-même en imaginant un livre sur chaque défunt, bienvenue à la Joan Didion italienne, moi), et donc l'écrivaine comprend : elle ne meurt pas.

Qu'as-tu commis ? Qu'as-tu causé par distraction, par négligence ? Toi, vraiment toi, main s'abattant sur ma poitrine, toi qui n'as jamais accordé d'importance aux pertes, qui as pensé c'est le stress, pour mieux te consacrer à tes engagements professionnels ? Toi qui n'as jamais noté la fréquence de ton cycle, si bien que seule la présence de ton sang, bref repérage, te signale que tu n'as pas tes règles depuis trois mois – cycle absent depuis trois mois, fatigue et incontinence, Milan. Si seulement tu avais réfléchi un peu, calculé et surtout consulté un médecin…

Pense aussi à la mort, persuade-toi que tu meurs. C'est autre chose et c'est ta faute.

Voilà ce qui arrive quand on fait l'amour sans prendre de précautions. Tu as fait une fausse couche. Réfléchis, calcule, c'est une fausse couche, dont tu es responsable car tu ne savais pas que tu étais enceinte.

Irresponsable, folle.

Après le seuil des trente-cinq ans, des dizaines d'ovules fécondés ne trouvent pas de soutien et s'en vont dans les culottes, dans les tuyaux d'évacuation. Parfois ils survivent quelques secondes dans la cuvette des toilettes (idée : mettons-en un dans une barquette, nourrissons-le. Grandira-t-il ?).

Vous imaginez le nombre d'enfants que chaque femme perd à son insu tout au long de sa vie ? Combien d'enfants ai-je perdus ? Je cherche dans la cuvette. Accroupie par terre, je pleure.

J'ignore qui pouvait être le père, qui appeler pour partager ce chagrin.

Cela s'est produit il y a plusieurs semaines, après quoi : analyses. Diagnostic.

Les résultats sont clairs, tout comme les médecins auxquels je me suis adressée – au nombre de trois, car aucun d'eux n'était suffisamment fiable. Les médecins ont été clairs, l'un après l'autre, et aujourd'hui dans un chœur imaginaire de détracteurs, anciennes belles-sœurs, écrivains sans mérite. Ils crient d'une seule voix : ménopause.

Heureusement, commente Federica, qui renchérit face à mon silence : ça nous arrive à toutes.

Je ne suis pas toutes, dis-je. Et j'aimerais ajouter, j'ajoute en mon for intérieur : il y a eu un temps où tout le pays savait qui j'étais – et ma voix intérieure faiblit. (Mythomanie, lecteur, tu es maintenant au courant. Fiction pour rassurer la personne minuscule que je suis, la chose informe.)

La voix intérieure aussi peut se briser, trembler, elle subit elle aussi l'effet des hormones, de la misérable mutation qui a lieu. Pas de fausse couche. Pas de tumeur, de leucémie. Pas de nécrologie, « l'une des plus grandes écrivaines italiennes meurt à Rome après une longue bataille ».

Le jour de la vérité, j'avale du Rivotril, dormir, rêver que je suis fertile. À l'exception d'un bref réveil vers le soir, quand j'enfourne une pizza surgelée et retombe, endormie. Plus tard, je trouve une masse carbonisée qui pourrait être n'importe quoi, et ce n'est pas la première fois.

Les pizzas oubliées dans le four prennent souvent l'allure d'êtres vivants (je ne dirais pas de fœtus, je refuse de dire fœtus), à moins que ce ne soit moi qui les vois dans ces amas informes. Envie d'ouvrir la porte et de le serrer contre mon cœur. Eux, vous, quatre-vingt-cinq centimètres. Instinct de tendresse, besoin intermittent qui surgit, qui flotte dans ta conscience de femme ménopausée.

Finie la jeunesse, et pas seulement. Qui voudra encore de moi, au travail : écartée, vieille ?

Mais laissons aux amants, à eux au moins, l'illusion de baiser avec une fille qui pourrait tomber enceinte, nous risquons d'avoir un enfant, un enfant à nous, inutile de cohabiter, je l'élève et toi, vous, vous lui rendez visite.

Le diagnostic est prononcé au mois de mars. Je m'assombris, je me ranime, le tout dans un laps de temps contracté. Je m'assombris de nouveau – les hormones. Il faut que je m'habitue à ce va-et-vient de mélancolie. Cet éboulement émotif, pleurer devant n'importe quel film. Avoir l'impression d'entendre la voix de mon père en ouvrant les yeux, le matin. Et bien vite, en jetant un regard circulaire, en remarquant le désordre, l'accumulation, en d'autres termes les ordures qui jonchent le sol, penser que Federica avait raison. Elle a toujours eu raison à propos de ma mère, à laquelle je me superpose aujourd'hui.

La clocharde au coin de la rue, au coin de toutes les rues, celle à qui je ne donne pas d'argent, c'est moi.

Établissons une chronologie. Tout arrive dans un laps de temps très court : le 6 mars, je découvre que je suis ménopausée. Le 20 avril, Anita conclut son expérience télévisée.

« Caduta libera », show animé par Gerry Scotti, diffusé sur Canale 5 tous les jours, sauf le dimanche, à 19 heures, unique quiz au monde où les concurrents rejouent quand ils perdent. Vous pouvez être battu par le champion en titre et retenter votre chance à l'émission suivante. Retenter votre chance jusqu'à ce que vous deveniez champion, au centre du studio, sur un podium lumineux.

20 avril, le jour où ma fille passe sur le podium lumineux.

28 mai, la date vraiment importante de cette histoire, la chute à laquelle aucun d'entre nous n'est préparé.

2.

Pour l'instant, nous sommes en mars, et j'entends bien me consacrer au travail, je décide de faire des recherches pour mon reportage. Aucun journal n'en veut ? Ce sera un livre.

Je cesse de répondre au téléphone, en particulier à Federica dont je souhaite m'éloigner.

Je l'ai compris à Milan, bien compris dans l'escalator de H&M. Extrêmement bien compris sur les marches de l'hôtel où elle trébuchait. Car à un moment donné, après la jeunesse, on se met à trébucher sans talons. Vaciller, ondoyer. Et toi, écrivaine, avais-tu encore envie de te refléter dans cette femme ?

Comme dans le passé, tu as pensé que tu valais mieux. Mieux que cette chose qui dort à côté de toi – entre-temps, la nuit était tombée, elle ronflait. Surgissant de son haut de pyjama, son cou marqué – le mien, compact, laiteux –, la peau fripée entre les seins.

Mais Federica n'a pas l'intention de s'effacer. Elle téléphone, laisse des messages.

Elle imagine qu'elle m'a sauvée – et pas seulement dans le studio de télévision : qui a insisté pour que je me soumette à des examens ? Qui est allée jusqu'à menacer : j'appelle ton ex ? Et, en remontant dans le temps, qui t'a téléphoné dans tes moments de solitude, qui a accueilli tes emportements, plaidé pour un rapprochement avec Anita, quoique raté ? Et donc elle, la sauveuse, vient réclamer son dû.

De façon modeste, au début : m'autorises-tu à donner ton numéro à Livia ? Tu pourrais faire un saut à la maison, cela fait plusieurs jours que je n'arrive pas à lui parler.

Étant donné qu'elle, Federica, est loin, bloquée à Gênes par ses problèmes avec Leonardo, des questions délicates qu'elle m'expliquera en personne. Ces enfants… soupire-t-elle (génération qui englobe Leonardo, Michele, Anita, la jeune actrice, les patientes de mon reportage sur l'anorexie).

Par obligation, peut-être par pitié, par altruisme, mue par des sentiments embrouillés, je cède. Je téléphone, j'y vais.

Obligée d'écouter des chansons d'amour, retenue : attends, s'exclame Livia, écoute ça, la dernière !

Pas au salon ni sur la terrasse. Enfermées dans sa chambre. Tu veux voir mes vêtements ? interroge-t-elle. Chaussures, poupées, cahiers de texte datant du lycée, photos (la photo où nous figurons, Federica, Livia, Simona et moi. Derrière nous, Massimo et un blond dont j'ai oublié le nom. Nous avons seize ans, Livia dix-sept. La dernière photo de Livia avant l'accident).

Elle parle de ses émissions préférées. Si Javier ne gagne pas cette année, je me fais hara-kiri – elle fait allusion à « Amici[1] ». Elle parle d'une perruche, elle rêve d'avoir une perruche verte, mais son père refuse, en attendant elle lui a soutiré ça – indiquant la cage qui pend de la partie basse du plafond. L'indiquant, comme si je ne la voyais pas.

Des jours, des semaines. Moi, en visite chez la sœur de mon amie retrouvée. La malheureuse, la pauvre fille – que représente-t-elle d'autre ?

Il vaudrait la peine de s'attarder sur ce que cette femme, Livia, signifie pour moi. Cela en vaudrait la peine pour justifier la suite, il y a sûrement une explication au fait que je passe du temps auprès d'elle, car avant d'en arriver à la grande requête de Federica, avant d'accomplir quelque chose d'important pour Livia, s'écouleront plusieurs après-midi en sa compagnie.

Fin mars, grande requête : accepterais-je d'accompagner Livia à une visite de contrôle ? C'est un immense service, Federica en est consciente. En temps normal, elle s'adresserait à sa cousine, mais elle n'a pas confiance en elle, encore une tête en l'air.

Facile de se défiler : le reportage qui deviendra peut-être ce livre que l'éditeur attend, me pressant, allant même jusqu'à me menacer (mensonge). Mille excuses auxquelles Federica, la seule personne à me considérer encore comme une célébrité, croirait sans peine.

---

1. Célèbre talk-show destiné à un public d'adolescents.

Et pourtant me voici au milieu des glycines, au pied du petit immeuble rose – qu'est devenu le vieux du rez-de-chaussée ? Pensée fugace.

Prévoyant que Livia passera la nuit à la clinique, on nous a attribué une chambre. Le professeur préfère la surveiller. Il s'agit d'une patiente hors du commun. Une expression qui, pour Livia, signifie belle, lycéenne blonde. Pour moi, dangereuse, fragile. Vierge, aimerais-je ajouter – peut-on redevenir vierge ? La virginité n'est-elle pas une condition mentale ? Nous pouvons l'affirmer maintenant, l'ayant perdue un quart de siècle plus tôt, voire plus, maintenant qu'elle n'est plus un rêve, un désir, un encombrement, un fardeau. Maintenant qu'elle ne représente plus rien. Ce n'était rien, les amies.

Et donc, dans la chambre de la clinique, j'aide la vierge à se déshabiller, lui interdisant d'ôter culotte et soutien-gorge – encore cette frénésie de se dénuder. Toujours cette même frénésie, me dis-je avant que l'infirmière survienne et lui ordonne d'ôter culotte et soutien-gorge. C'est ta frénésie à toi, écrivaine, elle est dans ta tête, dans ta fausse pudeur, tu t'es embourgeoisée au point de te tourner vers la fenêtre pendant que Livia se dévêt.

J'ai un gros cul ? interroge-t-elle, dans une blouse ouverte derrière.

Prenons ces fesses, analysons ces fesses, lecteurs. Hautes, fermes. Sans aucune trace de cellulite. En me fondant sur mes souvenirs précis – cette fille, je l'ai disséquée –, je peux constater qu'elle n'a pas changé d'un iota, les trente dernières années ne se sont pas écoulées. Et nous, tout autour, vieilles, croulantes, débordantes, flasques, comme nous sommes flasques, même les bras, lève les bras – ce soir-là à l'hôtel, Federica –, les tiens aussi se ramollissent – fou rire.

Du reste, c'est à cette vieille femme, à l'adulte que je suis que s'adresse le médecin, s'assurant que Livia est à jeun pour illustrer ensuite la procédure, la durée, la nécessité que la patiente soit immobile, raison pour laquelle on lui administrera un léger sédatif, elle dormira. C'est à moi que s'adresse le médecin pendant que la mineure, cette mineure insouciante, arpente la pièce, fesses nues, cette mineure innocente qui s'exclame devant la fenêtre : file ! en indiquant l'extérieur, un pigeon.

Attachée par les poignets et les chevilles sur le lit en acier, Livia est introduite dans le tunnel de la résonance magnétique. Comme elle ne manifeste aucun signe de nervosité, je hasarde, dans la pièce voisine : ne pourrait-on pas la détacher ?

Et si elle s'agite ensuite, réplique le technicien.

Mais cela ne se produit pas et ne se produira pas. Immobile dans le vaisseau spatial, qualifions de vaisseau spatial toutes ces machines qui diffusent de la lumière, ainsi que nous les avons toujours qualifiées.

Toi, l'astronaute. Toute petite, vue d'ici, quatre-vingt-cinq centimètres. Tu résistes au sédatif, les yeux grands ouverts, que vois-tu ?

Peu importe ce que moi je vois, ne nous en occupons pas. Ne nous occupons pas des jambes qui dépassent. Un être à moitié – un tas d'êtres à moitié dans cette histoire. Si je pouvais construire une fille en morceaux, c'est l'écrivaine qui parle, cherchant à tâtons un point d'appui, quelque chose qui dise : bravo, applaudissements. Elle songe à une fille idéale, la synthèse de toutes.

Jambes de Livia, sa propre tête. Jambes de Livia, seins de Livia, fesses de Livia, cerveau de l'écrivaine. Quelle vie aurait, qu'accomplirait un exemplaire doté de ce physique et de ce cerveau – pas celui de l'écran ? Sous cette apparence, serais-tu, toi, une meilleure écrivaine ?

J'ignore s'il vous est déjà arrivé de voir un cerveau endommagé (je suis désormais curieuse de voir le mien, forme, dyschromies. Les traumatismes laissent-ils des traces ? Curiosité : y aurait-il la trace d'un violeur ?). Images cerveau Livia : densification noire côté gauche. Comment le définir – trou, absence ? Je maudis Federica qui s'est déchargée de son fardeau sur moi, qui s'est délestée de sa sœur.

Bruits de déclics évoquant des selfies, celui que nous ferons une fois dehors, dans l'escalier, exige Livia, qui collectionne les selfies de ses sorties, supermarché, coiffeur, hôpital, comme s'il s'agissait de voyages.

Avant l'escalier, toutefois, avant le ciel libre, le vent qui soulève sa robe : l'image de sa personne éjectée de la capsule se superpose à celle du passé, Livia surgissant d'une autre capsule. Aujourd'hui, elle n'est pas auréolée d'une lumière bleu pâle, mais d'un éclat froid – morgue.

Et au lieu de se lever, de s'envelopper dans une serviette de bains, de disparaître, laissant entendre que c'est la dernière scène du film, elle jaillit, vacille. La dernière scène est encore à venir, spectateurs. Livia jaillit de la lumière froide, début de la seconde partie.

Notre héroïne blonde pirouette dans la pièce. Je vais très bien, dit-elle au médecin en tournoyant pour le prouver, perdant presque l'équilibre, ne le perdant pas. Je vous en prie, répète-t-elle, assommante. Elle veut rentrer chez elle, elle promet de se coucher.

Le médecin se tourne vers moi et recommande le repos pour le reste de la journée, il faut qu'elle élimine les sédatifs, il serait dangereux de se déplacer.

L'adulte garantit qu'elle accompagnera Livia chez elle et, plus loin, à sa chambre, à son lit, qu'elle veillera personnellement à ce qu'elle s'endorme, professeur.

(Pourquoi, écrivaine, gaspilles-tu autant d'énergie pour une femme qui ne t'est rien, ni parente, ni amie ? Peux-tu expliquer ce dévouement ?)

Donc, je ramènerai Livia dans son immeuble rose, quartier Parioli. Comme promis, je la coucherai, j'éteindrai la lumière.

Dors, dirai-je dans la pénombre en lui caressant les cheveux.

Cheveux que j'ai peu caressés à ma fille (ôter les poux l'un après l'autre équivaut-il à une caresse ?).

Dans la pénombre de la pièce, la cage vide pendant du plafond – dors !

Dès que son souffle devient régulier, je traverse la chambre sur la pointe des pieds, je parviens à être légère, ce que j'ignorais, quand la voix disgracieuse, un croassement, retentit. Massimo, dit-elle.

Et si je crois d'abord qu'elle parle dans son sommeil, que ce prénom s'est échappé de sa conscience, je m'aperçois bientôt qu'il n'en est rien.

Je veux le revoir, dit-elle. Elle insiste : il est toujours ici – main sur le sein droit –, dans mon cœur. (Aperçu de l'esprit de Livia : malgré la rééducation, la logopédie, les enseignements de ses parents et de sa sœur, elle n'a pas appris à distinguer la droite de la gauche. Pour elle, le monde est un tout, un merveilleux tout à ne pas diviser, pourquoi le diviser ?)

3.

À propos de monde divisé, de droite et de gauche. Qui suis-je ? La gentille femme qui se consacre à l'handicapée, ou la méchante femme qui salit les défunts de sa famille (si elle était vraiment courageuse, elle calomnierait les vivants) ?

La femme châtaine, blonde, désirée, ou la vieille ménopausée ? L'écrivaine célèbre ou la ratée ?

Glissons sur la question de la célébrité, que nous aborderons plus loin, attardons-nous sur le thème bonté d'âme.

Prenons le père de Federica, nonagénaire ayant des difficultés à se déplacer dues à des problèmes de dos, ce qui l'oblige à s'asseoir et à me convoquer au salon pour parler. Dans son fauteuil, pressant ma main entre les siennes, il dit : merci ; il répète : merci – les yeux luisants.

Prenons Federica qui appelle et me remercie à son tour de ce que je fais pour Livia. Si je n'étais pas là… il est important de savoir qu'on peut compter sur moi, je n'imagine pas à quel point. À sa prochaine venue elle m'expliquera le motif de son absence, elle préfère m'en parler en personne, c'est compliqué au téléphone. La semaine prochaine, assure-t-elle, avant de repousser ce rendez-vous, de repousser le suivant. Des deux, qui est la méchante ? Dites-le-moi, lecteurs, en toute honnêteté.

Printemps, amandiers en fleur, dans ce réveil, le mot réveil n'est pas fortuit – réveil après un long sommeil, le coma –, c'est moi, la gentille.

En rentrant chez moi, avant de me coucher, je me dis soudain : à un certain âge, quand on a vraiment appris quelque chose de la vie, on détourne son attention de soi pour la diriger vers les autres.

Le paraplégique sur un skateboard auquel tu refusais le moindre centime, le soupçonnant – contrairement à ton mari, ton ex qui lui donnait quelques pièces de monnaie tous les jours –, eh bien, allant jusqu'à le soupçonner de mieux se porter que vous.

Et encore, « VOULEZ-VOUS FAIRE UN DON AU TÉLÉTHON ? », l'inscription qui s'étale sur l'écran du distributeur bancaire à chaque retrait d'espèces, tu as toujours appuyé sur le bouton non, jusqu'à aujourd'hui, quarante-sept ans, tu presses le oui. Et c'est ton premier oui.

Vous m'avez mal jugée. Vous avez ignoré mon bon côté, mon côté gentil – manifeste ou latent : à vingt-cinq ans, je vois à travers la fenêtre un chanteur de rue avec deux fillettes. Aussitôt je ramasse mes peluches, koala inclus (à ceux qui se seraient demandé ce que le koala était devenu, à commencer par moi qui l'ai cherché en vain pendant une longue période, comme je l'ai cherché, non pour l'utiliser mais en souvenir, j'ai désespérément cherché le koala pendant des années avant qu'il ne réapparaisse, surgissant d'un faux plafond, ou plus précisément d'un gros sac où ma mère avait rangé les vieilles affaires). Et donc je ramasse peluches et sac à dos, descends dans la rue, me hâte d'offrir toute mon enfance/adolescence aux petites métisses*.

La gentille fille a existé, quoiqu'il y a fort longtemps, par intermittence. La gentille fille est de retour.

À moins qu'elle ne s'emploie juste à éloigner la mort. Elle répond à ce père enfoncé dans son fauteuil, le seul père survivant, lui qui, en évoquant le passé, l'adolescence de nous autres filles, avoue que ma mère et lui se téléphonaient, qu'ils s'appelaient dans la crainte que nous nous droguions, qu'ils nous soupçonnaient de nous droguer, tant nous étions bizarres. Ils partageaient leurs craintes, ils échangeaient des informations.

La gentille fille est revenue pour faire plaisir à son amie et rassurer le père de cette amie qui interroge en lui serrant la main très fort : à propos, comment va maman ?

* Récemment, en lisant une interview dans laquelle Elodie évoque son père chanteur de rue qui s'exhibait dans le centre de Rome, du côté du Panthéon, et raconte que sa sœur et elle, quatre et cinq ans, l'accompagnaient : était-ce la petite fille des peluches ? J'imagine une transmission de talent à travers le koala. Un passage de témoin entre moi et cette chanteuse appréciée dans le monde entier.

4.

Pour mieux comprendre le sens de la requête de Livia, revoir Massimo, il est nécessaire de remonter le temps, suivez-moi, avant notre âge mûr, avant nos mariages, la naissance de nos enfants. Bien avant, trente ans plus tôt, réveil du coma.

Le téléphone, qui sonnait sans cesse, se tait. Les amis et les soupirants se sont volatilisés. Je me rappelle les emportements de Federica, elle en voulait surtout à Massimo. Où est-il ? s'indignait-elle. Je croyais qu'il était amoureux ! Personne ne t'aimera autant que moi, écrivait-il dans ses lettres que nous avions trouvées en fouillant la chambre de Livia. Déclarations, prières, voilà ce qu'étaient les passages dans lesquels il l'implorait, noir sur blanc, de tenter la chance, certain qu'ils formeraient un couple merveilleux.

Faux-cul, hypocrite, l'apostrophait Federica, tu profites d'elle, tu l'engrosses (comme sa mère, elle élaborait une nouvelle version de sa sœur-victime, afin que le lit d'hôpital héberge une sainte, non une salope. Compliqué de pleurer une salope, et là il fallait pleurer). Il me dégoûte, disait-elle.

En particulier à la suite de son unique apparition – en ma présence, motif pour lequel je peux aujourd'hui rapporter mots et expressions.

Dix jours après le réveil, Massimo se présente à l'hôpital, ce qui met dans tous ses états Livia, qui se redresse, lisse son pyjama.

Couche-toi, dit Federica.

Ses cheveux ont repoussé ; au moins, elle n'a pas la boule à zéro. Nous nous rappelons qu'ils sont châtains, ce qui fait un drôle d'effet à ceux qui la revoient pour la première fois. Effectivement, Massimo garde les yeux baissés.

J'ai les cheveux courts, déclare-t-elle.

Ça te va bien, bredouille-t-il.

Silence. Un silence qui serait abyssal si Federica ne volait pas à son secours : nouvelles sur l'examen de fin d'études, dissertation ?

Il paraît qu'on aura Pascoli[1].

Livia les interrompt pour parler de nourriture. On mange bien ici. Tu sais ce que je préfère ? Elle préfère le fromage à tartiner, elle raffole du fromage à tartiner.

Massimo a du mal à reconnaître en elle la créature dont il était amoureux. Et pourtant, elle n'est pas tellement différente, elle s'en est tirée mieux que prévu sur le plan

1. Giovanni Pascoli (1855-1912), précurseur de la poésie moderne italienne.

physique. Pas de marque évidente, de défiguration – à l'exception de la cicatrice sur la tête, désormais cachée par les cheveux. Visage intact – nez, bouche, ovale, cet ovale légèrement triangulaire qui lui donne l'air d'une éternelle adolescente. Si elle gardait le silence, pourrait-elle passer pour la fille d'avant ? Je me le demanderai chaque fois. Dans ses tenues de soirée, allongée sur le divan, sur son lit de bronzage – elle le reprendra aussi. Pourrait-elle passer pour la Livia que nous rêvions toutes d'être ?

Attardons-nous sur ses yeux vides, sur ses mouvements désordonnés. Écoutons sa voix disgracieuse – jamais compris le motif d'un tel changement –, un croassement de mots enfantins, parfois insensés.

Non, elle ne pourrait jamais passer pour celle d'avant, pas même en photo, en admettant qu'on la photographie. Son cerveau, dont dépend son regard, a éteint la lumière.

Et devant cette obscurité, Massimo se lève vingt minutes après son arrivée, incapable de résister davantage. Hélas ! il doit partir, annonce-t-il, sa mère l'attend pour le dîner. Je reviendrai vite, promet-il sans parvenir à détourner ses yeux du sol. Hésitant sur la façon de lui dire au revoir, alors qu'il y a peu de temps encore ils s'embrassaient : il n'arrivait pas à se détacher d'elle, il l'aurait embrassée pendant des heures, il mendiait ses baisers, il la retenait pour un dernier baiser, nous en sommes témoins. Eh bien, maintenant, à l'hôpital, il hésite, il hésite. Il tend la main.

Et voici que – quelques semaines plus tôt encore, ils baisaient sans préservatif –, voici qu'ils se serrent la main.

Pour être précise, Massimo tend la main à Livia qui s'y agrippe. C'est ainsi, comme deux étrangers, qu'ils se disent au revoir.

Rien de dramatique si Livia était celle d'avant. Cette Livia-là s'abandonnerait sur le lit en disant : bon débarras – oui, la Livia d'avant en aurait été capable. Elle aurait soupiré, soulagée de s'être libérée d'un pareil crétin. Or la créature d'aujourd'hui interroge en clignant les paupières : comment il s'appelle ? Les yeux fixés sur la porte qu'il vient de pousser, les yeux dans le vide. Ce qu'il est beau ! dit-elle.

Après le coma, Livia se réveille donc amoureuse du garçon qu'elle a largué quelques semaines plus tôt. Qu'elle a méprisé, humilié : pas d'alchimie, expliquait-elle en joignant à ses paroles une grimace de dégoût. Il en a une petite.

5.

« Cher X, tu ne te souviens peut-être pas de moi ». J'écris, je jure que je le fais, moi, l'auteure affirmée qui ne s'abaisserait jamais à contacter qui que ce soit, j'écris à un ex-garçon du panier de basket.

Cher X, peu importe son prénom, j'écris au peloton, à tous ces garçons aux yeux clairs, ceux que j'ai aimés, ceux qui ne savaient même pas que j'existais, qui j'étais, moi, la grosse copine de Federica, encore moins, une vague silhouette à côté de la sœur de Livia. En un instant je déverse des années de fantasmes, et quels fantasmes – triomphe, mille feux : moi qui réponds aux pétitionnaires, aux vieux adolescents, lycée Goffredo Mameli, Parioli, Rome ; Lavinia qui ? Vous voulez que je participe à la levée de fonds pour rouvrir le Club de la Chasse et que j'écrive parallèlement, si possible, un article, un article sur ce scandale ?

Des années durant je me suis vue les rembarrer, les renvoyer, puis me rapetisser dans une rue – imaginons qu'ils aient assisté à une présentation et qu'ils réclament un autographe à la sortie –, me rapetisser à l'horizon, de plus en plus lointaine, inaccessible.

Aujourd'hui, le renversement se produit : cher X – j'écris à l'ancien camarade de classe de Massimo, le garçon qui était dans mes souvenirs un de ses meilleurs amis. Car je n'ai rien trouvé en tapant Massimo *** sur les réseaux sociaux, il faut que je me creuse la cervelle. Cher X, lequel ne répond pas. Alors je passe à Y, à Z. Qui devait humilier qui ? pensée fugace. Je n'obtiens qu'une seule réponse, d'une vieille copine de Livia.

Bien sûr, elle se souvient de moi, elle m'a même vue à la télévision (enfin quelqu'un qui s'intéresse à la culture !). Après un échange de courriels génériques, je m'enquiers de Massimo, découvrant qu'il a eu pendant un certain temps une agence immobilière de luxe. À ce qu'il paraît – elle n'a plus de contact avec lui –, il se serait ensuite installé à la campagne où il a ouvert une boutique d'antiquités.

Il a coupé les ponts avec tout le monde, une espèce d'ermite, quand on pense à ce qu'il était autrefois.

Ma réponse : 😐

Quand j'apprends à Livia que j'ai déniché Massimo, nous sommes dans sa chambre. Elle répète en effectuant de petits sauts : mon Dieu ! Puis : il a toujours les yeux bleus ?

Je lui explique que je ne l'ai pas rencontré, je sais juste où il vit, j'ai vu son village sur Google Maps (toujours Google Maps). Alors elle veut le voir elle aussi.

Tout cela est bouleversant, à la lumière du passé, et pas seulement. À la lumière du passé et du présent, cette lumière qui entre par la fenêtre et l'éclaire, elle, une femme de cinquante ans, pelotonnée par terre, observant sur un iPad un groupe de maisons, une place publique – doigt sur l'écran, comme si elle pouvait toucher les lieux, comme si un doigt suffisait à la transporter là –, élargissant l'image, elle élargit l'image. À la lumière du passé et du présent, la lumière de la fenêtre qui la transperce elle, cinquante ans, mains jointes, priant pour revoir l'homme qu'elle aime, me suppliant de la conduire chez lui. Et, se jetant sur le lit : il en avait une supergrosse, dit-elle.

Les parents de Livia avaient beau prétendre que le problème principal de leur fille, après l'accident, résidait dans sa mémoire, qu'elle était normale pour tout le reste, il n'en était rien. Ses actes et son langage le démontrèrent immédiatement. Et je glisse sur sa manie étrange de cueillir des citrons en annonçant : je vais les cuisiner ; ou, toujours en matière de cuisine, de faire cuire une éponge en la croyant comestible. On aurait dit un gâteau, se justifierait-elle.

Des phrases d'un tout autre style suscitaient la gêne et jetaient père, mère, sœur dans un état qui n'était pas du découragement, Federica avait tenté de me l'expliquer. Une sorte de signe prémonitoire, disait-elle, la sensation que quelque chose d'affreux va se produire.

Cela arrivait quand Livia s'adressait à son père : hé, Camillo, tu l'as grosse ?

(Désormais elle appelait ses parents par leurs prénoms, ne me demandez pas pourquoi. Considérait-elle tout le monde comme *les autres* ? La distinction entre elle et les autres était-elle, à ses yeux, la seule possible ? Et comme il était difficile de tracer les frontières du soi.)

Est-ce que tu bandes, la nuit, Camillo ? interrogeait-elle en riant devant les étrangers, dont moi.

Son père avait appris à changer de sujet de conversation, il souriait, apparemment amusé, comme s'il s'agissait d'excentricité, sa fifille excentrique. De tous, il semblait le moins secoué par l'attitude de Livia. Après l'accident, les rôles s'étaient inversés : autrefois sa femme commandait, elle était le pilier de la famille ; à présent, c'était lui. Le désir obsédant de découvrir la vérité à propos de la nuit fatale avait anéanti la première (rappelons-nous l'enregistrement. Citons un des témoignages recueillis : « Livia était la seule élève de la classe à poser des questions. Le jour où elle a appris que j'allais en pèlerinage à Lourdes, elle m'a demandé de lui rapporter de l'eau bénite. Je n'oublierai jamais son visage lorsque je lui ai remis le flacon », le professeur de religion).

Voilà pourquoi le père assuré, le père touché, souriait, minimisait, se laissant aller tout au plus à prononcer un gentil commentaire du genre : ne fais pas l'idiote. Ma grande – il l'appelait ainsi dans les moments de gêne –, finis ton assiette, ma grande.

À une seule occasion près : le jour où, ouvrant son cadeau de Noël – une broche en forme de libellule – Livia s'était exclamée : c'est quoi ? Une bite ? Si l'on excepte cette occasion-là, il paraissait toujours tranquille. Lors des fêtes de Noël en question, Federica le surprend dans le noir, à l'écart sur la terrasse. Elle s'approche et, posant une main sur son épaule, demande : ça va ? Et lui, sans se retourner, s'essuyant furtivement les yeux – pas si furtivement que ça –, répond : ça va.

Les médecins avaient beau soutenir que ce n'était pas directement lié aux dommages cérébraux, Livia manifestait un certain désordre sexuel. Si elle avait été, avant l'accident, l'objet du désir de n'importe qui, désormais n'importe qui était l'objet de son désir. Elle s'offrait : baisons.

Dans les toilettes du lycée, lors des soirées. S'il te plaît, suppliait-elle.

Je cite ses mots exacts, les ayant entendus de mes propres oreilles. De même que les réponses obtenues : OK, mais juste une pipe.

6.

Avant de s'installer à la campagne, avant de s'isoler, bien avant, Massimo est l'héritier insouciant que nous savons. Vient la nuit en question. Après quoi – en raison d'affaires que nous verrons par la suite –, on l'envoie aux États-Unis, à New York, poursuivre ses études, du moins tel est le projet.

De ces années-là – six, pour être précise –, il ne parle pas volontiers. Il s'inscrit à l'université, pour interrompre son cursus au premier semestre. Il fréquente une école de cuisine, elle aussi vite abandonnée. Il n'a jamais souhaité être cuisinier, avoue-t-il, peut-être barman. Il vit d'incertitudes, l'avenir ne l'intéresse guère. États-Unis, Italie, n'importe.

Durant ces années, il ne ressent rien, ni souffrance ni plaisir, pas même celui du sexe. Il observe de longues périodes d'abstinence. Il aime marcher. Il pousse jusqu'à Harlem, jusqu'à Brooklyn. Il s'égare, il n'a pas le sens de l'orientation. Il retrouve la direction de son domicile au bout de plusieurs heures. Il consomme de la nourriture américaine. Hot-dog dans la rue. Il va dans les fast-foods ouverts la nuit.

Au téléphone, sa mère lui recommande de ne pas boire. La famille craint qu'il ne se change en alcoolique, pis : en drogué. En vérité, il boit du Coca-Cola, si l'on pouvait le voir : un garçon solitaire, de plus en plus gros, se promenant dans la ville, dans le parc. Si l'on entrait dans sa chambre, on y découvrirait des dizaines de cannettes vides. Car voici ce qui arrive – mais il en est peut-être ainsi pour tout garçon parti vivre seul –, il arrive qu'il se laisse aller, qu'il néglige son hygiène, le soin de sa personne. Depuis quand ne s'est-il pas coupé les cheveux ? Et rasé ? Si sa mère le voyait dans ses tee-shirts froissés, au lieu de se fier à lui : tu as apporté ton linge à la blanchisserie ?

Oui, répond-il au téléphone, à l'autre bout du monde.

Il n'y a pas grand-chose à dire de ces années troubles, du moins rien de mémorable. A-t-il pensé à Livia ? Non.

Ce qui n'est pas entièrement faux, ni même entièrement vrai.

Livia resurgit. La nuit, le jour.

Mais la Livia qui réapparaît est la blonde de dix-sept ans, celle qui n'existe plus, si bien que Massimo parvient à séparer les deux, comme s'il s'agissait de deux personnes distinctes.

De retour en Italie, il découvre que ses parents ont divorcé, que son père a une nouvelle fiancée. Dans un geste de renaissance, sa mère achète une maison à la campagne. Mon refuge, dit-elle. Elle projette d'y planter des fleurs, d'aménager un potager.

Son fils est-il fier de son esprit combatif, de cette femme capable de se relever, à laquelle il s'est livré, lui permettant de le guider, carrément de l'entraîner – qui l'a expédié aux États-Unis ? Que serait-il devenu en Italie ? Il revoit sa mère faire irruption dans sa chambre le matin – peut-être en début d'après-midi, il avait pris l'habitude de veiller tard le soir devant un jeu vidéo et de dormir le jour –, faire irruption dans sa chambre et ouvrir les fenêtres en disant : lève-toi ! En disant : ça ne mène à rien. Tu te charges de fautes qui ne t'appartiennent pas. Elle lui expliquait avec fermeté qu'il était nécessaire de s'éloigner de Rome, d'oublier le passé. Nouveaux amis, fiancées.

Telle était la nature profonde de cette relation mère-fils, une conscience partagée, habituée à l'éloignement et pourtant unie. Conscience et corps : quand il est faible, elle intervient, et vice-versa.

Voilà pourquoi, de retour en Italie, Massimo surveille les travaux de rénovation du petit domaine avec une attention particulière pour l'extérieur. Sa mère souhaite planter des arbres fruitiers, dit-elle, si possible des oliviers – tu connais la durée de vie moyenne d'un olivier ?

Alors le voici, assistant l'ouvrier qui aplanit le terrain avec une pelleteuse.

Le voici, appesanti par l'alimentation américaine qui lui a fait prendre trente kilos – en admettant que la nourriture en soit la seule cause. Taciturne, privé de l'attitude et de la fougue de l'adolescence. Un jour de printemps, voici qu'il remarque quelque chose de blanc parmi la terre retournée.

Il suffit d'un regard profane, comme l'est le sien, pour comprendre que ce ne sont pas des ossements d'animaux.

Massimo a vingt-neuf ans lorsqu'il découvre des restes humains qu'il associe, en vertu de je ne sais quelle idée, à une jeune fille. Il s'agenouille pour mieux voir. Après des années de néant, une sorte de frisson, un sentiment de grandeur, de curiosité, de ferveur s'empare de lui. Il décide de cacher sa découverte à sa mère pour éviter de la bouleverser – premier renversement de leur relation, jusque-là caractérisée par la protection maternelle*.

Où étais-je au moment où Massimo exhumait les ossements ? À l'université, aux prises avec mes derniers examens, peut-être près d'obtenir ma licence, l'année où j'ai été légère. Le maximum de la maigreur, si l'on considère mon ossature, expliquait le diététicien auquel je demandais pourquoi je ne maigrissais pas davantage. L'année où je décide de devenir plate. Que pèsent les seins ? Dans le délire de l'amaigrissement – deux, trois kilos, *tac*, trois kilos d'un coup. Il existe dans le monde des individus qui se font amputer d'une côte pour avoir l'air plus minces. Amputez-moi des côtes, des seins, opérez-moi. Cette année-là, je passe entre les barreaux de la grille d'une maison au bord de la mer, sa propriétaire, qui m'héberge, ayant oublié les clefs à l'intérieur.

Je m'introduis dans l'espace qui sépare deux barreaux et me voici de l'autre côté. Vous ici, et moi là-bas pour la première fois de mon existence, avant que je monte sur des estrades, lise au micro, regarde dans ma chambre et dise : non, je n'ai pas peur de perdre ma célébrité. Et ce sera un mensonge.

Après la grille je regrossis. Le désir d'avoir une poitrine symétrique, plutôt que plate, s'empare une nouvelle fois de moi, et non, je ne me ferai pas amputer d'une côte.

À propos d'ossements, en effectuant un bond en avant : soudain la famille Orlandi cesse de chercher Emanuela en vie. Ayant mené à ses frais une enquête privée, dont les conclusions – basées sur des informations apparemment fiables – laissaient entendre que les ossements d'Emanuela gisaient peut-être dans le cimetière teutonique, elle réclame l'ouverture de deux tombes précises. Nous sommes en 2019, le 11 juillet. D'après les informations en question, les restes d'Emanuela y sont enfouis.

Réouverture des tombes, l'inimaginable.

« L'inspection soignée sur la tombe de la princesse Sophie de Hohenlohe a révélé un vaste souterrain d'environ 4 mètres sur 3,70 mètres, vide. Les opérations d'ouverture de la seconde tombe-sarcophage, celle de la princesse Charlotte-Frédérique de Mecklembourg, se sont déroulées ensuite. Des restes humains ont été trouvés à l'intérieur. Les familles des deux princesses ont été informées du résultat de ces recherches », déclare le directeur du bureau de presse du Vatican.

Dès lors, ce sont trois familles qui recherchent des ossements. Ossements de princesses, d'étudiantes. Ossements perdus, volés. À qui appartenaient ceux que Massimo a découverts ? Peu importe, du moins dans cette histoire, dans notre petite histoire vraie qui n'est pas celle d'un pays, qui n'implique pas un peuple, une génération, qui concerne juste quelques personnes, principalement des femmes. Imaginons que, le jour en question, il y a de nombreuses années, l'ancien jeune séducteur, l'ancien garçon du panier de basket, retrouve leurs ossements à toutes. Nous ne sommes que des tas d'os, les filles.

* Tout cela me sera raconté par Massimo. Quand, où ? Un peu de patience. Je dis juste que, pendant qu'il parle, je remonte le drap et ferme les yeux.

7.

Thelma et Louise, Bonnie et Clyde, musique à la radio. Jeunesse. N'y aurait-il pas, depuis vingt ans, de situation plus proche de la jeunesse ? Ne serait-ce pas ce dont nous rêvions, nous autres filles ? Partir pour une destination inconnue, bien que cette fois la destination soit connue, mais ne vous y fiez pas. Nous ne savons pas bien ce qui nous attend.

À mes côtés, la tête blonde s'assombrit et resplendit sous le soleil tantôt direct, tantôt oblique, qui filtre à travers la vitre.

Je répète : ne te penche pas.

Sa robe moulante et son parfum, assez de parfum pour inonder l'habitacle, éveillent en moi des soupçons. Se prépare-t-on avec autant de soin pour se contenter d'épier son bien-aimé ? Nouvel aperçu sur le cerveau de Livia, procédons par aperçus : l'imagination sert d'expérience. Et dans son imagination, ils se voient, ils se touchent. Alors, lecteurs, larguons les amarres de la réalité, emboîtons le pas à Livia, pénétrons dans son monde heureux. Suivons-la sur le parking du restoroute où nous effectuons une étape et à l'intérieur, entre les rayons de bonbons, arrêtons-nous avec elle devant la corbeille des peluches, prenons-en une, pressons-la contre notre poitrine, reposons-la (les amoureux et les peluches).

Vue de dos, c'est une silhouette qui tourbillonne entre les tables, aux toilettes, de nouveau sur le parking, ébouriffée par le vent. Que signifie tourbillonner à cinquante ans ? Se laisser traverser par le vent, fermer les yeux à demi. Et moi avec elle, moi qui abandonne Anita, mes frustrations, mes attentes dans la station-service de l'A1, à la hauteur d'Orte. Qui sommes-nous, où allons-nous ? Nous avons vingt ans, seize, la fille sans manteau, la fille hors saison se précipite vers un îlot de mauvaises herbes. Elle se penche et moi, engoncée dans mon manteau bleu marine, toujours ce manteau bleu marine, je lui dis : ne les cueille pas. Sans succès. Je demeure à quelques mètres d'elle tandis qu'elle se redresse, une fleur à la main. Regarde, dit-elle. Comme si cette fleur était extraordinaire, alors qu'il y en a là des dizaines d'autres identiques, il suffirait de balayer les lieux du regard.

Abstenons-nous-en. Faisons confiance à Livia, entrons dans sa saison, manifestons de la surprise devant la fleur, comme s'il s'agissait d'un miracle.

Ne me demandez pas pourquoi je me prête à ce jeu, ou demandez-le-moi et sachez qu'il y a une raison. Quelque chose de profond, tapi dans la nuit.

Mais, pour l'heure, le soleil nous transperce alors que nous atteignons le village découvert sur Google Maps – serait-ce notre film ?

Village de campagne que je ne nommerai pas par discrétion (n'oubliez pas : c'est une histoire vraie). Cent quatre-vingt-dix kilomètres de Rome, six cents mètres d'altitude.

Comme il n'y a qu'une seule place publique, il est aisé de trouver la boutique, devant laquelle nous nous garons. Il est 13 heures. Ce sera une longue attente, à laquelle je me suis préparée en emportant de la nourriture et des boissons (ce que j'oubliais à chaque voyage, si bien qu'Anita, enfant, commençait à se plaindre sur l'autoroute – j'ai faim, j'ai soif – et que son père était obligé de s'arrêter à une aire de service, je patientais pour ma part dans la voiture, moi, la mère distraite, absente. Mentalement absente, déprimée).

Livia refuse de manger, me révélant qu'elle est à jeun depuis la veille au soir. Il faut qu'elle se remplisse l'estomac, faute de quoi elle risque d'avoir un malaise au retour, a-t-elle l'intention de souiller mes sièges ? dis-je.

Demandez-moi pourquoi j'agis de la sorte. Dans quel but j'ai parcouru en voiture autant de kilomètres, moi qui évite d'habitude de conduire, qui déteste conduire, pour quelle raison je gaspille une journée aux basques d'une folle, cliniquement folle, favorisant ses désirs insensés plutôt que de la ramener à la raison, de privilégier le raisonnement, de lui dire : ce n'est pas possible – pour éviter des implications émotionnelles, des conséquences, que pourrait-elle bien faire ? À elle-même et à Massimo ? Imaginons une persécution, Livia qui harcèle Massimo.

Pourquoi n'ai-je pas empêché tout cela, comme l'aurait fait n'importe quel adulte de son entourage ? Telles sont mes pensées, tandis qu'elle s'obstine à ne pas se nourrir, l'estomac noué. Plutôt – croasse-t-elle – elle envisage de se remettre à fumer, et je ne demande pas quand elle a commencé et cessé, ma mémoire est dépourvue d'images d'elle en train de fumer. Fumer vous donne un air mystérieux, ou plutôt, peut-on acheter des cigarettes ? Il y a un truc juste là-bas – prenant le défibrillateur pour un distributeur automatique.

Je lui demande une fois de plus si elle a oublié nos accords.

Elle a beau se hâter de jurer qu'elle restera cachée, je crains qu'elle ne me désobéisse. Elle se présentera à Massimo, lequel réagira mal quand il la reconnaîtra – pas au premier regard, ils ont vieilli –, éloignant brusquement celle qui lui a gâché la vie. Car Livia n'a pas été la seule victime de son accident. Que de victimes dans le quartier Parioli – Rome, nous !

De fait – hypothèse personnelle dont j'assume la pleine responsabilité –, l'isolement de Massimo, sa solitude – jamais remarié, comme l'attestent les informations recueillies – ne sont-ils pas la conséquence d'un traumatisme ? D'un événement qu'il n'a pas surmonté et qui l'a rempli de haine pour le restant de ses jours, eh bien oui, il risque de haïr Livia. Mais oui, il la déteste ! me dis-je soudain, trop tard. Que va-t-il se passer si elle ne respecte pas nos accords ?

À la radio, des chansons d'amour. Nostalgie subite de mon avant-dernier amant, il faut que je le rappelle. Je suis prête à tout pour m'éloigner de ce lieu, pour que le soir tombe. À côté de moi, Livia, blonde, très blonde, Marilyn.

Marilyn Monroe meurt à Los Angeles le 5 août 1962. Suicide. Mais avant de mourir, bien avant, elle subit quatorze avortements et fausses couches. Elle pleure, se querelle. Elle a de fréquentes sinusites. Elle fait l'amour, tombe enceinte, perd ses bébés.

Partons, dis-je dans la voiture au moment où un homme corpulent traverse la place publique.

C'est lui ! s'exclame Livia.

Ce n'est pas possible.

À cent pour cent.

Le type atteint la boutique. Il ouvre la porte.

Ce doit être l'un de ses employés, dis-je.

Quelques instants plus tard, l'homme resurgit sur le seuil en nous offrant la possibilité de le voir en entier.

Visage bouffi aux traits tombants, constituant un tout dissimulé par la barbe qui crée un contour là où il n'y en a pas. Visage bouffi, ventre proéminent.

Il n'a pas changé, dit Livia au sujet de cet individu déformé, vieilli, extrêmement différent du garçon d'autrefois, mais elle, non, elle voit ce garçon et elle est la seule à le voir.

Il s'assied sur un banc, tire son téléphone de sa poche.

Pendant que, toujours cachées, nous le contemplons, nous contemplons ce qui reste de l'exemplaire séduisant, du joli garçon du lycée. Nous admirons le passé, le reflet de ce qui n'existe plus.

Livia ne désobéit pas, elle ne tente pas de s'enfuir. Blottie sur son siège, comme si elle voulait se rapetisser, se rapetisser le plus possible, elle s'essuie les yeux.

Ne pleure pas, dis-je.

J'ai le cœur qui bat fort, explique-t-elle en portant une main à sa poitrine, du bon côté par pur hasard – écoute. Elle saisit ma main qu'elle place sur son cœur, cette fois du mauvais côté. Et moi, par gentillesse, j'affirme : il bat très fort.

Pendant ce temps-là, la place publique s'anime. Groupe de vieillards autour du banc, femme au bar, homme en bleu de travail. Après-midi d'un jour ordinaire dans un village de province, j'imagine que les jours s'écoulent tous de la même façon. Le ciel se couvre, une pluie drue s'abat, été, les feuilles mortes soulevées par le vent, automne, hiver, le soir tombe.

Livia m'implore : restons encore un peu. Et nous restons – silencieuses, étourdies, genre veille, elle ne vacillant jamais. Elle ne me supplie pas de l'autoriser à s'approcher, juste pour mieux le voir, non.

L'avoir retrouvé lui suffit. Son cœur bat la chamade, de quelque côté qu'il soit.

Je remarque une légère accélération du mien. Observer Massimo d'ici reproduit la distance d'autrefois, ramenant à la surface de vieilles palpitations, mille palpitations. Nous palpitions dans les couloirs, le long des escaliers, cachées derrière les portes, en biais, à la dérobée. Pendant une courte période tu as aimé Massimo, rembobine la cassette, écrivaine. Tu l'as aimé ainsi que tu as aimé les personnages les plus populaires du lycée qui, par un simple salut, t'auraient élevée à leur niveau. À l'époque, le monde était pyramidal, et toi, tu venais en dernier.

Récapitulons : de la province, tu atterris en ville, Rome, quartier Parioli, et tu ne passes pas inaperçue. Koala, maquillage. Du plâtrage, dira-t-on dans ton dos. Tu as la sensation d'être perdue, tu appelles en ton for intérieur maman, à chaque pas, maman, pour la rudoyer ensuite quand elle est devant toi : pourquoi m'as-tu arrachée à mon existence ? Je pleure, j'exige une compensation. Fais en sorte que je sois l'égale des autres, une milliardaire comme tout le monde, maman. La compensation n'arrive pas, pis, je découvre des traces de dépérissement – que sommes-nous devenus, où échouerons-nous ? Nous allons faire du shopping, via del Corso (est-ce le jour de la cabine d'essayage ? Le jour du : je suis un monstre ?). Via del Corso, déjeuner chez McDonald's, et moi écrivaine, germe d'écrivaine, je sens mon incertitude exploser, mon noyau d'identité voler en éclats, mille fragments autour de moi, neutrons, électrons, nous sommes devenus pauvres.

C'est dans cet état d'esprit que je regarde les garçons du lycée Mameli. En proie à cette ambition d'ascension que j'aime. L'amour me changera en milliardaire dans la forme et non dans le fond que je souhaite adopter

– donnez-moi un penthouse, un cygne. Je vise donc Massimo et cent autres.

Je rêve de Massimo, je l'écarte : amour impossible. Ce n'est pas exactement de l'amour que j'éprouve, plutôt un vague élan vers un membre du peloton. Je désire tous les garçons du lycée, j'aspire à un regard au hasard. Il est donc normal que, aujourd'hui, je ne me les rappelle pas individuellement, mais tous ensemble comme une armée. Turbulents, tapageurs, les garçons du lycée Mameli montaient et descendaient les escaliers à toute allure, claquaient les portes. Plus qu'une armée, un troupeau. Un troupeau bruyant de garçons, vous les entendiez arriver. Et si vous ne vous écartiez pas, vous étiez piétinée.

8.

Nous disions, je conduis Livia auprès du coupable. Je mets en danger l'ordre social maintenu jusqu'ici, rembobinons la cassette et arrêtons-nous à l'après-accident, au moment où la mère, soulagée que sa fille soit en vie, mais s'obstinant à négliger les dommages pour éviter de les voir, se concentre sur la cause. Refusant de croire à un accident – Livia qui perd l'équilibre dans la tentative de fuguer –, elle se persuade qu'il y avait quelqu'un ce soir-là avec elle. Quelqu'un qui l'a poussée. Elle réclame les relevés téléphoniques, découvre le dernier numéro avec lequel sa fille a communiqué, ce que Massimo a omis de signaler, nous le revoyons dans le couloir du lycée jurer qu'il n'a pas parlé à Livia depuis des mois.

Peur, lâcheté. Dix-huit ans, Massimo n'a que dix-huit ans et ce qui se produit est énorme (à une époque de kidnappings, Emanuela Orlandi jamais revenue).

S'il ment sur ce détail, il ment sur tout. Cette nuit-là, il est monté sur l'échafaudage, il a poussé Livia dans le vide. Mais en l'absence de preuves de sa présence et de témoins – ses parents affirment qu'il dormait à la maison –, il est impossible de l'incriminer. Par conséquent, la mère de Livia porte plainte pour incitation au suicide.

Au-delà de cette voie légale qui ne mène nulle part, la femme s'emploie à diffamer Massimo dans le monde et met au point un compte rendu de plus en plus détaillé de la nuit en question, selon lequel elle, la mère de la victime, reconnaît l'ombre du garçon sur la terrasse, tandis qu'elle passe au salon, mais, pensant à une des bravades habituelles de sa fille, retourne se coucher.

Mobile (toujours publiquement) : Massimo nourrissait de la rancune à l'égard de Livia qui l'avait quitté. Il ne parvenait pas à accepter la fin de leur liaison. D'après les relevés téléphoniques, il l'avait appelée des centaines de fois ne serait-ce qu'au cours du dernier mois.

Elle s'imprègne de cette version à tel point qu'on ne peut l'accuser de mensonge. Il ne s'agit pas d'une femme décidée à porter préjudice à qui que ce soit, mais d'une mère déterminée à ne pas voir.

Elle mène sa propre enquête à la recherche d'individus ou d'éléments susceptibles de fournir des indices contre Massimo – en tout cas telle est la sensation qui s'en dégage quand on réécoute les témoignages –, une enquête sur Livia. La reconstruction d'une fille qu'elle ne connaissait pas, pièce par pièce.

Elle contacte les gens, en premier lieu l'homme devant le lycée. Elle enregistre les témoignages au moyen d'un petit magnétophone – voici la cassette, lecteurs – dans l'intention d'apporter des preuves aux enquêteurs qui, à son avis, n'enquêtent pas assez. Elle en arrive à interroger amis, connaissances, tous ceux qui ont rencontré Livia, en une folle recherche – songe-t-on aujourd'hui en réécoutant la bande, justement, parce qu'elle sera réécoutée. À sa mort, en rangeant ses effets personnels, Federica tombe sur les cassettes, trente-six au total, nombre qui témoigne du désespoir d'une mère qu'on avait toujours crue froide.

Quel abîme de souffrance derrière les trente-six cassettes, derrière la foule de fantômes ! Elles ne sont pas répertoriées, les noms des témoins ne figurent nulle part. Glissons-en une dans l'appareil, play : explosion de voix se succédant dans le vide.

« Je remarquais des coupures, de petites coupures, sur son cuir chevelu. » Voix de femme. « Je lui disais d'arrêter de se gratter, c'était un tic nerveux, je lui disais ça suffit, je lui disais que si elle continuait elle se retrouverait chauve. Je demandais : tu veux devenir laide, Livia ? »

L'obstination de la mère – diffamation et enquête – conduit à une plainte de la famille de Massimo, lequel est expédié aux États-Unis, comme nous le savons.

Telle fut la guerre qui anima les deux familles. Et si cela ne déboucha sur rien légalement, l'aigreur demeura.

Il est impossible de savoir si, en d'autres circonstances, Massimo aurait réapparu dans la vie de Livia. De fait, ils se perdent de vue. Leur dernière rencontre a lieu à l'hôpital.

Si l'on réfléchit, ils influent sur la vie l'un de l'autre, quoique de façon opposée. Pour Livia, la pensée de Massimo tient lieu de mirage : l'amour qui peut revenir.

Et au bout de trente ans, il revient vraiment, vision au loin, homme dans la lumière de l'après-midi, dans la lumière du soir.

L'amour qui revient grâce à moi – pourquoi agis-tu de la sorte, écrivaine de province ? Au nom de quoi ?

Acte de foi, restitution. Pitié.

Le soir tombe sur la place, tandis que nous nous cachons, transies de froid, mets ton manteau, dis-je, et elle secoue la tête.

Au nom de quoi, représentant qui ?

Qui suis-je, moi, la seule adulte ? (T'es-tu jamais vue comme une adulte ? Dans la maternité, au moment de l'accouchement même t'es-tu considérée comme une adulte ? Sois honnête. N'as-tu pas tendu la nouveau-née à son père dans la crainte de la faire tomber ?)

9.

La raison pour laquelle je consacre du temps à une connaissance handicapée à la mémoire endommagée qui ne pourra jamais me manifester la moindre gratitude (aperçu de l'esprit de Livia : au dîner, elle a déjà oublié ce qu'elle a mangé au déjeuner).

La raison profonde qui m'amène à me tourmenter pour une personne qui n'a jamais rien accompli de bon pour moi, pas même dans le passé. Peux-tu te rappeler un seul moment où elle s'est montrée gentille ? Un instant où elle t'a accordé un regard – son regard t'enjambait, te survolait.

Tu n'es même pas sûre qu'elle ait mémorisé ton prénom, tu l'avais entendue un jour répondre à sa mère qui lui demandait où était Federica : avec la grosse. C'était de toi qu'elle parlait.

Avoue donc cette rencontre fortuite. Été, cinéma, elle est avec un groupe d'amis. Toi, enfoncée dans le fauteuil pour ne pas être vue, toi qui t'efforces de distancer la clocharde à la sortie pour qu'on ne croie pas que vous êtes ensemble, prête à la renier (cette femme, ma mère ?). Et Livia bronzée, jambes nues, longues jambes. Livia blonde. Livia qui ne te dit pas bonjour en passant – elle ne te voit pas ou ne te reconnaît pas. Du reste, qui es-tu en dehors du contexte ? Qui es-tu loin de Federica ? J'existais, pensais-je sur le trajet cinéma-maison. J'existais, en me retournant dans mon lit. J'existais, je m'endormais. Non.

Et la clocharde devenait intérieure.

Donc, en toute sincérité, peux-tu affirmer que cette nuit-là – de nombreuses nuits après celle du cinéma –, la nuit des hurlements et des barrissements, le 23 octobre 1988 – en toute honnêteté : peux-tu affirmer que ton inertie n'a pas constitué une vengeance ? Dans ton inconscient ou dans ta mauvaise conscience, au cours de la nuit où tout le monde rivalisait pour être présent mais n'y était pas et où tu y étais, toi, peux-tu affirmer que tu n'as pas effectué un choix délibéré en t'abstenant de retenir la fille blonde, jambes minces, longues jambes ?

Sur la terrasse de l'immeuble rose, toi d'un côté de la baie vitrée, elle de l'autre, peux-tu affirmer que tu t'es abstenue de retenir la fille pour une simple histoire de secondes, de vitesse de réaction ?

N'était-ce pas plutôt l'exclue, le boudin, qui l'a abandonnée à son destin ? Peux-tu jurer le contraire ? Le jurer, la main sur le cœur – côté gauche/droit ?

Voilà qui je suis, lecteurs. La créature qui, cette nuit-là, a vu Livia se jeter dans le vide – pas d'accident, pas la poussée d'un mystérieux individu. La plus belle fille du lycée, l'objet du désir de tout le monde voulait mourir. Et je ne l'en ai pas empêchée.

Après une telle révélation, la signification de ce récit devient explicite – vous pensiez qu'il était illogique ? Vous songiez à un souvenir de jeunesse aussi vague que nostalgique ? Je remercie ceux qui sont arrivés jusqu'ici, à la page 218, j'espère en grand nombre, en très grand nombre, permettez-moi de me faire opérer. Ayez pitié de cette femme qui s'est présentée comme la plus grande écrivaine vivante, la provinciale inadaptée qui finit par s'en sortir, qui s'applique et s'en sort, applaudissements. Pardonnez-moi la lâcheté avec laquelle je vous ai aiguillés sur la piste d'une histoire de vengeance, d'encouragement pour tout un chacun – humbles, pauvres –, alors que c'était une affaire personnelle, une affaire privée d'expiation. Aucun être doué de bonté n'a jailli des cendres de la célèbre écrivaine (six mois, puis l'oubli). À partir de maintenant, stop à la mystification, c'est la ratée qui parle – et en remontant dans le passé : la coupable. Inutile de calculer les distances et les délais, s'il était possible d'arrêter Livia, d'avoir assez de promptitude pour l'attraper.

Surtout pour moi, pour ce qui, malgré moi, s'est formé dans ma conscience au cours de ces années.

Masse dense dans le ventre. Amas de trois, cinq kilos, le poids d'un nouveau-né, qui finirait par sortir un jour – l'explosion évoquée était intérieure, était-ce Anita, mon explosion ?

Omission, mensonge.

Par exemple, je savais que Massimo n'était pas présent cette nuit-là et que Livia était montée toute seule sur la rambarde. Je l'ai toujours su et j'aurais pu dédouaner Massimo : quelle vie aurait-il eue ?

Quelle vie aurait eu Livia si, au lieu d'hésiter, de me pisser dessus, je m'étais jetée sur elle, l'attirant à moi, la serrant contre moi ?

Et quelle existence aurais-tu eue, toi ? Quel destin ? Serais-tu devenue écrivaine, écrivaine ? Reporter ?

10.

Notes pour un reportage :

Luisa – dix-sept ans, menu C – prétendait elle aussi qu'elle se portait bien (poids 42 kilos, taille 1,60 mètre). En vérité, elle n'a guère de souvenirs de cette période, qui se déroulait il y a un an, à ses yeux un siècle. Elle se rappelle le froid. L'hiver, l'été, tout le monde en manches courtes, elle avec un pull. « On a l'impression d'être toujours hors saison », dit-elle. Elle a passé une année scolaire collée au radiateur, et lorsqu'on l'a éteint en mai elle a eu peur. Elle s'est évanouie un matin, mais cet épisode reste flou dans sa mémoire. Elle se souvient d'avoir ouvert les yeux et vu des personnes autour d'elle, elle se souvient de ce qu'elle a dit, un seul mot. Si elle se sentait en danger en classe, elle avait le sentiment d'être en sécurité à la maison. Sèche-cheveux pour se réchauffer les mains et les pieds, longues douches d'eau bouillante. Puis elle se souvient – autre souvenir net, l'un des rares de cette lointaine période située l'année dernière – de la panne de la chaudière. Le jour où l'eau devient soudain froide et où elle est incapable de bouger, se contentant de pleurer. Elle pleure sous la douche glacée jusqu'à l'arrivée de sa maman. Tel est le mot qu'elle a prononcé en reprenant conscience, devant tout le monde, garçons, filles, professeurs, le premier mot : maman.

En classe, une fille lui rappelle celle qu'elle était au temps où elle était grosse, une fille qui mange ce qu'elle-même mangeait autrefois, un an plus tôt. Se joignant à ses camarades, Luisa se moque d'elle : éloigner cette fille signifie éloigner l'être ridicule qu'elle a été, elle. Elle aimerait ne plus la voir, elle aimerait que cette fille change de lycée, de ville. En la regardant, elle pense qu'elle est son image dupliquée, elle dit : « Je regarde la photo de classe et je me trompe chaque fois. Je me prends pour elle. »

11.

6 mars, ménopause. 20 avril, fin de l'expérience d'Anita à la télévision. 28 mai, retenez cette date, quand le printemps sera avancé et que les amandiers perdront leurs fleurs.

Pour l'heure, nous sommes début avril, amandiers en fleur, mon amant me baise dans les toilettes d'un bar. Ou plutôt il ne me baise pas vraiment. Il baisse son pantalon et jouit dans ma bouche, j'avais tellement envie de toi, dit-il. Je commence à l'aimer. Qui sait quand nous nous reverrons, la prochaine fois je te veux en moi – phrase prononcée sur le ton du défi dangereux, comme si je n'étais pas une femme ménopausée. N'y pensons pas, vivons l'instant tant que c'est possible, tant que personne ne me démasque. Concentrer mon énergie sur le sexe et le travail, tel est mon projet, si ce n'est que Livia m'envoie des messages, me téléphone.

Elle m'invite chez elle, on verra un film et tu resteras dormir. On veillera jusqu'à l'aube. N'était-ce pas à l'âge de quinze ans que nous voulions veiller jusqu'à l'aube, comme signe d'autonomie, de la vie adulte qui s'ouvrait devant nous ?

Je suis son alibi, son père est rassuré s'il nous sait ensemble, il a confiance en moi.

Je résiste, la responsabilité l'emporte sur la culpabilité. Je ne peux pas, dis-je, je dois faire des recherches pour mon livre. J'ai l'intention de donner un cadre aux témoignages, voyage dans les troubles alimentaires, d'aller à Todi, dans le centre qui héberge les filles. Pour le moment, je multiplie les interviews, j'interroge les patientes au téléphone, nous échangeons des mails avec l'autorisation de la directrice. Je fixe une date pour une rencontre sur place.

J'attends mon amant jusque tard dans la nuit, enfin son message arrive : « J'ai eu un problème, je t'appelle demain. »

Et donc Livia, pardon – dis-je et redis-je en déclinant ses invitations.

Rationnellement, ai-je expié ? Je ne peux pas me charger de cette personne pour une durée indéterminée. C'est moi qui détermine la durée de mon expiation en fonction de ce que je ressens. Ai-je la sensation d'avoir lavé ma conscience ?

Avril, dehors le printemps, à la vue du nom de Livia sur l'écran de mon téléphone, je décide de ne pas répondre.

Elle rappelle. Elle est ainsi faite, un petit animal têtu. Le hamster de l'enfance. Ce hamster qui, libéré dans la pièce, s'obstine à se heurter contre la baie vitrée.

À s'y heurter sans cesse.

Sur cette association d'images, je réponds.

À l'autre bout du fil, la voix brisée : viens me chercher.

Avant de poursuivre mon récit, je tiens à me rendre de l'autre côté de l'Europe. En un vol qui n'a rien d'imaginaire.

Au-delà de la France, au-delà du canal de la Manche.

Aujourd'hui, il fait froid à Londres, le ciel est gris, la pluie menace. Ma fille rentre de l'université. Veste trop légère, l'habitude de ne pas se couvrir suffisamment. En sortant du métro elle parcourt la distance qui la sépare de son logement, deux kilomètres six. Elle marche vite, ses années de danse classique n'ont pas nui à sa démarche, pas de canard, plutôt une allure élégante qu'elle aurait peut-être eue de toute façon, sans les trois années de danse. En fin de compte, ce sont plutôt les années de natation, cinq, qui ont modelé sa démarche, certainement pas les deux années de hip-hop. Et donc elle se dirige vers son domicile. Des hommes la regardent. Pas toujours jeunes, ce qui agace la mère que je suis, et ce n'est pas la faute de sa fille, discrète, les cheveux attachés. La faute réside dans le regard des hommes : voilà exactement ce dont sa mère la protégerait si elle le pouvait. En totale contradiction avec d'autres moments de la vie, par exemple les périodes où elle craignait qu'Anita ne grossisse, qu'elle ne devienne à son tour une femme petite et grosse, que personne ne veuille d'elle. Du reste, cette même mère suggérait à sa fille tantôt d'augmenter sa poitrine, tantôt de la diminuer. En dépit et en vertu de ce désir qu'elle-même affronte depuis l'adolescence. La lutte personnelle de la mère pour et contre l'ardeur – qu'étaient donc les régimes, tous des échecs, et les yeux bleus ? Pourquoi faire de l'autostop de nuit dans les villes balnéaires ? Deux gamines, Federica et toi, deux gamines au pouce tendu dans l'espoir qu'un homme, quelqu'un, s'arrête. Eh bien non, personne ne s'arrêtait, à une exception près, et le conducteur en question était une femme. Livia est sacrément vernie, pensiez-vous alors. Un peu moins après l'accident en assistant à sa transformation, à sa soudaine désinhibition. Un feu toujours allumé, une lampe qui émet de la lumière – lampe solaire, ou lampe rose sur sa table de nuit, près de son lit défait, le jour de sa disparition. Impossible de ne pas réfléchir à cette mutation, l'engrenage du cerveau grippé qui la relie directement à une frénésie sexuelle semblable à celle des animaux. En voyant dans la rue un chien qui tente d'en monter un autre, mes pensées courent vers Livia. Et toi, mère, tu détournes le regard. Toujours dans ta relation en dents de scie avec la passion – refus et élan. Une ferveur qu'aujourd'hui encore tu gères mal, très mal, dans ta manie boulimique de prendre, de rafler des amants (peu importe qu'ils soient nombreux ou pas, seule compte la rafle). Une mère en équilibre entre l'enfance et l'âge adulte, voilà ce que tu es, figée à l'état de créature en deux moitiés.

Présent, Londres : ta fille marche quand il commence à pleuvoir, à pleuvoter, et elle n'a pas de parapluie, si bien qu'elle se précipite sous un abribus. Assise sur le banc – précisément ce banc même, ou un banc voisin, que la mère a repéré sur Google Maps en y voyant l'endroit où sa fille pourrait se réfugier en cas de pluie ou de neige.

Voilà ce dont sa mère entend la protéger.

Laissons maintenant la fille dans la rue de Londres, à l'abri, et venons-en à la mère qui conduit, les mains serrées sur le volant, elle qui n'aime pas conduire.

En haletant, en pestant et en souhaitant qu'il ne se soit rien passé parce qu'on risque de la désigner, elle, comme la coupable. Elle qui a montré à Livia le chemin, qui l'a emmenée là-bas – quelqu'un témoignera et tu seras responsable. Si tu n'avais pas été là, dira-t-on. Et on aura raison.

Doublée par des voitures et des camions, la coupable roule en proie à l'inquiétude, effrayée par les ombres qui se manifestent derrière elle, qu'elles soient grosses ou petites – dans le rétroviseur, elles semblent toutes énormes, des masses énormes et menaçantes –, comme si elles allaient la heurter, alors qu'elles la dépassent. En d'autres circonstances, il vaudrait la peine de signaler que c'est la première fois qu'elle emprunte l'autoroute toute seule. La fois précédente elle était en compagnie de Livia, car oui, il suffit d'une personne à mes côtés, d'un être vivant pour me rassurer – comme la nuit dans la maison des bois en présence de ma fille nouveau-née, comme la femme du livre ou du film qui se suicide avec son chat.

En serrant très fort le volant, attentive, parfois lucide : comment Livia est-elle arrivée là ?

Un certain nombre de ses actions m'ont déjà surprise. Livia se souvient, se montrant meilleure qu'on ne l'a cru, éveillant le soupçon qu'elle simule. Cette créature aurait-elle simulé toutes ces années ? Puis la crainte revient, et le tourbillon de l'anxiété avale les doutes. J'imagine le pire. Livia qui s'approche, Massimo qui réagit. Va-t'en. Elle qui fond en larmes, se jette sur lui et tambourine de ses poings sur la poitrine de l'homme. Je t'aimais – en larmes. Il s'éloigne, elle repart à l'attaque. Va-t'en, sinon j'appelle la police. Il la pousse, elle tombe.

Dans mon esprit, Livia ne cesse de tomber.

J'aurais dû lui interdire de le revoir, personne ne l'y a autorisée ces dernières années, alors qu'elle l'a certainement demandé. Nul doute, elle l'a demandé mille fois à son père et à sa sœur. En suppliant, en implorant. Ils s'y sont opposés en vertu du danger que comportait une éventuelle rencontre, ils l'ont tous compris, sauf moi, l'insensée. Lueur de méchanceté, tu as déguisé ta méchanceté en bonté.

Une moto me double dans le virage, entre-temps j'ai quitté l'autoroute pour m'engager sur une route de campagne, bordée d'arbres – chênes verts, sapins, charmes, ormes, pins maritimes, jamais su les distinguer, je ne connais pas les noms des fleurs et des plantes, je vis dans un monde de glycines. Mon ex-mari disait : le prunier jaunit, et je regardais à droite, du mauvais côté du bois.

La scène qui s'offre à mes yeux, au moment où j'atteins la place publique, à quelques mètres de la boutique, derrière la porte vitrée, est une scène de calme.

Sur un petit divan, Livia rit en rejetant sa tête en arrière. Massimo est appuyé contre le comptoir.

J'hésite, cachée dans la semi-pénombre, fin d'après-midi.

J'entre, prête à me présenter comme l'amie de Federica, la grosse – pour hâter l'identification.

Massimo s'approche : c'est toi, dit-il.

Soudain je pense qu'il m'a prise pour une autre.

Mais non, il me parle, il s'adresse vraiment à la personne que je suis devenue en me priant de l'excuser de ne pas avoir lu mon livre, de toute façon il a suivi ma carrière dans les journaux, à la télévision, une interview dans laquelle je racontais mon passé difficile et cela l'a désolé, il a été désolé d'apprendre que j'avais eu des problèmes durant ma scolarité – pause semblant signifier que, s'il avait su, il y aurait remédié. Le plus beau garçon du lycée m'aurait consolée.

Pendant ce temps Livia jubile : tu es arrivée.

Et moi, désorientée, c'est quoi ce petit tableau dénué de rage ? me dis-je. Qui sont ces deux personnes réunies après avoir passé leur vie à se fuir et à se combattre, quoique indirectement, à travers leurs familles.

J'étais dans le coin, se justifie Livia, je me suis dit : et si j'allais dire bonjour à Massimo ?

Effrayée par mon silence, elle change de ton : tu es en colère ? Comme si j'étais son père ou sa sœur, m'énervant, suscitant en moi la tentation de tourner les talons et de partir, de la planter là, ce sont leurs oignons, de son père et de sa sœur.

Je l'aurais raccompagnée, intervient Massimo.

Oui, reprend Livia, il a été très gentil, un gentleman – elle pose le regard sur lui, sourit, voyant le garçon de dix-huit ans, elle voit le garçon de dix-huit ans.

Et pourtant Massimo n'a plus rien de l'adolescent qui se sauve de la chambre d'hôpital, qui disparaît du jour au lendemain de l'existence de l'ancienne blonde. Un verre ? lance-t-il.

Apéritif ! exulte Livia.

Il vaudrait mieux monter en voiture si nous n'avons pas envie de rouler de nuit, dis-je. Ajoutant, toujours à l'adresse de Livia, que son père m'a téléphoné et que j'ai menti en déclarant que nous étions ensemble, que je la ramènerais après le dîner. A-t-elle donc envie qu'il s'inquiète ? Veut-elle lui créer des soucis inutiles ? Je suis à deux doigts de l'attraper par le bras, de l'entraîner et, en cas de résistance, de la tirer par les cheveux.

Je m'en abstiens car je n'ai pas affaire à une personne normale, mais à une folle aux réactions imprévisibles, et j'ai pour mission de la raccompagner chez elle saine et sauve, pour la rendre à son père, à sa sœur, à tous ceux que les liens du sang ou la vocation professionnelle obligent à veiller sur elle, et la leur abandonner.

Voici la durée de l'expiation. Laissez-moi arriver rapidement au terme, j'y suis presque, l'idée que j'aurai ensuite remboursé ma dette se profile dans mon esprit. Je débrancherai le téléphone, je changerai de numéro, je m'évanouirai de l'existence de ces gens avec lesquels je ne partage rien et qui ne représentent rien pour moi.

Arrivons rapidement à la fin.

Si ce n'est que Livia m'en empêche. Regarde comme c'est beau ! s'exclame-t-elle en écartant les bras devant les articles de la boutique. N'est-ce pas un meuble magnifique ? En indiquant une table de nuit. Et à Massimo : combien tu me le vends ?

J'interviens : Livia.

Sérieusement, combien tu me le fais ?

Il hésite, essaie de la dissuader, mais elle n'en démord pas, prétendant qu'elle en a besoin, qu'elle l'a longtemps cherché, qu'il ira parfaitement dans sa chambre.

(Attardons-nous sur cette femme qui parle de chambre, et non d'appartement, songeons à cette quinquagénaire qui dispose d'un seul espace : sa chambre demeurée intacte. Rose.)

Puis, en proie à une frénésie de démonstration, elle plonge les mains dans son sac, en tire de l'argent – en vrac, bonbons, mouchoirs sales –, cent, deux cents, elle compte. Son père veille toujours à ce qu'elle ait du liquide sur elle.

J'ai l'impression de l'avoir persuadée de partir quand elle s'enquiert du petit, elle aimerait tant lui dire au revoir, alors que j'interroge : quel petit ? Le fils de Massimo, répond-elle.

Il existe un enfant.

Elle explique qu'elle l'a rencontré plus tôt, il rendait visite à son père. Tu devrais le voir. Il faut que tu le voies, continue-t-elle, ayant peut-être trouvé un prétexte pour rester. S'agit-il plutôt d'un véritable intérêt ? Elle est attirée par les enfants. Elle les arrête dans la rue. Comment tu t'appelles ? interroge-t-elle en se penchant, et les mères, troublées, écartent leur progéniture.

Après cet échange sur le petit, à cette heure à la maison, informe Massimo – ils auront certainement l'occasion de se revoir, promet-il –, je réussis à l'emmener. Nous sortons et voici qu'il se met à pleuvoir. Or, au lieu de s'abriter – dans la voiture, sous un auvent de n'importe quelle rue du monde –, elle se dirige vers le centre de la place. C'est de la neige, dit-elle. Elle écarte les bras, le visage tourné vers le haut, ouvrant toute grande la bouche pour avaler la pluie directement du ciel.

Telle est peut-être l'image exacte de l'arriération mentale.

Pas les élans subits. Se dévêtir, crier. Tournoyer, perdre l'équilibre, nager sur le tapis avec une bouée. Pas l'erreur d'évaluation, trébucher dans l'escalier en croyant la marche plus basse. L'erreur de temps, oublier que sa mère est morte, ne pas se rappeler qu'elle a cinquante ans. Telle est peut-être la radiographie – davantage que du cerveau sur l'écran, amas noir sur le lobe gauche –, la radiographie parfaite de son cerveau endommagé.

Je la tire par le bras pour la mettre à l'abri – l'instinct maternel se réveille en moi. Du reste, que signifient ce désir de protection, la lutte téméraire des mères contre les intempéries ? Prêtes à se mouiller, à geler, à prendre mal, à tomber, à s'effondrer, à s'effondrer à la place de leurs filles.

La pensée d'Anita – en voiture, le long du trajet, tandis que Livia se pelotonne sur un côté, ferme les yeux.

Si j'ai dit qu'il est possible, au quiz, de perdre puis de revenir, j'ai omis de signaler que la défaite comporte une chute dans une trappe (« La trappe s'ouvre sous ses pieds, le faisant chuter », à propos du concurrent – tiré de Wikipédia). C'est sur la chute que je concentre mon attention, cherchant des détails, découvrant qu'il existe des conditions pour participer à cette émission : avoir entre dix-huit et cinquante-cinq ans, ne pas peser plus de cent kilos, ne pas mesurer plus de deux mètres, ne pas avoir/avoir eu de problèmes cardiaques ou de dos.

Est-ce sûr qu'Anita a un cœur en bonne santé ? Dernier électrocardiogramme ? Et son dos ? Début de scoliose ? Je manifeste une nouvelle appréhension à l'égard de ma fille, à laquelle j'ai laissé beaucoup de liberté depuis l'enfance. Une énorme liberté, au point que certains me considéraient comme une mère indifférente. La nounou me disait : je l'emmène au parc, et si je ne les y trouvais pas quand j'allais les rejoindre, tant pis. Je ne m'inquiétais pas. Peut-être juste un peu.

Mais maintenant, maintenant qu'elle a vingt ans, j'aimerais savoir exactement où elle se trouve (Google Maps), à l'abri de quel auvent, érigeons des auvents, mères.

12.

Livia est le fardeau dont Federica a décidé de se décharger sur moi, ne serait-ce que provisoirement – combien de temps dure ce provisoire ? Si j'ai cru au début à un acte de confiance de sa part, je comprends à présent qu'il s'agissait d'une punition. Tout en interprétant le rôle de la gentille et en manifestant de la joie devant ma célébrité, elle remâchait sa jalousie, tout comme l'envie de me faire vivre son existence, d'échanger, fût-ce brièvement. Maintenant que j'ai mené la sienne, je peux capituler et dire : tu as gagné, tu es la meilleure, satisfaite ? Je me persuade qu'il en est ainsi et je décide de l'appeler afin de procéder au rituel de la restitution : qu'elle reprenne Livia, qu'elle recommence à s'en charger.

Après de nombreuses sonneries, un homme répond. Il me prie de l'excuser, Federica est occupée, annonce-t-il. Je suis son mari, oui, il se présente comme son mari, pas comme son ex. Puis-je lui communiquer un message ?

Il est désormais évident que Federica me cache quelque chose, il n'est même pas dit qu'elle soit à Gênes, encore moins que cet homme soit son mari. Il est probable qu'elle s'amuse quelque part, pourquoi pas à l'étranger. Sais-tu pourquoi elle n'a pas répondu ? Elle se baignait. Je l'imagine sur une plage, bikini, seins. Je la vois soupirer : je ne veux pas rentrer – à l'adresse de son amant. Restons ici pour toujours – se tournant pour prendre un bain de soleil de dos, montrant ainsi ses fesses, envisageant peut-être de les faire refaire, elles aussi, maintenant qu'elle a un homme.

Elle me rappelle le soir même et demande si je rencontre des problèmes avec Livia. Au lieu de lui raconter sa fugue, Massimo, au lieu d'accomplir l'acte de restitution – reprends ton fardeau, ta croix –, je dis : pas de problème, je voulais juste te dire bonjour. Alors elle, la voix grave comme si elle venait de faire l'amour, s'exprime de manière confuse. Il est important de bien se nourrir, à quatre-vingts pour cent, la population souffre d'une carence en vitamine D et l'ignore, dit-elle. Puis : la perruque… la perruque de ma mère était blonde.

Je me dis qu'elle est ivre. Elle a fait l'amour et elle s'est saoulée avec cet homme. Ils refont peut-être l'amour. Et moi, à mon domicile, sous mes couvertures, j'éteins la lumière.

La mère de Federica rangeait ses perruques sur l'étagère de la salle de bains. Blonde lisse, rousse bouclée. Exemplaires de cheveux véritables, comme nous l'apprîmes le jour où elle nous surprit en train de les étudier : ne les touchez pas.

Alors que ma grand-mère en portait pour dissimuler son crâne chauve à cause de l'alopécie, cette femme les arborait par coquetterie, pour se montrer sous un jour différent dans le monde.

Un après-midi où elle est absente, un après-midi où nous sommes seules, Federica et moi, une idée nous traverse l'esprit.

Nous nous emparons de la tête blonde, c'est Federica qui choisit la blonde. Agitation, petits cris, le monde nous appartient ! Il nous appartient ! semblons-nous hurler. Quasi rebelles derrière le rideau de la fenêtre, les yeux tournés vers le jardin du rez-de-chaussée où nous lançons la tête. Transgressives, révolutionnaires ! Désobéissantes, comme dans le film où la fille du pasteur reste en équilibre sur deux voitures roulant à toute allure, un pied ici, l'autre là – comment s'intitulait-il ? *Footloose.* Voilà ce que nous sommes derrière le rideau. Les folles sur la voiture, plus encore, sur le toit de la voiture, de l'avion, indomptées, libres.

Au terme d'une longue attente, un individu surgit, remarque la tête, prend peur – nous le voyons sursauter, s'approcher, se pencher autant que possible, tendre une main.

Et nous rions, nous rions, il n'y a rien de mieux que d'effrayer les gens, un vieux.

(Ce vieux qui sera plus tard le sauveur de Livia, s'il n'y avait pas eu ce store, s'il n'avait pas été là, lui...)

En attendant, là-haut, nous nous moquons de lui derrière le rideau.

13.

Mon retournement intérieur s'est produit dans le village de campagne. Place publique, pluie – le présent s'enflamme, la mère grandit, l'adolescente rapetisse, tandis que s'éteint mon désir de revanche à l'égard des garçons du panier de basket –, peloton, troupeau, yeux clairs.

Mon envie de vengeance s'affaiblit devant Massimo en chair et en os.

Et non par pitié, ou du fait de la constatation qu'un homme inoffensif se tient devant moi. Plutôt après m'être rendu compte – renversement, les miroirs sont désormais inutiles, les filles, tout comme les vitrines des boutiques – qu'une femme inoffensive, moi, se dresse devant lui.

C'est une histoire de fantômes, de gens qui continuent de se mouvoir mentalement comme à l'époque où vous les avez quittés. Les retrouver est une déception, le fusil qui recule, vous propulsant vers l'avant, bienvenue dans le présent. Éclair d'indulgence plénière : toi aussi, Lavinia, où que tu sois, va en paix.

Sur la place du village s'est dissipée mon ardeur juvénile, peut-être toute ma jeunesse. Évanouie, l'impatience d'équilibrer les comptes – en admettant qu'il faille les équilibrer, qu'il ne s'agisse pas plutôt d'altération subjective –, et une fois qu'elle s'est évanouie que reste-t-il ? Une femme d'âge mûr, Anita – le téléphone allumé, pour le cas où elle appellerait, espérons qu'elle appellera, de jour comme de nuit. La sonnerie du message retentit, je prie pour que ce soit elle, fais que ce soit elle.

Comment ça va ? Voilà comment Massimo apparaît sur mon téléphone, dans ma vie, et non par personne interposée, Federica ou Livia.

Trente ans plus tôt – à l'époque où un seul regard en biais me faisait palpiter –, du temps du lycée, mon cœur aurait bondi. Mais j'ai quarante-sept ans, je suis ménopausée. Désormais un message d'Anita m'émeut davantage que celui d'un homme, bien que l'homme en question ait habité mes rêveries d'adolescente qui, non, ne se ravivent pas (ma jeunesse s'est achevée sur la place du village, disions-nous). Les ardeurs ne se rallument ni ce soir-là ni par la suite, alors qu'il s'obstine à m'écrire, si j'avais seize ans, yeux bleus.

Je lui réponds de façon expéditive, quand je ne laisse pas passer des heures ou, carrément, oublie. Des jours, des semaines. Avec le succès, j'ai été entourée d'hommes, maintenant femme du monde je me suis habituée à les tenir à distance. Les déclarations d'amour n'ébranlent rien au fond de l'être que je suis devenue. Flirt : une série de mots qu'on prononce à tort et à travers. Sentiment amoureux : un état passager de suggestion.

Massimo comprend sans doute que je suis accoutumée aux flatteries masculines : il place la barre plus haut. Tu m'as toujours plu, écrit-il.

Je me souviens exactement du lieu où je me trouve.

Ce matin-là – c'est le matin, manteau bleu marine – non seulement je réponds, mais je songe aussi qu'une nouvelle phase de ma vie, ou du film, vient de débuter (ta jeunesse n'était-elle pas terminée ?). Gros plan sur moi, vous dans la salle.

Je suis au supermarché, dehors printemps. Les hormones se réveillent.

Dès que le garçon, toujours lui, le garçon que j'ai aimé (d'accord, cent autres également, le peloton également), dès que cet exemplaire d'amour raté écrit : je pense à toi.

Sans oublier le message : j'aimerais que tu sois avec moi, t'embrasser.

Là aussi, j'ai un souvenir précis du lieu où je me trouve, chez Livia.

Je vous dis ce que j'ai éprouvé devant les baies vitrées où se reflétaient les lumières de la ville qu'on pourrait prendre pour Los Angeles. Ressusciter à Los Angeles, lieu qui a consacré une créature longtemps incomprise, utilisée par des hommes féroces, utilisée puis jetée. Que de violences, Marilyn, avant d'être vraiment aimée (1926-1962).

Marilyn Monroe meurt à Los Angeles le 5 août 1962. Suicide, overdose de somnifères. On l'enterre avec la perruque blonde qu'elle portait dans le film *Les Désaxés*.

Transportons-nous maintenant dans une autre partie du monde, auprès d'une autre fille qui n'a plus besoin de miroirs depuis qu'elle a rencontré son nouvel amour, plus jeune, son cadet de vingt ans, fringant.

Retrouvons Federica sur la plage, visualisons-la alors que le jeune homme la persuade de plonger, de contempler les fonds marins. Elle le suit, non sans crainte, elle se jette à l'eau, s'enfonce, s'enfonce, des dizaines de mètres sous le niveau de la mer, quand un banc de poissons bleus passe devant elle.

Ou alors : l'homme qui a répondu au téléphone était vraiment Giorgio, avec qui elle s'est rabibochée. Il lui a dit : ne jetons pas notre famille aux orties. Et elle a accepté, s'efforçant de reconstruire leur couple jour après jour.

Ou encore : toujours en imaginant la fille qui n'a pas besoin de miroirs, découvrir qu'elle les évite.

Depuis deux mois, Federica s'abstient de se regarder dans un miroir, ou se contente de le faire dans un tout petit de façon à se voir en portions, les yeux sans cils, pour éviter de se heurter, plus haut, à la vision de ses sourcils et de ses cheveux tombés. Tout repoussera, se dit-elle, par expérience directe. Et justement parce qu'il s'agit d'une situation déjà vécue, elle préfère éviter de se montrer. À son père, à sa sœur à laquelle elle n'a rien dit. À ses enfants qui, eux, savent, mais par chance vivent au loin. Elle étend sa retenue aux étrangers, pour ne pas mentionner les enfants dans la rue qui prennent peur à sa vue. Lorsqu'elle doit sortir, elle se prépare soigneusement. Les jours où elle ne porte pas de perruque – épuisée, distraite, au terme de la séance –, les jours où elle l'oublie dans son sac, elle s'aperçoit de son absence au regard compatissant des autres. C'est une femme malade, une femme à sa seconde chimio. (Elle se montre uniquement à Giorgio, présent le jour de l'opération, imaginons-nous.)

Achetée dans la meilleure boutique de Milan, la perruque est un héritage de sa première tumeur. Elle ne se rappelle pas exactement son prix, deux mille, trois mille euros. Un coût qui l'avait amenée à hésiter, presque à renoncer, avant de changer d'avis : ce n'est pas du gaspillage, mais un geste de vitalité. Cela équivaut à acheter une robe coûteuse en sachant qu'on ne l'arborera qu'à une seule occasion, par exemple une robe de mariée, on ne se marie qu'une fois. Pétales de rose, colombes qui s'envolent, consacrant le début d'une nouvelle vie. Voilà ce que la perruque représentait. Que tu puisses vivre cent ans, et ce n'est pas une erreur : des années, littéralement.

Imaginons que la perruque devienne le symbole des années à venir et que Federica la soigne davantage que ses propres cheveux : lissés, martyrisés – te rappelles-tu le fer passé et repassé, y compris quand il n'y avait pas de sortie de prévue ? Toi cheveux lisses, moi yeux bleus.

Après avoir lavé la perruque, elle délaisse brosses et peignes au profit de ses propres doigts, qu'elle utilise avec une délicatesse dont ont été privés ses cheveux, essorés hâtivement, arrachés (et les nœuds dans la douche ? C'étaient tantôt les tiens, tantôt ceux de Livia, et tu les distinguais en remarquant le blond brillant au moment où tu les ramassais).

La journée étant ensoleillée, elle préfère la sécher à l'air libre.

Elle s'allonge sur le lit – faisceau de lumière à travers la fenêtre. Une lame qui transperce la perruque sur le rebord, elle étendue, sa robe pendue à un cintre, mille filles se pressent dans sa chambre en cette journée de printemps, dans cet immeuble aux fenêtres fleuries. Imaginons qu'un objet tombe soudain de celle du second étage. Que le scalp blond chute, flottant dans l'air pour planer au-dessus de la pelouse, puisque ta chambre à Gênes aussi donne sur un jardin.

14.

Il devrait être facile de faire taire ses appétits, jamais eu de grands instincts sexuels. Dans ma jeunesse déjà, je pouvais renoncer, j'ai renoncé, et ce n'était pas un sacrifice. Libido endormie. Les amants que j'énumère ont bien existé, mais les relations sexuelles se sont espacées dans le temps. Alternance d'années d'abstinence absolue et d'années comptant cinq ou six rapports au total. Ma vie sexuelle se réduit à une poignée de rencontres. Le désir vain prévaut. La suspension, le statu quo, les actes imaginés, l'amour non vécu.

Voilà pourquoi ce frisson initial, ce bouleversement d'hormones après la déclaration de Massimo se tarit bien vite. Motif officiel : Livia. Je lui reproche : tu ne penses pas à elle ? Je m'insurge, éthique : comment peux-tu lui faire ça ? La question n'est pas qu'elle l'apprenne ou pas. Je le condamne, non sans satisfaction : il s'agit de conscience, mets-toi une main sur la conscience, Massimo. Il y a quelque chose de magnifique dans cette stature morale, dans la hauteur atteinte, donnez-moi un cygne.

Quand je regarde au fond de moi, là où gît la mémoire obscure, la grotte sombre, je parle pour nous défendre toutes. Je m'érige en championne des créatures sans défense. En me dérobant : nous ne devons pas nous voir, ne m'approche pas.

Pendant des jours. Ce doit être un jeudi.

À partir de ce jeudi-là, il devient malaisé de lire en moi. De comprendre le changement subit d'allure, de saisir la cohérence, cette cohérence pour les jeunes filles sans distinction, générations différentes, origines sociales opposées. À partir de ce jeudi-là, je le sais, vous autres adultes, hommes, jugerez mon attitude contradictoire, hormonale, stratégique, sadique. Mais à partir de ce jeudi-là le jeu change, lecteurs, à partir de ce jeudi-là il s'agit d'une question personnelle. Vous, tous ceux d'entre vous qui ne fréquentiez pas le lycée Goffredo Mameli en 1988, que voulez-vous y comprendre ? Vous autres individus normaux, comment pouvez-vous imaginer ce que nous avons vécu, nous, cette nuit-là, les nuits de notre jeunesse dissipée, interrompue ?

Vous autres, les heureux, vous ne serez jamais capables de comprendre la femme qui, après avoir éconduit son soupirant – qualifions-le de soupirant – en l'accusant d'insensibilité et de je-m'en-foutisme pendant des semaines, vous ne pourrez jamais comprendre pour quelle raison elle lui téléphone le jeudi et lui dit voyons-nous. Vous n'arriverez pas à saisir la raison qui la meut. Vous penserez : la méchante – toujours la méchante. La femme ménopausée qui cède à la flatterie, ou pire, l'égoïste qui ne veut pas d'ennuis et qui capitule devant les insistances de Livia, car il y a d'un côté Massimo et de l'autre Livia pressée de revoir l'homme qu'elle aime, et donc l'égoïste que je suis succombe par paresse, penserez-vous.

Vous le pensez et vous vous trompez.

Au fond, dans ce fond obscur et lumineux, je contente toutes les filles non aimées, au nombre desquelles figure la moins aimée, la difforme, le phénomène de cirque derrière le rideau de la loge, moi.

Moi qui ouvre la porte à Massimo pour le conduire dans le salon de Livia. Derrière les baies vitrées, les lumières de la ville, soir.

Puis-je vous offrir un verre ? dit Livia, comme dans les films, nous sommes dans un film.

Il convient de préciser que le père occupe une chambre à l'étage inférieur. Sans oublier qu'il s'endort à neuf heures. Mais imaginons qu'il se réveille, imaginons qu'il monte laborieusement à l'étage supérieur, attiré par le bruit (imaginons qu'il ait oublié d'ôter son sonotone et qu'il entende donc les voix). S'il montait, que verrait-il ? Nous deux et un inconnu. Non, il ne reconnaîtrait pas en cet homme le garçon d'autrefois, le coupable – du reste, pour être précise, c'était une obsession de sa femme à laquelle il n'a pas eu le courage de s'opposer. Et même s'il le reconnaissait. Trente années ont passé. Alors ce père âgé, chancelant, se contenterait de le saluer.

Ce soir il n'y a pas de danger pour nous, pour vous.

Ce soir, c'est samedi soir, tu te souviens des soirées d'anniversaire ? (Les fêtes des dix-huit ans débutaient au printemps, comme si les riches naissaient exclusivement en cette saison, fleurs de saison. Lavinia en avril, je ne me rappelle pas le jour précis, je me souviens qu'elle a donné en avril la fête d'anniversaire à laquelle je n'étais pas conviée, moi dans mon lit, recroquevillée, grosse. Toutefois, si j'étais honnête, je dirais que je suis née moi aussi en avril, en mai, et que, probablement – toujours pour être honnête –, la date de naissance n'était pas un élément, un élément supplémentaire de distinction, à moins que je ne leur ressemble davantage que je ne le raconte, hein ? Gardons cela en tête, et si ce monde de privilégiés était une déformation de ma part ? Et si c'était un souvenir factice ? L'altération d'un esprit sous anti-dépresseurs ; manque de chance, je n'en prenais pas du temps du lycée. Évoquons alors la protection naturelle d'un esprit plein d'imagination, complexé, aimant jouer la victime, manipulateur, stupide fleur de printemps, moi).

Nous disions, samedi soir. Et tandis que, dehors, les fêtes se déroulent dans les lumières de la ville de l'autre côté des baies vitrées, les lumières sont les fêtes, mille fêtes au même instant, nous sommes, nous, dans ce salon.

Des projets pour l'été ? demande Livia.

Mieux vaut rester chez soi, trop de monde partout – lui.

J'aimerais vivre uniquement en été, dit-elle en clignant les paupières.

Sur les canapés, nous nous détendons de plus en plus, j'enlève mes chaussures. Massimo s'enfonce au milieu des coussins. L'atmosphère se fait intime. Nous évoquons d'anciens camarades de classe, Cenci, vous vous souvenez de Cenci, du jour où on l'a retrouvé attaché au radiateur ?

Livia secoue la tête.

Elle s'enquiert ensuite du petit. Massimo répond qu'il l'a déposé chez sa grand-mère, ils se voient peu, bien qu'il s'efforce de l'emmener souvent à Rome. Il ne veut pas qu'il grandisse dans l'isolement, ou du moins pas totalement, il lui laissera le choix de vivre en ville ou à la campagne quand il sera grand.

Et sa mère ? toujours Livia.

Formidable, dit Massimo, il ne l'aurait jamais cru. En considérant l'âge auquel elle a eu Jonathan, vingt-cinq ans.

Je vois Livia se raidir, je crains qu'elle ne réagisse. Vous êtes restés en bons termes ? dis-je dans le but de souligner le fait qu'ils ne vivent pas ensemble, que Massimo ne partage rien avec son ex, à l'exception de leur fils.

Plutôt, répond-il, elle a eu par le passé un compagnon que je n'approuvais pas, elle peut vivre avec qui lui plaît, bien sûr. Je parle pour le petit.

Livia demande s'il a des photos d'elle pour voir de qui tient Jonathan.

Massimo s'empare de son portable, fait défiler les images.

Sur l'écran, une métisse aux grands yeux étreint un enfant blanc. Un selfie de leurs visages, joue contre joue.

Ils ne se ressemblent pas.

Il tient de moi, de ma famille maternelle.

Livia garde le silence. Peut-être à cause de la comparaison avec la femme, une comparaison inévitable. Je redoute sa réaction : elle va bondir sur ses pieds, accuser Massimo de l'avoir trompée, d'avoir eu un enfant avec une autre. De crainte que l'atmosphère ne se tende, je dis : à propos de photos.

Si Massimo savait le temps que Livia a mis pour se préparer. S'il l'imaginait… Imaginez la tous. Elle qui entre dans la salle de bains puis en sort, moi sur le lit. Elle décolletée, bras nus. Jambes dénudées, talons hauts, très hauts, cheveux tirés sur le haut de la tête – tous les plans du film. Ça me fait un gros cul ? interroge-t-elle.

Nous avons quarante-sept et quarante-huit ans, la sensation de ne jamais avoir quitté cette chambre (identique à celle de Federica). Quarante-sept et quarante-huit, mais au fond de nous seize et dix-sept, comme si notre croissance s'était arrêtée aux journées de soleil, pluie, espoir d'être embrassées, même si l'autre, sur le tapis, n'était pas toi, Livia, si l'autre, c'était Federica. Et pourtant, dans le mixeur du hasard, c'est toi qui es devenue l'autre. Voltige, tourbillonne. Lève les bras au ciel, vers le ballon de baudruche, hausse-toi sur la pointe des pieds, tu peux l'attraper.

Supposons que le ballon de baudruche représente l'amour. Supposons que ces heures de préparatifs soient un monceau d'illusions et que – dans un esprit brisé – la déception soit énorme. Voilà pourquoi je redoute le geste démesuré, le déclic.

Or Livia reste digne. Elle écarte les cheveux de son visage, elle sourit.

Je me demande si, dans cette pénombre, on pourrait la prendre pour une femme normale, l'évolution directe de la fille sublime qu'elle était, qu'elle aurait été si elle n'était pas tombée. Approchons-nous : regard vide, mains tremblantes à cause des médicaments.

Non, il n'y a rien de normal chez elle. Impossible de savoir ce qui bout sous son calme, je me représente comme de l'eau en ébullition sa passion comprimée, la gamme de ses sentiments privés de mémoire.

Nos vestiges sans souvenirs ne sont autres que cette créature irrationnelle dont je continue d'attendre une réaction irréfléchie pendant toute la soirée, qui par chance passe. Elle passe lentement ; à travers les baies vitrées la nuit s'intensifie, je dis : il est tard.

De nouveau aucune protestation. Livia s'apprête à dire au revoir quand elle se ravise. Un truc, commence-t-elle en posant sur Massimo le regard rempli de cette douceur qu'elle lui a refusée à l'âge de dix-sept ans, de son vivant, a-t-on envie de dire. Tu te souviens des soirées ? interroge-t-elle.

Massimo cherche mes yeux, nous autres adultes en présence de la fillette. Père, mère, fille.

Dansons, lance-t-elle en écartant les bras.

Après quelques instants de gêne, Massimo, l'ancien héritier arrogant, l'ancien amoureux, lui ceint les hanches.

Leurs mains s'entrelacent.

Sans musique, dans le silence du quartier résidentiel, Livia et Massimo dansent une valse, la valse qu'ils auraient dû danser pour ses dix-huit ans, puisque, pour elle, les dix-huit ans ne sont jamais venus.

Cette danse évanouie, avortée, arrive maintenant avec trente ans de retard, bon anniversaire. Robe rose, rose comme la chemise de nuit dans laquelle sa jeunesse s'est achevée.

Je les regarde à l'écart, je regarde cette fête à laquelle je n'ai jamais été conviée. Ai-je déjà dit que les garçons du lycée Mameli étaient bruyants ? Un va-et-vient incessant dans les escaliers. Des portes mille fois ouvertes et refermées.

15.

Dans l'ascenseur, depuis quand suis-je aussi près d'un homme (le dernier dans les toilettes du bar, à genoux) ? La première fois que je t'ai vue, dit Massimo.

Et comme je n'ai pas de réaction, que je garde le silence, alors que je devrais l'arrêter, car c'est ainsi qu'on repousse les hommes – mais repousser les hommes m'échappe, les hommes m'échappent.

Tu avais de la personnalité, poursuit-il, ça sautait aux yeux.

Ne me demandez pas pourquoi je garde le silence, l'incitant presque à continuer, ce qu'il fait en baissant le ton, prélude du baiser. Tu étais très belle, dit-il.

Maintenant supposons que ce soit vrai, effaçons l'obèse, sac à dos en forme de koala. Oublions notre réticence à ôter nos tee-shirts, à nous dénuder.

Figeons-nous dans cet ascenseur. Étirons l'instant à l'infini, un règlement de compte que je n'aurais jamais imaginé aussi pacifique. N'étais-je pas censée humilier, mépriser ? Carrément bafouer, pour qui vous prenez-vous ?

Qu'avez-vous réussi dans la vie ? Au lieu de ça, je suis cette toute petite chose, une femme – pour la première fois, une femme. N'arrête pas de parler, qui que tu sois. Raconte-moi qui j'étais et qui je ne m'étais pas rendu compte d'être.

Tu as toujours été belle, dit le garçon, le peloton.

Et la vierge palpite. Des papillons volent, dernière découverte : ce n'était pas nous, les papillons évoqués autrefois, mais une partie de nous, des états d'âme, une humeur. Ils devaient voler dans notre estomac, quelque part en nous. Nous nous sommes méprises sur notre nature, nous avons confondu identité et désirs. Donnez-nous une bombe, faisons un massacre.

Tu sais, poursuit-il, ces derniers temps je n'arrête pas de penser au passé. J'ai essayé de visualiser notre première rencontre.

Je m'abstiens de répliquer alors que des images traversent mon esprit. Lycée, couloirs. Claquements de portes. Je peux énumérer les circonstances l'une après l'autre. Le jour dans le bar, par exemple, moi avec les yeux bleus. J'avais les yeux bleus, Massimo. Et quel acharnement pour les défendre, alors que l'ophtalmo disait : jette-les si tu ne veux pas devenir aveugle. Et moi non, yeux bouffis, enflammés, pourris mais bleus. Grosse, difforme, yeux bleus. Quelqu'un tomberait bien amoureux de mes yeux.

Je vais te raconter notre première rencontre, dit-il, perdu dans sa reconstruction. Nous étions à une soirée, tu étais vêtue de rouge.

La vierge fouille sa mémoire, eh oui, elle a l'impression de trouver quelque chose, peut-être une boîte de nuit, une soirée dans une boîte, une robe rouge, il lui semble qu'il y a bien eu un vêtement rouge, porté dans une seule circonstance, celle-là.

Tu avais une robe courte, continue-t-il, et quand tu te baissais on voyait ta culotte. Ne me prends pas pour un obsédé, un type qui se rappelle les détails malgré les années… La vérité, c'est que tu me plaisais déjà, je crois, et que je ne m'en étais pas aperçu, l'esprit vous joue de drôles de tours.

Il adopte une voix grave, s'échauffe dans cette déclaration tardive : j'ai une image de toi, vêtue de rouge. Toi vêtue de rouge, et moi qui pense : seins d'enfer.

Au point où nous en sommes, dans l'ascenseur, je m'abstiens de corriger ce souvenir. Inutile de rétorquer que je n'étais pas invitée aux soirées et que je n'ai jamais possédé de robe rouge (je ne m'habillais qu'en noir, Massimo, tenues noires, yeux bleus, mais tu ne peux pas te le rappeler, je suis absente de tes souvenirs, ou alors présente. Regarde mieux : la tache sombre en arrière-fond). Je ne veux pas énumérer les éléments qui démentent cette scène. Du reste, vous le savez, lecteurs. Vous savez que je ne pouvais pas être la fille de la soirée, la fille aux seins d'enfer.

16.

J'essaie de me resituer dans toutes les situations évoquées. Où ai-je été à l'âge de vingt-cinq ans ? Au loin, une petite silhouette dans le panorama du film. Pas le gros plan de maintenant, le plan sur lequel me place Massimo, et pas seulement, la renommée en général – sur les scènes, devant les caméras, m'adressant au public dans la salle, au public à la maison, audience de cette émission, disons un million de téléspectateurs. Lançant à l'adresse de mon public : les histoires naissent du vécu. Ainsi que : la souffrance personnelle établit le degré de vérité de l'écrivain.

Et il n'est pas nécessaire d'être un esprit très éclairé pour s'apercevoir que mes propos sont stupides, que si je possédais vraiment un public, si j'avais vraiment des lecteurs, ils arrêteraient aujourd'hui de lire mes livres. Raison pour laquelle j'évite de me regarder, de me relire, révélation aux aguets – tu ne vaux rien.

Et pourtant, j'ai beau détourner les yeux – des miroirs, des vitrines –, je sais que ce gouffre existe. Il suffit d'un instant pour tomber dedans, en admettant que je n'y sois pas déjà tombée, que je ne m'efforce pas de remonter.

Dans l'ascenseur, Massimo me ramène au sommet – retournons à l'année de ma célébrité, l'année du bref succès, plus bref que je ne suis prête à l'accepter. Deux-trois mois, le reste : illusion. Si j'avais voulu saisir les signes, si j'avais été honnête avec moi-même – présentations devant trois spectateurs, articles passés de la première à la dernière page, encadrés au fond, entrefilets –, combien de temps ai-je mis pour m'effondrer ?

Donc l'ancien jeune séducteur me ramène à l'année d'or – ivresse, je marche la tête haute dans la rue, regardez-moi. Toujours marché en rasant les murs, en évitant les groupes, les individus isolés, de peur des moqueries.

Mais avant de décrire Massimo en train de se déclarer, jamais désiré autant une femme.

Avant de le décrire, j'entends raconter comment j'ai grandi et vieilli, comment l'idée du sexe – hantise, convoitise – m'a conditionnée. Je pourrais énumérer les épisodes sexuels que j'ai vécus de l'enfance jusqu'à aujourd'hui et ceux que j'ai qualifiés d'érotiques après les avoir vécus, bien après. Je m'en abstiens parce que c'est la liste typique d'une jeune provinciale débarquée en ville, rien d'extraordinaire : hommes qui me jettent sur les matelas de maisons abandonnées, mains dans la culotte, doigts, et je passe le reste de la semaine à m'inquiéter : peut-on tomber enceinte avec un doigt ? J'ai douze ans.

Dépucelage avec un type répugnant. Demandes d'argent répétées, car pauvre. Répugnant et pauvre. Il pousse, il pénètre.

Tu es sûre d'être vierge ? demande-t-il. Je réponds : oui, pas si sûre en songeant au doigt, aux dizaines de doigts – un doigt peut-il vous dépuceler ?

Pour découvrir au mâle suivant, qui provoque une perte de sang, que c'était un problème de dimension.

Je frémis d'horreur à l'idée de ce zizi sous-dimensionné. Vous n'avez pas honte d'en avoir un aussi petit ? Et ainsi de suite au fil des ans avec les hommes : vous n'avez pas honte d'éjaculer en une seconde ? Vous ne préféreriez pas mourir plutôt que de vous trouver dans un lit quand vous ne bandez pas ?

Mon rapport au sexe a été ambigu dès le début. Dégoût jusqu'à la nausée, envie jusqu'à la nausée. Tout débouche dans la nausée – l'adolescence, petit théâtre de têtes coupées, est épuisante.

Dans ce parcours typique, voire ordinaire, les complexes jouent un rôle fondamental. Si je n'avais pas eu une poitrine asymétrique, aurais-je couché avant ? Me serais-je déshabillée, offerte, attardée des journées entières, nue, avec un homme ? Aurais-je dormi avec lui (les rares fois où je l'ai fait, je me suis rhabillée pour veiller toute la nuit à côté du jeune, ou du vieux, qui ronflait).

Au fil des ans, j'ai mis au point des positions rendant ce défaut invisible. L'expérience est source d'enseignement – avec combien d'hommes ai-je couché hâtivement, à moitié vêtue ? Comptons-les. Pas un seul n'a remarqué ce défaut. Combien d'hommes sensibles y a-t-il dans le monde ? Plus que nous ne le croyons. Il n'y en a pas eu un seul qui ait hurlé, y compris au cœur d'une violente dispute : difforme !

Je ne saurais dire à quel moment précis les vieux sont arrivés.

Ils étaient sans doute déjà là, et mon esprit ne les remarquait pas. J'éprouvais du dégoût : des gens qui vous touchent, qui bavent. Il faut rappeler ici qu'il n'y avait pas et qu'il n'y a toujours pas de vieillards dans mon univers.

Pas de père ou de mère à soigner, ni de parents proches, ici nous sommes tous jeunes.

Ma notion de sénilité s'est formée dans les livres et les films, à partir des présences dans la rue que je dépasse en marchant normalement – et que je laisse à quelques mètres derrière moi, que je fais disparaître aux coins de rues.

En tant qu'adulte et dans mon travail j'ai eu l'occasion d'interagir avec des vieillards. Je remarquais la lucidité de certains. Leur intelligence. Voire leur indulgence à mon égard. Une curiosité pour l'esprit frivole que les gens de mon âge jugeaient infantile. Minaudeuse, ridicule, femme. Il se trouve que me déshabiller avec les vieux, m'accroupir sur eux, mimer une poussée, sans rien, m'insuffle une sensation de vitalité. Et je le fais, je le refais. Jugez-moi.

En remontant le temps, il y a eu un début. Retournons en arrière, suivez-moi. J'ai quinze ans et, obéissant à Federica, je descends ramasser la tête – oui, la tête avec la perruque lancée par la fenêtre.

Pardon, dis-je sur le seuil au vieillard du rez-de-chaussée, celui qui deviendrait le sauveur.

Reprends ta poupée, lance-t-il. Il la qualifie de poupée.

Alors que je repasse devant lui, il m'invite à m'asseoir, l'air de vouloir engager une conversation sérieuse. Parle donc, vieux. Vieux aux cheveux gris, aux épaules tombantes, aux yeux aqueux, aux sourcils broussailleux. Vieux aux traits mous, aux vaisseaux éclatés, et vous vous demandez sûrement comment j'arrive à voir tout ça. Comment il est possible de noter autant de détails à cette distance. C'est possible parce que la distance se réduit, parce qu'il se rapproche. Mains sur mes seins, il pince, et de crainte qu'il ne remarque la différence, je dis : plus bas.

Pour éviter qu'il ne remarque le défaut, ou parce que ce vieillard est le seul être à manifester du désir pour moi, je le laisse tout faire. Main dans la culotte, doigts à l'intérieur. Devant, derrière.

S'il y avait eu Columbine, si les prostituées enfants des Parioli avaient déjà existé, je serais sûrement retournée mille fois dans cette maison pour qu'il me fasse des choses en échange de petits pourboires destinés à m'acheter des vêtements. Des peluches.

Une peluche géante – celle que mes soupirants ne m'ont jamais offerte pour la bonne raison que je n'avais pas de soupirant. Une peluche à exposer sur mon lit comme toutes les filles, j'ai quinze ans.

Et pourtant, lecteurs, ce vieux n'est pas l'origine, malgré l'avis des psychologues qui auraient distingué la cause dans cet épisode si je le leur avais raconté, jamais raconté, pas même à Federica chez qui je remonte ce jour-là. Pourquoi tu as mis autant de temps ? interroge-t-elle. Et moi : un truc noir parmi les buissons, genre panthère, on aurait dit une panthère.

N'importe qui, spécialiste ou pas, aurait distingué dans cet épisode (harcèlement, violence) la cause de mon malêtre, trouble alimentaire, problème sexuel. Nausées.

Ce n'était pas le cas. Aujourd'hui encore j'ignore s'il y a eu une seule cause, un traumatisme originel, ou plutôt une atmosphère, un concours d'éléments, à défaut de nature à proprement parler. Je repense à ma grand-mère paternelle, elle qui appelle papa : cet héritage matrilinéaire est-il le nôtre ? Superposition de victime et d'aimée. Mais en fin de compte, et je m'adresse à ma grand-mère : sommes-nous sûres de ne pas les avoir provoqués ? Sûres de ne pas avoir défilé à moitié nues sous leurs yeux et oublié de fermer à clef la porte de la salle de bains ? Sûres de ne pas papillonner des yeux, de ne pas trébucher dans le seul but d'être secourues. Sûres, mamie, de ne pas avoir mis en scène nos peurs la nuit – un mauvais rêve, battement de cils – pour nous réfugier dans leurs lits, vêtues de chemises de nuit très fines, blanches, roses, sous lesquelles nos corps, en contre-jour, étaient des graines vertes, mais pas totalement.

Comme nous avons aimé nos pères…

Cela est donc l'histoire de ma libido.

L'histoire de la fille complexée, celle qui se trompait de mesure, de façons. Qui s'offrait et en était honteuse. Qui écartait les cuisses : ne jouis pas en moi – seule inquiétude. Et qui se tenait là, échouée, anesthésiée, en attendant la fin. Sans rien ressentir, à l'exception d'un léger agacement, en général mycose, *trichomonas*. Des années de crèmes et d'antibiotiques pour soigner les brûlures. Une seule fois un type me téléphona pour me demander ce que je lui avais refilé.

Tel est le résumé de ma vie sexuelle avant le mariage.

Après : amants, vieux. Individus qui ne jouissaient pas toujours et que je rassurais – c'était génial. Désormais, c'étaient eux, les défectueux. Et vous n'imaginez pas ce que cela signifie que de se retrouver de l'autre côté. Tolérer, pardonner.

Toute cette digression pour revenir à Massimo. À lui et à moi dans l'ascenseur, à lui qui dit : tu es belle.

Moi qui pense aux filles fragiles que nous avons été, alternativement, échangeant nos rôles, les renversant, moi hier, aujourd'hui Livia, en passant par Federica, Simona, Emanuela, Marilyn. La jeune actrice, les filles du reportage, Anita.

Quelle chance tu as, Livia ! Chez toi, dans la rue, la nuit. Quelle chance tu as de ne pas comprendre, de vivre dans une bulle où c'est toujours l'été et où les amoureux s'embrassent. Tu ris, tu tournoies. Tu fermes les yeux à demi, je l'aime, dis-tu. Je l'aime à en mourir.

Dans les enregistrements de sa mère, la voisine de palier racontait à propos de la Livia d'avant l'accident : « Un matin, je la croise sur le seuil avec Giotto qui devait avoir trois ou quatre mois. Elle se baisse pour le caresser et lui distribue un tas de compliments, en effet, c'est un labrador exceptionnel, aux yeux bleus genre husky... Soudain elle me demande de le lui vendre. Elle est prête à payer n'importe quelle somme, au fond nous pouvons en prendre un autre, lui ou un autre, c'est du pareil au même pour nous, non ? Elle, elle a ressenti une sorte d'énergie entre eux, je ne vois pas comment il lui lèche la main ? Naturellement, j'ai refusé, et pas par méchanceté... En fin de compte, les chiens ne sont pas des peluches et, même s'il était arrivé il y a peu, nous nous étions déjà beaucoup attachés à lui »

17.

Reprenons la chronologie de l'histoire, le 6 mars dernier, ménopause, arrive le 20 avril – le mois de mai est très loin, il se présentera, inattendu, pour tout le monde.

Le soir du 20 avril, le téléphone se met à sonner, entre messages et appels auxquels je ne réponds pas.

« Elle a gagné !!! », « Ta fille est un génie ! », disent les messages.

Je refuse d'allumer la télé pour ne pas voir de mes propres yeux Anita au quiz, mon échec de mère. Tout cela est voulu de sa part, elle a décidé de me ridiculiser, et c'est en Mondovision, oui, en Mondovision, dis-je à son père qui me conseille de ne pas exagérer.

Je ne ressens aucune fierté, aimerais-je dire aux gens qui m'écrivent, des individus dont je n'ai pas entendu la voix depuis des années et qui se croient autorisés à m'appeler à cause de cet événement extraordinaire, à leurs yeux.

Moi en pyjama – le pyjama en pilou du début, lecteurs, j'ai toujours froid, je gèle ici. Si seulement vous me voyiez, vous, ce qu'il reste encore de mon public – il y a quelqu'un ? Cela fait plus d'un an que personne ne m'écrit. Personne pour me complimenter, m'avouer : j'ai pleuré en te lisant, me serrer la main et me dire en me regardant droit dans les yeux – sincérité et émotion dans vos yeux – me dire : continue comme ça, reste toi-même.

Alors ce soir, 20 avril, je vais me coucher, j'éteins mon téléphone. Donnez-moi un cygne. Un penthouse.

Le père m'apprend que notre fille a gagné quatre-vingt-six mille euros. Elle a été extraordinaire, dit-il, elle savait tout.

Félicitations.

Appelle-la.

Non – je résiste. J'explique : il y a une limite, et la limite a été largement franchie. Je refuse qu'on me piétine, bien entendu je m'y oppose par dignité. Je parle en mère dans l'intérêt de sa fille trop gâtée, qui a tout reçu sur un plateau d'argent, qui n'a rien conquis par elle-même, admettons-le. Nous avons exaucé toutes ses prières, pour ne pas dire ses caprices, évitons la liste de ce qu'elle a entrepris et pas terminé. L'université à Londres, par exemple, certes fréquentée avec profit pour l'instant – je le reconnais –, mais lui, le père, serait-il prêt à parier que sa fille arrivera jusqu'à la maîtrise ? Elle a pour habitude de renoncer tout près du but (ce qui ne se produira pas. Saut dans l'avenir : Anita obtiendra sa maîtrise avec mention Très Bien et les félicitations du jury. Pour être précise, si mon ex voulait être teigneux, il préciserait maintenant que notre fille n'a jamais rien interrompu, pas même les cours de patinage auxquels je l'avais inscrite contre sa volonté. Il s'agit encore de manipulation de ma part pour avoir raison). Je poursuis mon invective : nous n'avons pas cessé de dire peu importe, chérie, fais ce qui te plaît, deviens ce que tu veux. Nous avons été des parents indulgents, et voici le résultat. Ça suffit, dis-je. Qu'il aille chez le psy, qu'un spécialiste le lui explique.

Puis, en baissant le ton, très grave : si elle m'appelait, elle.

(Et cela a des allures de prière.)

Je ne vois plus Anita depuis Milan. Depuis qu'elle a surgi à l'hôtel, le lendemain de notre rencontre au studio de télévision.

Se gardant de m'approcher – je connais cette réticence familiale qui vient de moi et que je tiens de mon père, lequel la tenait de sa mère, revenons à ma grand-mère (ou peut-être à mon arrière-grand-père ? De quel côté de la violence sommes-nous, par qui commence l'histoire de notre inaffectivité ?).

Et donc, pour surmonter la gêne des bonjours, je lui dis que je veux lui montrer le lisseur – fouillant dans ma valise cabine –, il lisse parfaitement les cheveux – en me remémorant la facilité avec laquelle je l'achetais, enfant, toujours ma fille, reproduisant à l'infini le même mécanisme, manque de chance elle ne se laisse duper par personne, si tant est qu'il s'agisse ici de duperie.

Tu pars, tu arrives, tu te fiches bien que j'aie ma vie, dit-elle.

Je garde le silence, je suis venue à Milan pour renouer nos liens.

Elle continue : est-ce que j'ai envie de me droguer, de me jeter d'un pont ?

Anita, dis-je, d'un ton patient.

Je ne suis pas ta propriété, maman.

Je ne l'ai jamais cru.

Si je quitte la maison, si je m'installe à Londres.

Je la supplie : je t'en prie.

Elle ne s'arrête pas, elle s'acharne, elle est venue dans ce but. Et moi, je me demande quelle erreur j'ai bien pu commettre entre sa naissance et aujourd'hui, en quoi j'ai failli.

Tu me détestes, dis-je.

Mais oui, mets-toi donc au centre du monde.

Je ne…, dis-je quand elle m'interrompt : ce matin je comptais te téléphoner, puis j'ai pensé non, je veux la regarder droit dans les yeux, le bon moment est peut-être arrivé.

Tu as eu plus de liberté que quiconque.

Tournons le problème autrement : ton opinion ne m'intéresse pas.

Et comme je ne rétorque pas, elle avance vers moi. Les yeux en amande de son père, sa bouche fine.

Je ne suis pas toi, siffle-t-elle.

Et comment suis-je ? Je t'écoute.

Tu répands la haine.

Ça suffit ! Si tu es venue ici pour m'insulter…

Personne ne t'a invitée à Milan.

Anita, sérieusement, ou parlons tranquillement.

Tu es une manipulatrice.

Et puis – en réfléchissant, j'ignore si l'on a déjà été plus cruel envers moi, s'il existe des individus, hommes ou femmes, qui m'aient fait autant de mal, en tout cas pas les jeunes du panier de basket, pas Lavinia –, puis ma fille interroge : tu as lu ce qu'on écrit à ton sujet ? Va voir sur le net. Ouvre Google, tape ton nom.

Voilà peut-être ce qui me met hors de moi, ce qui embrume ma vue. En proie à la fureur, je cesse de voir les contours des choses, y compris de ma fille, qui se change en copie fanée de sa propre personne.

Je pousse ce reste de fillette. Je ne te permets pas, dis-je. Les sacrifices, le travail dans le seul but que tu – me ruant vers elle, la frappant. Comme je l'ai fait dans le passé. Je lui broyais les bras, enfonçais mes ongles – elle avait un ou deux ans –, la poussais, lui tirais les cheveux, la jetais par terre – elle avait huit, neuf ans, elle pleurnichait et j'étais épuisée. Je criais ça suffit – je criais comme si on me jetait au visage de l'acide, une substance corrosive, car je changeais d'expression, me dirait-on ensuite. Je criais : ça suffit maintenant.

Autour de moi, les adultes – la nounou, le père – se taisaient – oh, je le voyais bien –, terrifiés à l'idée qu'il se produise quelque chose de plus grave, que j'aille plus loin. Un geste, une gifle, ils craignaient que je ne la blesse et ils me retenaient, ils s'interposaient entre elle et moi. Les adultes m'arrachaient la petite des mains.

Il arrivait alors que je me calme. Je me couchais, je dormais.

Donc aujourd'hui je secoue ma fille qui, au lieu de fondre en larmes comme par le passé, de fondre en larmes et de se protéger la tête, se heurte à moi, physiquement, et je la frappe à l'épaule, alors que je visais son visage.

Ai-je attendu si longtemps pour lui faire vraiment mal, ai-je attendu d'affronter une adulte capable de se défendre ? Violente oui, mais pas lâche. Des années d'attente, me voici.

Dans notre corps-à-corps maladroit, je m'aperçois qu'elle est beaucoup plus grande que moi – je le savais, pourtant il ne m'était jamais arrivé de mesurer cet écart de la sorte, elle qui me domine comme une mère, un père. Je lui bloque les bras – au fond, c'est moi qui suis massive, elle a le corps frêle –, je la serre comme on empoigne les enfants frénétiques, autistes. Anita se dégage, tu n'es qu'une folle, dit-elle, et je tombe par terre – aujourd'hui, c'est moi qui tombe par terre, la mère.

Quand était-ce ? En janvier, fin janvier. Dès lors je n'ai plus parlé à ma fille. Lorsque mes pensées se tournent vers elle, je trouve un autre sujet sur lequel me concentrer, le travail. J'accumule des histoires, je réunis des témoignages (« Au début, je ne pouvais rien manger de marron, quand c'était marron je vomissais… Puis vert, j'avais l'impression de manger de l'herbe, je pensais que c'était de l'herbe que les gens avaient piétinée et pas seulement », Maria Rosa, treize ans, menu B).

Je détourne mes pensées d'Anita grâce au travail, grâce à Livia, ou autre chose.

Imaginons Federica aux prises avec Leonardo, que lui est-il arrivé de si grave pour qu'elle disparaisse ainsi ? On lui a parlé de la vie de son fils à Milan, où il s'est installé pour faire ses études à l'université, Philosophie.

Non, Federica – lui a-t-on peut-être dit –, il n'est pas seulement en retard sur ses examens, comme il vous l'a raconté. Cela fait deux ans que Leonardo ne met pas les pieds à l'université. Deux ans qu'il ne sort pas de chez lui – j'imagine, je m'identifie (je connais la tentation de l'enfermement chez les jeunes). Elle se précipite chez lui, débarque sans avertir, et que trouve-t-elle ? Un être barricadé, désespéré, abruti, malade – j'aurais dû y penser avant : seule la maladie pouvait la détourner de celle de sa sœur. Seule la maladie peut me détourner de ma fille.

Et donc : je chasse la pensée d'Anita par le travail et par Livia à qui je consacre appels et visites. Il y a vingt jours, j'essayais de me débarrasser d'elle et maintenant je la retiens. C'est totalement illogique, de toute façon je n'y réfléchis pas dans un premier temps.

N'importe quel psychanalyste dirait que je remplace Anita. Mon attention, mes soins. La tentative de réaliser les rêves de Livia, l'envie de la rendre heureuse.

D'accord, ce n'était pas la fille dont tu avais rêvé. La plus intelligente, la meilleure. Après tant d'errances, le destin t'a octroyé cette créature, qui semble tombée du ciel. C'est d'elle que tu dois t'occuper, toi qui ne t'es occupée de personne, en particulier d'aucun être faible, pas d'une fille nouveau-née, pas de parents âgés, heureusement morts avant qu'ils aient besoin de toi, heureusement, répètes-tu. Je n'aurais pas été à la hauteur, dis-tu en ennoblissant ta paresse, ton absence totale d'empathie, ton indifférence à l'égard des êtres humains, toi comprise.

Ainsi, à l'instant où l'expiation pourrait paraître achevée – la valse dans la nuit, digne chute –, je reste. Je reste aux côtés de Livia, devenue ma fille en remplacement de ma vraie fille, diraient les psychanalystes. Pas vraiment, dirais-je quant à moi après y avoir réfléchi, parce que soudain je réfléchis, Livia adopte les apparences du monde que j'ai négligé. Réunir en une seule personne les êtres fragiles dont je ne me suis pas occupée, réparer mes manques. Me gagner le paradis, ou peut-être autre chose, je ne sais pas moi-même dans quel but je me mobilise, s'il s'agit d'une histoire personnelle encore fumeuse, une histoire au stade embryonnaire, comme le sont les enfants que je me suis imaginés à chaque baise de ma vie. À chaque baise, j'ai pensé : je suis enceinte.

18.

À la nouvelle de l'excursion au bord de la mer, Livia réagit de la sorte : je veux être caramel.

Imaginez cet appartement où l'on n'a jamais rien jeté, où tout est resté identique depuis l'accident. Cet appartement où un citronnier fleurit, fructifie – mort et remplacé au fil des ans, on dirait l'arbuste d'origine. Même pot, même coin de terrasse. Cet appartement où le lit de bronzage gît dans la pièce-débarras avec tous les objets dont on ne se sert plus – l'idée du provisoire, l'idée que les choses peuvent se remettre à fonctionner.

Livia exige qu'il réintègre sa chambre. Elle a l'intention de renouer avec ses habitudes, annonce-t-elle, d'être bronzée toute l'année. Elle sautille : la vie est merveilleuse !

Chacune à une extrémité, nous transportons l'appareil. Inutile de souligner ce que cela nous ramène à l'esprit, ce que nous rappellent deux personnes hissant un objet capable de contenir un corps, de la longueur d'un corps, de la largeur d'un corps.

Une fois qu'il est en place, une fois qu'il est branché, Livia tend la main vers le bouton de démarrage.

Prête ? interroge-t-elle, impatiente.

Il vaut la peine d'évoquer une nouvelle fois les circonstances dans lesquelles elle se brûlait la peau. Il vaut la peine de parler de nous – de moi et de Federica – qui n'étions pas chagrinées de lui voir la peau abîmée. Tandis que la mère se tourmentait, couvrait sa fille de crèmes, prenait rendez-vous chez des dermatologues, nous. Qui étions-nous ? Une fois Livia défigurée, nous étions toutes sur un pied d'égalité. Puis la peau de Livia cicatrisait et les différences réapparaissaient selon une hiérarchie qui n'indiquait pas tant le bonheur que la jeunesse : elle savourait. Elle renaissait de ses cendres, elle renaissait. Malgré l'adversité, la maladie, les traumatismes, le défi permanent. Elle avait même surmonté sa chute – coma, craniotomie. Revois-la à l'hôpital, à la maison dans son fauteuil roulant. Revois-la avec les cheveux très courts, revois-la rasée. Elle repousse ses draps en se plaignant de la chaleur – on suffoque là-dedans (là-dedans pouvait désigner l'hôpital, son domicile) – revois-la se dénuder, ne gardant que sa culotte et son débardeur, revois ses mamelons en relief sous le tissu, l'ombre de ses poils au-delà de sa culotte, à défaut de touffes blondes dépassant des bords.

Tout autour, médecins, parents. Adultes gênés (certains l'auraient-ils désirée ? On ne commande pas à l'excitation, elle croît et explose en présence de la beauté. Et plus l'objet est inoffensif, plus le désir est féroce).

Toi, écrivaine, revois-la à moitié nue dans son corps harmonieux, yeux bleus, moue/sourire, Livia.

Aujourd'hui, elle tend de nouveau la main vers le bouton de démarrage.

Comme s'il n'y avait pas eu une pause de trente années, elle se déshabille, ne gardant que sa culotte. Elle entre dans le sarcophage, ferme les yeux.

Si ce n'est que rien ne s'éclaire.

L'instinct dicte d'y remédier, de débrancher et de rebrancher la fiche, débranche et rebranche dans l'espoir d'une révélation.

Crépitement, étincelles.

Nous sommes nombreuses dans cette chambre, très nombreuses à prier pour que la lumière resplendisse. Machine du temps, prends-nous et transporte-nous en arrière. Éclaire-nous, bronze-nous.

L'unique tube s'éteint.

Ça ne marche pas, dis-je.

Je sens de la chaleur, réplique Livia à l'intérieur.

J'explique que ça a sans doute grillé.

Elle s'obstine en m'invitant à glisser la main à l'intérieur pour mesurer la chaleur. Non, pas de chaleur.

J'ai bien peur qu'il ne soit cassé, dis-je.

Alors elle ouvre les yeux.

Étourdie, elle se redresse, sort. Elle s'agenouille, secoue le lit de bronzage.

Pauvre Livia, pauvres nous.

Je la prie de se lever, puis m'assieds à mon tour. Au pied de ce simulacre de passé, j'affirme qu'il existe maintenant des douches solaires.

Elle garde le silence, les cheveux lui couvrant une partie du visage. Pour le reste, nue.

Elles vous bronzent sans abîmer la peau, dis-je encore. Et, n'obtenant aucune réaction, je repars à l'attaque, je lui demande si elle n'est pas heureuse de voir Massimo.

Elle lève la tête : je ne veux pas être blanche.

Son ton atterré lui donne l'air d'une petite fille, d'une fille minuscule, et je lui prends la main, je lui dis : tu es très belle, tu es très belle.

N'importe quel psychanalyste dirait que j'ai remplacé Anita. Ayant capitulé devant une fille qui ne m'aime pas, j'ai cessé de la poursuivre pour reporter mon amour et mon attention sur Livia. Non la fille extraordinaire que j'avais imaginée, la fille qu'Anita est devenue au fond, mais cette autre.

La vie est merveilleuse – cette fois c'est moi qui le dis, je m'approprie ces mots naïfs avec conviction, au point qu'on pourrait affirmer, si l'on m'entendait, que Livia a déteint sur moi (arriération mentale comme traces d'influence).

Voilà ce qui arrive quand on est dépourvu de contact avec la réalité. Tristesse et joie en une unique ligne de sentiments. C'est ainsi que Livia se ranime, elle déclare qu'elle veut bronzer, je dois l'emmener essayer les nouvelles lampes.

Suit la liste des activités qu'elle compte recommencer à pratiquer : natation, patinage, achat de chewing-gum Big Babol, faire des bulles avec les Big Babol, baiser. Elle se rembrunit, la dernière fois c'était avec Massimo.

Mais elle n'est pas fiable pour ce qui est du temps, nous le savons. Hier elle dévalait l'escalier du lycée. Avant-hier, l'homme à la sortie lui proposait une audition, il la choisissait entre toutes et ils s'éloignaient ensemble dans la rue. Ils montaient en voiture.

19.

« Elle donnait l'impression générale d'être une personne malheureuse. Certainement très belle, mais avec une lumière étrange dans les yeux. J'ai essayé de lui parler. Je voulais en tirer quelque chose, j'étais certain qu'elle avait du talent, au risque de me mettre à dos Patrizio qui disait : elle n'en a aucun. Je me suis entêté, cela fait quinze ans que j'exerce ce métier, je me trompe rarement. J'emmène Livia et propose de la prendre en photo. Je sais par expérience que certains sujets ont besoin de temps, qu'ils doivent se détendre devant un objectif, encore plus devant une caméra. Nous allons à la Villa Borghese. Je dis : je t'offre cette séance photo parce que je crois en toi. Nous nous installons sur la pelouse, elle appuyée contre un arbre. Raide, incapable même de sourire. Alors, éclair de génie : la balançoire. Je lui demande de s'asseoir sur la balançoire, et elle accepte parce qu'elle tenait à tourner dans ce film, à devenir quelqu'un. Elle monte sur la balançoire, prend de l'élan. Persuadé qu'elle se détend, je lui dis de continuer. Balance-toi et souris, lui dis-je en la photographiant. Le lendemain, je vais développer le rouleau, désastre. Je dois avoir encore ces photos quelque part, sur toutes elle a les yeux fermés. Pas une seule où ils sont ouverts. »

C'est une des voix de la bande magnétique. À l'évidence, celle de l'homme devant le lycée, en réalité un photographe qui, après la rencontre dans le parc, n'a plus jamais vu ni entendu Livia.

Federica m'avait raconté qu'elle avait écouté les cassettes de sa mère. Elle prétendait qu'elle en avait introduit une dans le magnétophone pour voir ce dont il s'agissait. Elle n'avait plus été capable ensuite de s'arrêter. Elle ne cherchait pas d'éléments concernant la nuit de l'accident, elle avait envie de retrouver Livia. Elle avait été saisie de nostalgie. C'était peut-être ce que sa mère avait tenté avec ces enregistrements obsédants. Retrouver sa fille perdue. Étrange, disait Federica – toujours à Milan, sur le lit, les confessions de cette nuit-là –, on ne connaît vraiment les gens qu'après (après l'accident ou après la mort), et elle faisait ici allusion à sa sœur, à sa mère. À sa propre personne. La vie est bizarre, disait-elle en reprenant son récit presque de mémoire (ou de mémoire ? je me l'étais demandé), en répétant le contenu des bandes magnétiques, les phrases précises, comme celles de la coiffeuse : « Je remarquais des coupures, de petites coupures, sur son cuir chevelu. Je lui disais d'arrêter de se gratter, c'était un tic nerveux, je lui disais ça suffit, je lui disais que si elle continuait elle se retrouverait chauve. Je demandais : Tu veux devenir laide, Livia ? »

Ces cassettes avaient appris à Federica qui était sa sœur avant la chute. Une fille lunatique, taciturne, revêche, insatisfaite, pendant une certaine période anorexique, couverte d'entailles, de petites blessures, les yeux fermés.

Toujours dans ces cassettes, aucune allusion à sa grossesse. Je ne sais pas, disait Federica sur le lit, la tour éclairée derrière la fenêtre, je ne suis pas certaine qu'elle ait été enceinte. Était-elle enceinte ? Avait-elle avorté ? Y a-t-il eu un enfant ? Si oui, imaginons un garçon, comme je le fais, si oui, suivez-moi.

20.

Mai est le mois de la fin. Tragique, subite.

Mai : le dimanche tant attendu, il pleut. Et comme Livia ignore le temps – un unique été où les amoureux s'embrassent –, elle téléphone pour informer qu'elle nous attend, à quelle heure arriverons-nous ? Elle a préparé son sac à dos deux jours plus tôt, mais elle me supplie de ne pas le dire à Massimo, il ne doit pas savoir. Elle est tellement émue, si je la voyais – je l'imagine au téléphone devant la glace.

Contrairement à nous, Livia continue de se regarder dans les miroirs, dans les vitrines, dans toutes les surfaces où se reflète son image, dans son téléphone portable éteint ou allumé pour se remettre du rouge à lèvres.

Est-ce que j'emporte un pull ? demande-t-elle.

C'est à moi qu'il revient de lui communiquer que nous n'irons pas, puis d'atténuer sa déception, de corriger le tir : attendons que ce soit terminé, c'est sans doute un orage passager.

Contacter Massimo, le prier de venir quand même, par exemple dans un bar. Une heure ou deux, le temps de déjeuner, s'il te plaît.

C'est moi qui ai voulu cette excursion à la mer en profitant des sentiments que Massimo éprouve, ou prétend éprouver pour moi. Nous sommes une chaîne d'instrumentalisations. Je désire rendre heureuse Livia qui souhaite revoir Massimo, lequel souhaite me revoir en se servant de l'amour de Livia. Aucun de nous n'est au bon endroit, à commencer par moi qui satisfais quelqu'un d'autre – pas Livia, pas même Anita, psychologues qui ramenez tout à la maternité. Aujourd'hui je comble de joie la plus fragile d'entre nous, et le fait que celle-ci se soit incarnée actuellement en Livia relève d'un pur hasard, unité du même groupe anthropologique auquel nous appartenons toutes. Il existe une fille transversale, une idée de fille, ombre fantôme, le contraire de l'idéal, une créature que nous avons toutes représentée en nous passant le témoin. L'obèse, la malformée, la kidnappée, l'arriérée, voilà qu'elle franchit le seuil de l'appartement en cette journée de pluie, chapeau de paille, lunettes de soleil. La voilà qui sautille dans la tentative d'éviter les flaques.

Et c'est nous.

Je ne mentionnerai pas le nom du bar parce que personnages, lieux et événements de cette histoire sont réels. Je n'aimerais pas qu'on nous reconnaisse autour de la table – un homme, un enfant, deux femmes, en apparence une vieille et une jeune. Je suis censée être la vieille.

En me promenant avec eux, je m'aperçois que de nombreux passants croient Livia jeune, au premier regard. Pas au second. Il est même arrivé qu'on nous prenne pour une mère et sa fille. Un café pour votre fille aussi, Madame ? Cela se produisait à l'extérieur de l'hôpital, le jour de l'IRM, cela se produisait et je m'en souviendrais avec agacement.

Mais pour l'heure c'est le printemps et, autour de cette table, nous pourrions passer pour une famille. En raison de nos âges apparents et de notre attitude – les rôles sont une posture, rien de plus. Dans celle du père anxieux, Massimo invite Jonathan à manger lentement, il ne doit pas s'empiffrer.

Dans la posture de la fille ennuyée, Livia émiette son croissant.

Dehors, la pluie tombe dru, le soleil refroidit, et la mer. La mer, au loin. Non, nous n'irons pas.

Quand est-ce que ça s'arrête ? interroge Livia, les yeux cachés par ses lunettes de soleil, son chapeau abandonné sur la chaise voisine.

Bientôt, répond Massimo.

Je ne veux pas rester assis, proteste Jonathan.

Les enfants, dis-je comme si je m'adressais à un groupe de bambins, restons calmes.

En chair et en os, le petit est plus joufflu que sur les photos. Brun (l'époque où les enfants des riches étaient blonds est révolue, il n'y a pas de blonds dans le coin, pas même de palais, le prince avait raison).

Jonathan – qui doit son prénom à son grand-père maternel – est un enfant de six ans, légèrement aphasique, affamé, peut-être boulimique, brouillon, maladroit, bien élevé ou timide, ou perdu à un endroit qui n'est pas le sien (souvenir fugace de la petite provinciale qui débarque en ville et demande en voiture où est la roue, dans son village on ne parlait que de la grande roue du parc forain, Rome était la roue. Pendant un bref laps de temps, avant de faire son entrée au lycée, avant que l'enfer ne commence, elle avait imaginé que la vie en ville consistait à monter sur la roue et à en descendre à l'infini. Verrait-elle son village de là-haut ? Comment serait son père vu d'en haut ?).

Intimidé, glouton, l'enfant se concentre sur la nourriture, la pluie ne semble pas décidée à s'arrêter, nous gardons le silence, quand soudain Livia s'enflamme : je vais vous poser des devinettes.

Ayez pitié de nous, éventuels témoins de la scène, j'espère personne, soit le contraire de l'espoir d'il y a trente ans – autre bar, même quartier. En proie à cet espoir renversé, j'assiste aux évolutions de Livia, devinettes dont elle oublie des bouts, arrivant à des fins insensées, sous les rires de Jonathan. Comme s'il y avait entre eux une ligne directe de communication – sourds-muets, code Morse. Et dans cette harmonie, dans la superposition de leurs voix, dans ce crescendo de bonheur, Livia demande quel est son animal préféré.

Et Jonathan se concentre. Zèbre, déclare-t-il ensuite.

Soudain Massimo s'énerve : allons quelque part, sortons.

Où ? dis-je.

Et lui, m'attrapant par le poignet : j'ai besoin de sortir. Troublé par la complicité entre Livia et Jonathan – si l'adolescence pouvait être un petit théâtre de têtes coupées, la démence l'est certainement. Lumière qui irradie et transperce quiconque se trouve tout près. C'est à cette lumière que Massimo entend soustraire son fils.

Or Livia ne le permet pas, elle nous cloue au présent. Lâche-la, ordonne-t-elle, les yeux rivés sur la main autour de mon poignet.

Je ne lui fais pas mal, rétorque Massimo.

Puis elle bondit sur ses pieds. Je vais me remaquiller, annonce-t-elle comme dans les films, nous sommes dans un film.

Je lui emboîte le pas, craignant comme toujours qu'elle ne fasse une bêtise, intentionnellement ou pas – d'autres toilettes du passé se superposent à celles-ci. La mémoire est une succession de toilettes et de salles de bains où entrer et d'où sortir. La salle de bains que se partagent les deux sœurs, où retrouver des restes de Livia, les répertorier – scène du crime : cheveux, tampons.

Celle de mon domicile, où se barricader. Introduire un doigt dans sa gorge, ne pas vomir – même pas ça.

Les toilettes du lycée aux murs couverts d'inscriptions : LILLO JE T'AIME – nous, des générations de nous, nous demandons qui était ce Lillo.

Tunnel de toilettes jusqu'à celles de ce bar, aujourd'hui. Livia se remet du rouge à lèvres.

Comme si c'était le soir. Comme si elle était Marilyn.

Nous revoici aux filles non aimées, précipice même que nous croyions surmonté. Les toilettes se superposent, tout comme les chambres, les désirs. Long, immense tunnel à parcourir les yeux fermés.

Je lui lance : tu devais faire pipi ?

Elle puise du fard et un pinceau dans sa trousse argentée.

Ça te bronze, explique-t-elle en agitant le pinceau sur son visage. Je pensais mettre des faux cils, ajoute-t-elle. J'aimerais avoir de très grands yeux. Puis, sans changer de ton : vous avez baisé tous les deux – en me fixant à travers le miroir.

Je réagis : comment peux-tu imaginer une chose pareille ?

Vous avez baisé.

Je perds mon calme. Écoute, je me mets en quatre pour toi, j'aurais pu rester chez moi, travailler.

Hé, reprend-elle avec un sourire, je ne suis pas en colère. Ça ne me dérange pas, les gens doivent baiser.

Il ne s'est rien passé entre Massimo et moi, je te le jure.

Sur quoi ? interroge-t-elle.

Sur ma fille, dis-je. Car, malgré nos disputes, Anita est ce que j'ai de plus cher au monde, ou peut-être ma seule richesse. Je renchéris. Je le jure sur ma fille, il n'y a rien eu et il n'y aura jamais rien entre Massimo et moi.

Elle m'observe, traquant sur mon visage des signes de mensonge. Enfin : tu ne sais pas ce que tu rates, commente-t-elle.

Et elle sourit. Il en a une supergrosse. Large et longue – elle ferme à demi les yeux, se remémorant, transfigurant, inventant, se trompant de personne, unissant tous les hommes de sa vie.

Quand Massimo me demande ce qu'a dit Livia, ses derniers mots, je ne lui livre pas les vrais, ou du moins pas tous. Je ne rapporte pas notre conversation, encore moins ses soupçons – en minimisant mentalement, dans ma reconstruction personnelle, en les qualifiant de soupçons, pas d'accusations. Moi-même j'essaierai de ne pas accorder trop d'importance à notre échange dans les toilettes pour éviter d'en faire le mobile. Pour me mettre à l'abri. Si la jalousie s'était emparée d'elle – mais non, rien ne peut dominer Livia, tout est chez elle à fleur de peau, de la peau écorchée. Sentiments et élans se meuvent à la surface. Mais – toujours en moi-même – cela est un enchaînement d'événements. Cause-effet, ou peut-être pas, Livia n'en est pas capable.

Livia se balançant sur la balançoire, tournoyant sur elle-même, tendant les mains vers le ciel dans la tentative d'attraper son ballon de baudruche.

Et pourtant ça ne peut pas être un hasard – la voix de la conscience.

L'instant d'avant, nous deux dans les toilettes ; l'instant d'après, Massimo et moi faisant la queue à la caisse. Le temps de payer et de nous retourner, ils se sont volatilisés. Dans la rue, Massimo commence à s'énerver, tandis que j'appelle Livia sur son téléphone portable. Votre correspondant n'est pas disponible pour le moment.

Non, je ne dirai pas qu'il s'agit d'une vengeance. D'une vengeance cruelle, déclenchée par l'idée – soupçon, accusation – que Massimo et moi sommes ensemble. Je ne le dirai pas à Massimo, ni à ma propre personne.

Elle l'a emmené, affirme-t-il. Je dis : on va les retrouver. Et je ne le pense pas. Je pense que la sensation de menace, de danger imminent, que j'ai éprouvée jusqu'à maintenant, cette espèce d'énergie retenue, a explosé. Ce n'était pas moi, la bombe de l'adolescence, ce n'était pas notre rage contre les jeunes de notre âge, le lycée, ce n'était pas le complexe d'infériorité, ni le refus d'un monde qui avançait sans nous. Ni la frustration, l'humiliation, pas même le corps monstrueux que nous croyions avoir et que, au fond, nous n'avions pas – nous n'étions même pas extraordinaires en matière d'horreur.

La bombe censée laisser un champ de ruines en explosant n'était autre que Livia ; du reste, n'avait-elle pas effectué une première tentative ? N'avait-elle pas fait voler en éclats notre jeunesse ?

Et nous qui croyions que le pire était derrière nous. Eh bien, non, le pire devait encore advenir.

Notre Columbine, ce n'était pas son plongeon dans le vide.

21.

En mai, les arbres fleurissent, bien que je ne connaisse pas leurs noms, je sais que le mois de mai est un triomphe de fleurs. En ville et à la campagne, dans la maison des bois qu'Anita qualifiait de jungle.

Ainsi, en cette fin de matinée de printemps, dans le cadre de verdure et de couleurs qu'offre la ville en cette saison, Massimo et moi sommes en voiture.

Je le savais, dit-il. Je n'aurais pas dû l'emmener à Rome, le lui présenter.

Il respire laborieusement, tandis que ses yeux balaient la rue d'un côté et de l'autre. Je ne me le pardonne pas, ajoute-t-il.

Je décide que le moment est venu d'appeler Federica. Ou peut-être pas. Je l'imagine amoureuse, la version de sa personne amoureuse sur la plage resurgit. Je veux la croire heureuse, laissons-la respirer. J'essaie alors de rassurer Massimo : ils sont sûrement dans les parages, dis-je. Il s'en est rendu compte lui-même : ils s'entendaient bien, ils riaient, c'est une bravade.

Tu ne comprends pas, réplique-t-il.

Si, je comprends, je comprends très bien, mais j'évite de le lui dire. Je ne peux pas lui dire que Livia n'attendait que ça, le moment de se venger, de lui, de moi, des jeunes gens que nous avons continué d'être, des adultes que nous sommes devenus (je suis désormais persuadée que cette femme est lucide).

Je n'arrive pas à croire que nous ayons été assez naïfs pour ne pas prévoir qu'elle nous ferait payer l'addition. S'il y a eu un enfant – déduction personnelle –, un enfant avorté, il se réincarne aujourd'hui.

En errant dans les rues du quartier nous scrutons les gens. Nous demandons aux commerçants, aux passants, s'ils ont vu Jonathan – image sur le téléphone. Cet enfant en compagnie d'une femme blonde.

Les gens disent non, ils secouent la tête, mais ne peuvent pas le jurer. Il y a un tas d'enfants qui circulent dans le coin, des enfants avec leurs mamans.

Où peut-elle être, où es-tu ? Je ferme les yeux, respire. Introduis-toi dans son esprit. Ces seins, ce cerveau. Tu es elle, à présent tu es Livia.

Livia qui n'a pas le sens de l'orientation, qui se perd. Qui ne reconnaît pas les rues. Livia qui a le droit d'aller uniquement chez le coiffeur et au supermarché en bas de l'immeuble ; une illumination.

Agités, pleins d'espoir, nous pénétrons dans le supermarché. Caissiers et employés confirment que oui, elle vient tous les jours, deux ou trois fois par jour, parfois sans rien acheter, avant d'affirmer elle ne s'est pas montrée aujourd'hui. Une vendeuse dit : moi, je l'ai vue. Il y a environ une heure, au rayon du pain. C'était elle, à quatre-vingt-dix pour cent.

Le directeur propose de visionner les enregistrements des caméras de surveillance intérieure.

Un employé affirme : une gentille fille. Un autre : Madame, elle doit être dans les parages, en général elle ne s'éloigne pas – et c'est à moi qu'il s'adresse.

Livia n'apparaît pas dans les enregistrements des caméras. La vendeuse présente ses excuses, elle l'a sans doute confondue avec une autre personne.

De nouveau dans la rue, nous reprenons nos recherches, cette fois à pied.

Vous vous rappelez l'époque où les adultes cherchaient Livia ? Alors qu'on nous ordonnait de ne pas bouger. Le jour où nous sommes, nous, les adultes, est arrivé. Et le fait est que le décor est identique, qu'en l'espace de trente ans, c'est elle, toujours elle, qui se perd – disparaît, s'élance.

La retrouver est une réparation.

Pour ce qu'on m'a interdit de faire, pour ce que je n'ai délibérément pas fait et que je porte en moi. Les restes de ma personne après la nuit de l'accident. La nuit où Livia a tenté de se suicider.

J'ai seize ans, et c'est un suicide. J'ai seize ans, je me lève et entre dans la cuisine, prends une pomme. J'ai seize ans, et je vais dans le salon quand je vois Livia de l'autre côté de la baie vitrée – chemise de nuit rose. Debout sur la rambarde. Dans le vent, le tissu flotte autour de son corps, colle à ses fesses, à ses cuisses, sa silhouette se dresse.

La blonde sur la rambarde plane, vole. C'est Livia. Livia défiant le danger, que ce soit un précipice ou sa peau brûlée. Livia qui ne tombe jamais. Nous sommes tous prêts à parier que rien de ce qu'elle possède ne lui sera enlevé. Sur la rambarde se tient la privilégiée, la préférée.

C'est la préférée qui pivote, qui me fixe. Elle me lance un regard entendu, pour la première fois, le temps d'un instant, nous voici complices.

Un instant, puis elle se tourne vers la ville, m'offrant la vue de ses cheveux, de ses longs cheveux blonds. Elle se retourne et se jette dans le vide.

Ce sont les événements de cette nuit-là. La vérité jamais racontée de crainte qu'on ne m'accuse : pourquoi ne l'as-tu pas retenue ? Qu'on m'interroge sur l'endroit exact où je me trouvais, à quelle distance, qu'on me demande si, par hasard, je ne l'avais pas poussée. De même, on raconte que mon père, enfant, était présent alors que son grand-père violait sa mère (où était-il exactement ? Dans le couloir, dans la pièce voisine ? Ne pas être intervenu faisait-il de lui un complice ?).

Et donc la blonde se lance dans le vide et moi, seize ans, je me pisse dessus. À cause de la crise de panique, de la terreur, et plus seulement à force de rire. Jusqu'à présent j'étais celle qui riait trop.

La fille qui riait trop resurgit, jaillit de mes entrailles. Il suffit de fermer les yeux, la revoilà. La légende sur les jumeaux, selon laquelle si l'un d'eux est malade, etc., vaut pour les filles. Celle qui se pisse dessus, la somme de toutes. Le distillat de vous autres.

Peau écorchée pour mieux sentir le moindre désagrément, le battement d'ailes – battement de papillon. Asymétrique – voilà ce que c'était : un stigmate. Une étoile sur le front. Protectrice, guerrière. Je vous sauverai. Je vous sauverai, fillettes blondes, têtes de poupées. Je vous conduirai à l'abri dans la grotte sombre de mon imagination, là où personne ne vous touchera, et, en admettant qu'on vous touche, qu'on abuse de vous, ce sera pour votre bien, pour vous transformer en héroïnes. Ne pleure pas, Emanuela.

La guerrière déclare : allons chez elle. Parce qu'elle sent que Livia est chez elle, dans sa chambre. Elle les voit mentalement, Livia et Jonathan, murmurant sous le lit pour éviter qu'on ne les trouve.

Nous nous précipitons, nous palpitons – une palpitation différente de celle du passé. Nous montons l'escalier, entrons, palpitons, palpitons – d'une nouvelle façon, laborieuse, âgée.

Nous informons des faits le père, qui ne reconnaît pas Massimo (la reconnaissance aura lieu plus tard, au terme de cette longue journée), étant trop concentré sur la disparition de sa fille – encore et encore.

J'exprime ma conviction qu'ils sont à la maison, bien que la femme de chambre prétende n'avoir entendu rentrer personne, elle s'en serait aperçue. Le père, atterré. On me l'a enlevée, dit-il.

La scène du passé se répète : nous fouillons les pièces, sa chambre. Sous le lit, à l'instant où je me penche, certaine de voir leurs têtes, et non, ils ne sont pas là – je découvre des paquets de goûters, mais ça, c'est une autre histoire (également vraie).

Je vérifie dans l'armoire et vois à la dérobée Massimo ouvrir la cage (c'est le moment où les enfants, tous les enfants, se font minuscules). À preuve que l'arriération mentale est contagieuse, bouleversement du monde qui se glisse sous votre peau, nous oublions notre cerveau, les dommages et les trous noirs sont inutiles, la démence est un virus qui emprunte les voies respiratoires et donc oui, un beau jour un écureuil peut frapper à votre porte et un fils se cacher dans la cage à oiseaux.

À partir de maintenant tout est possible. En réalité, ça l'était déjà avant, bien avant, mais aucun d'entre nous ne l'avait compris.

Personne ne se cache dans cette maison, dans cette chambre. Alors, d'instinct – sixième sens, empathie –, je vais dans le salon, je sors sur la terrasse. Je regarde en bas.

Je ne suis pas la seule à avoir un pressentiment dramatique. Nous craignons tous que Livia n'ait fait du mal à sa personne et à l'enfant. Éclair : livre ou film où la femme se suicide avec son chat. Pensées et images s'accumulent, tout comme les motivations : vengeance à mon égard pour la soi-disant trahison, vengeance envers Massimo pour le même prétendu motif. Ou parce qu'il a eu un enfant avec une autre femme. Ou carrément vengeance envers cet enfant qui vit, alors que le sien – retournons en arrière dans le temps – n'est jamais né. La rage de Livia envers tous les enfants.

Cela s'est passé devant nous et nous ne l'avons pas vu, ou nous l'avons volontairement ignoré, comme il y a trente ans – voici Livia, dix-sept ans, se balançant sur la balançoire. Livia, les yeux fermés, des coupures sur le crâne. Livia qui rentre de Suisse et va s'enfermer dans sa chambre, porte qui claque (a-t-elle avorté ?).

Et encore : Livia qui pousse Jonathan dans un ravin, qui le noie dans un lac. Imaginer n'équivaut-il pas à se remémorer ? Plus encore : les images qui remontent de l'inconscient – que ce soit en rêve ou en état de veille – ne sont-elles pas des événements censurés ?

Transportons-nous dans la ville au bord de la mer, dans l'appartement au deuxième étage où Federica reçoit l'appel au cours duquel je lui dis : au secours. Et aussi : j'étais persuadée que je trouverais la solution toute seule – tout cela confusément. Federica, qui a un traceur sur son téléphone relié à celui de Livia, chose que j'ignorais, presse des touches, vérifie. L'agitation, causée par la nouvelle de sa sœur. Je pense : tu vois ce qui arrive quand on s'éloigne, quand on prend des vacances ? Tu n'aurais pas dû – j'aimerais l'accuser, décharger sur elle mes responsabilités.

Trouvée, annonce Federica.

Elle me prie de l'appeler dès que j'aurai rejoint Livia. Elle sautera dans le premier train, dit-elle. Je dis : attends, je t'avertirai.

Si je pouvais la voir, si je pouvais la voir maintenant.

Restons sur elle, glissons-nous dans sa tête – saine, établissons un graphique qui montre les différences entre les cerveaux en bonne santé et les autres –, coulons-nous dans l'abîme de ses peurs qui concernent non sa personne, mais Livia, petit point rouge sur le plan de la ville. *Alert.*

Abîme de ses peurs : que risque l'enfant, quel qu'il soit (le jeune fils d'un ami, ai-je dit vaguement) ?

La pensée de ses enfants à elle, du moment où Giorgio interrompt toute relation avec Livia, interdisant à ses fils de la voir.

Federica revient sur l'épisode. Elle s'en souvient : Giorgio estimait que Livia nourrissait une attention malsaine envers Leonardo. Par exemple, le jour où tu lui changeais la couche et où Livia s'exclamait ah le beau zizi, superéquipé – mille fois Giorgio lui a rappelé cet épisode insignifiant.

Ou quand, à quatre pattes par terre, elle invitait son neveu à la chevaucher, puis se mettait à galoper dans le salon avec lui, emballée, désordonnée, et Leonardo tombait, sa tête heurtait le sol, ça tu ne peux pas l'avoir oublié, la pressait Giorgio. Car elle, Federica, prétendait qu'elle avait oublié.

Enfin la baignoire, Giorgio qui, après avoir récupéré Michele, tente d'attraper Leonardo, et Livia qui s'y oppose, pas lui, dit-elle, serrant contre elle le petit, l'enfonçant dans la tentative de l'éloigner de son père, la tête de l'enfant disparaissant sous l'eau avant de resurgir aussitôt. S'il était resté immergé un instant de plus ?

Sans compter ce qui s'est produit avant. Que s'est-il passé dans la baignoire pendant qu'eux-mêmes dînaient ? Quels méfaits Livia a-t-elle commis à l'encontre de ses neveux ? De Leonardo – Giorgio est convaincu depuis toujours que sa belle-sœur est obsédée par Leonardo. Quel abus, quelle violence ? Quel traumatisme a fait de Leonardo un être introverti, apeuré, peut-être gay, même pas, simplement apathique, chattant entre les quatre murs de sa chambre, un être terrifié ?

Ainsi l'épisode de la baignoire, dans l'épopée familiale, se transforme pour Giorgio en l'instant où Livia a tenté de noyer Leonardo, peu importe que ce fût volontaire ou pas, elle s'apprêtait bien à le tuer, et c'est la preuve de la dangerosité absolue de Livia. Tu te souviens, Federica ?

Reconstruis les scènes. Cesse de défendre ta sœur dans une fusion qui vous englobe toutes les deux, en la somme inexistante de vos deux personnes.

Aie le courage de sortir à découvert. Expose-toi, reviens sur tes hésitations à propos de l'opinion de Giorgio, et s'il avait raison ? Livia est capable de faire du mal aux enfants.

22.

Les animaux évoqués jusqu'ici font tous leur apparition maintenant. Les animaux désirés les nuits où je rêvais de serrer quelque chose contre ma poitrine, un être vivant dont le cœur aurait battu au même rythme que le mien. Et les animaux objets des caprices de Livia et de Federica : hamster, oiseau. La cage vide dans l'attente d'une perruche.

Animaux vrais ou factices, car à un moment donné on réclamait des peluches, cadeaux d'amoureux à placer sur les lits. Et en l'absence d'amoureux, on allait reprendre les vieilles dans les corbeilles, preuve tangible que quelqu'un nous avait aimées, peu importait qui – qu'est devenu le koala, maman (acte de charité, Elodie) ?

Bienvenue au Bioparc de Rome. Zoo jusqu'en 1998.

Voilà qu'est révélé le mystère des animaux mentionnés dans cette histoire, hypothèses d'apparitions, exemplaires en fuite qui avaient peut-être traversé la rue et s'étaient introduits dans la maison. Le petit immeuble rose se dresse de l'autre côté de la rue. Les arbres qu'on voit depuis la terrasse appartiennent au zoo.

Ainsi, dans le silence de la nuit, les ululements, les barrissements n'avaient rien d'inventé. Ils formaient l'arrière-fond réel de notre adolescence.

Éléphants, tigres, panthères, pingouins arctiques, ours polaires, le monde qui s'étendait de l'autre côté de la rue, derrière le grand mur d'enceinte. Un endroit que je n'ai jamais visité ces années-là, pas plus que le Colisée ou la chapelle Sixtine. La villageoise, le phénomène de foire est entré dans toutes les boutiques du Corso, dans les cabines d'essayage trop étroites, McDonald's, discothèques à la mode pour en ressortir peu après, en proie à l'envie de s'engager dans une rue, d'aller tout droit, de monter dans des voitures d'inconnus, hélas ! il n'y avait pas d'inconnus. Pas d'individu malintentionné pour te ramasser, vierge de Maremme. Le désir d'être violée, kidnappée, le désir désespéré d'être l'héroïne de quelque chose. Et quand cela s'est produit, ça n'a duré qu'une saison – combien de jours vit un papillon ? Et une écrivaine ?

Sur le téléphone de Federica, Livia est apparue dans le Bioparc. Petit point rouge clignotant au milieu de la tache verte, viale del Giardino Zoologico.

Nous dévalons l'escalier de l'immeuble rose, traversons la rue, Massimo me retenant par le bras – l'habitude de retenir son fils dans toutes les rues –, nous nous présentons à la billetterie, expliquons les faits, tandis que Massimo montre la photo de Jonathan. N'ayant pas de photo de Livia, nous décrivons une femme blonde et mince. L'enfant a cette taille – Massimo l'illustre de sa main, tee-shirt rouge. Nous avons oublié la tenue que porte la femme. Silhouette évanescente. Chapeau de paille, dis-je. Pendant ce temps il a cessé de pleuvoir. Chapeau et lunettes de soleil, dis-je, aidez-nous.

Une femme blonde et un enfant de six ans, l'information rebondit dans les talkies-walkies, Massimo ayant demandé qu'on ne diffuse pas l'avis par haut-parleur, la femme risque de s'enfuir, précision qui éclaire ce dont il s'agit : un kidnapping.

La pression augmente. L'urgence de trouver le petit qui non, n'est pas un enfant perdu, maintenant tout le monde le sait.

Imaginons ce qui peut arriver dans un zoo (nous nous obstinons à le désigner sous ce terme). Nous passons les hypothèses en revue.

L'enclos des tigres, celui des lions. Et les ours ? Jetez un morceau de viande aux ours en captivité, nourris de l'extérieur par un individu qui décide pour eux de l'heure et du contenu de leurs repas.

Savez-vous combien de temps met un lion pour avaler quarante kilos de viande ? Et aussi connaissez-vous la meilleure méthode pour escamoter un corps ? L'histoire du village de mon mari, la maison de la jungle, retentit. Années quatre-vingt, un riche industriel milanais achète une propriété agricole. Terres plus villa de maître devant laquelle son plus jeune fils est kidnappé. Après des mois de négociations avec les ravisseurs et le paiement d'une rançon de cinq milliards de lires, le garçon n'est pas libéré.

Au cours des années suivantes, le père dépense un milliard pour retrouver son corps. Hypothèse la plus probable : le cadavre a été donné en pâture aux cochons (ne nous attardons pas sur le fait que la victime avait le même âge que mon mari et que le portail devant lequel le garçon a été kidnappé était celui de la vieille maison de mon mari, je dis mon mari, je continuerai de dire mon mari jusqu'à la fin de mes jours).

Aujourd'hui toutes les histoires d'enlèvements et de corps jamais retrouvés resurgissent à cet endroit précis, parmi les animaux. C'est une histoire de disparus, de jeunesses brisées – d'une façon ou d'une autre. Et nous appartenons tous à ces jeunesses. Peloton de zombies. Peloton, troupeau, écartez-vous ; si vous ne vous écartez pas, vous risquez d'être écrasés. Ai-je déjà dit que nous étions bruyants ? Ai-je dit que nous étions troublés, déchaînés, apeurés, malheureux ? Que le moindre danger, une ombre agrandie sur un mur, nous faisait sursauter ? (Et c'était la nôtre.) Ai-je dit que nous nous mouvions en groupes et que nous avions l'impression de nous évanouir, de sombrer, quand nous étions seuls – comme nous aurions aimé ne pas exister…

Massimo à droite, moi à gauche, employés et service de sécurité partout – ils ont l'ordre de nous appeler s'ils les trouvent, mieux vaut approcher la femme en notre présence. J'avance parmi la foule qui n'est pas une foule, puisqu'il a cessé de pleuvoir depuis peu, mais un agrégat de quelques personnes. J'accélère le pas. Je commence à avoir mal aux pieds.

Les enfants que je rencontre ne sont pas le fils de Massimo. Les blondes ne sont pas Livia.

Au-dessus de moi, le ciel se dégage, il se transforme en journée de soleil et j'ai chaud – réalité ou ménopause –, je transpire, je ruisselle, j'ôte ma veste.

J'avance parmi cette foule qui n'est pas une foule, mais qui l'est dans ma tête stimulée, laquelle équivaut à une tête endommagée, nous sommes toutes des têtes endommagées. La foule de tous les individus de ma vie que j'affronte enfin : anciens camarades de classe, lecteurs, détracteurs, mère, père, fille. Vous tous qui n'étiez pas épouvantables, ni même méchants.

Anciens camarades de classe, lecteurs, détracteurs, parents, connaissances, chefs de rédaction, éditeurs, belles-sœurs, amants, mari, mère, père, fille, *I love you* (à quelques mètres de moi, l'homme des ballons de baudruche).

Le rôle principal dans le film dont tu as toujours rêvé. Lumières, mille feux. Applaudissements.

Pour tous les applaudissements manqués, pour l'applaudissement le plus grand que tu aurais pu recevoir et que tu n'as pas reçu, n'ayant pas réussi à le mériter. Nuit, fille sur la rambarde.

Dépêche-toi, abandonne derrière toi ton corps lourd, asymétrique, abandonne la fille que tu as été.

Avance, cours. Arrive avant les autres, l'instant d'avance qui te permettra d'occuper la scène. Applaudissements.

À trente ans de distance, aujourd'hui, le 20 mai 2019, la possibilité d'accomplir le geste regretté. Oh oui, tu aurais pu. Sur cette terrasse, tu aurais pu tendre la main et tirer Livia vers toi. Tu aurais pu, mais tu t'en es abstenue. Désarçonnée, terrifiée, te pissant dessus, toi.

La femme que tu es devenue a maintenant l'occasion d'éviter l'irréparable.

Ta seconde chance, pour réparer le passé. Mais en les voyant, en apercevant Livia et le petit – ce sont eux, tu les as retrouvés ! –, l'occasion de les sauver s'évanouit une nouvelle fois. Jadis par inertie de ta part, maintenant par absence de drame. Devant l'enclos des singes, Livia et Jonathan, un sachet entre les mains, lancent des graines. Il n'y a aucune tragédie en cours.

Alors je ferme les paupières, je ferme fort les paupières, je suis devenue écrivaine dans ce but : inventer, arranger. Me voici, adulte courageuse, j'accélère le pas, bondis, me place dessous – sous les fenêtres, les balcons, les ravins, les abîmes de votre jeunesse –, écarte les bras, attrape les filles au vol.

23.

Francesco, seize ans, menu C (43 kilos, 1,78 mètre), actuellement le seul garçon du centre, admet que maigrir a été d'une certaine façon un moyen de se distinguer d'Antonio, son frère jumeau avec lequel on le confondait. Bébés, d'accord, mais ensuite, sept, huit ans, douze, treize. Antonio, disait-on. Et lui : non, Francesco. À l'école aussi : Antonio ! Et lui : Francesco.

Pour une raison mystérieuse il ne se rendait pas compte qu'Antonio était victime de la même méprise. À environ quinze ans, pour se distinguer – lui ont expliqué aujourd'hui les psychologues –, il a laissé pousser ses cheveux et les a décolorés ; d'ailleurs, ils étaient blonds dans leur enfance et ils ont foncé avec l'âge.

Il se présente à la maison blond platine. Mais, étant très tolérants, son père et sa mère disent : d'accord. Il faut que je m'y habitue, ajoute la mère. Terminé. Grâce à la thérapie familiale, elle prétend qu'elle a enfin compris la nécessité de Francesco de se bâtir une individualité par rapport à son frère. Elle n'y avait pas pensé avant que les psychologues lui parlent, et telle a été peut-être son erreur :

ne pas accorder d'importance aux changements, lui ont également expliqué les psychologues, depuis les cheveux jusqu'à l'amaigrissement. Une envie de se distinguer, plutôt que de disparaître.

Les spécialistes ont entamé avec Francesco un discours sur le caractère.

Il doit apprendre que la véritable différence, ce qui rend unique, c'est la personnalité. Qu'on soit jumeau ou pas, il n'y en a pas deux pareilles.

De fait – et là, c'est Francesco qui parle –, Antonio est un garçon sérieux, sûr de lui, mais aussi susceptible, alors qu'il est pour sa part extraverti, plein de confiance en son prochain. Il a un côté créatif, il s'est aperçu qu'il a sacrifié son côté créatif, à commencer par le choix de ses études. Au lieu de s'inscrire à l'école hôtelière comme son frère, il aurait dû choisir une branche artistique.

Bref, il lui a fallu du temps pour comprendre ce qu'il désire vraiment. Et, par conséquent, en quoi il diffère de son frère.

Il existe une autre différence entre eux : Antonio papillonne, alors qu'il est, lui, fidèle. Il faut juste qu'il trouve la personne adéquate, il la cherche, mais il ne baisse pas les bras, il sait au fond de son cœur qu'il la trouvera. Une personne aussi sensible et créative que lui, une âme sœur. Par exemple, en matière d'habillement. Il est très extraverti dans ce domaine. Un jour, un été, il est sorti en short et en tee-shirt jaune fluorescent. Soudain une voix retentit derrière lui : où tu vas donc, toute seule, ma jolie ? S'ensuivent des compliments sur ses fesses. Puis la moto le dépasse, et ses occupants le regardent droit dans les yeux. L'un d'eux s'exclame : t'es un mec, putain ! Et ils éclatent tous de rire, lui le premier.

APPENDICE

Protégée par l'alibi de l'artiste, le génie souffrant, je peux remonter le temps, revenir à la nuit dans l'ascenseur, à Massimo et moi. Ce soir-là et les précédents en présence de Livia, sans oublier le dernier avec Jonathan, nous avions l'impression d'être les seuls adultes du groupe au point de nous chercher mutuellement du regard.

Nous autres adultes dans un espace de plus en plus restreint, jusqu'à l'ascenseur, tandis que Livia dort à côté (vingt, trente mètres – l'ascenseur qui descend), c'est du moins ainsi que je l'ai quittée, dans l'obscurité de sa chambre, la cage vide pendant du plafond. Je l'ai quittée ainsi en m'efforçant de ne pas faire de bruit à chaque pas, devinant une éventuelle menace pour Livia et toutes les créatures endormies, que j'aimerais entourer, pour m'ériger en barrière entre elles et les événements impondérables qui sont susceptibles de se produire. Je ressens de l'électricité, une pitié électrique pour les faibles. Pour les petits êtres que représente l'exemplaire endormi. Une compassion viscérale qui parcourt tout mon corps, une décharge de la tête aux pieds. En passant par le ventre, sillonnant le ventre au point de m'amener à douter de sa nature – les papillons sont-ils revenus ? De la compassion et de la tendresse. Une tendresse lascive qui me pousse à serrer les cuisses, serre fort, vierge. Serre et pousse, tu es en train d'accoucher. Ou peut-être de la langueur. C'est à cause de la langueur que tu te lèves et sors de la chambre, de l'appartement.

Avec une légèreté insolite, tout nouvelle pour le corps que tu supportes, tu découvres dans l'ascenseur que, non, ce n'est pas de la compassion, ni de la pitié et encore moins de l'empathie, un sentiment protecteur, l'instinct maternel, de la sororité, c'est une pulsion érotique.

Et comme j'agis en pleine possession de mes moyens, j'assume la responsabilité de ce qui va arriver : moi, oui moi, écrivaine, mère, quarante-sept ans, je provoque mon vieux camarade de classe. Je le touche, main sur la poitrine.

Dans l'ascenseur et dehors, sans cesser de nous embrasser, dans la rue, en voiture, comme si nous avions attendu ce moment toute notre vie. Cette compénétration, souffle à l'unisson.

Moi qui le rejetais quelques jours plus tôt encore en lui reprochant avec sadisme : tu ne penses pas à Livia ? Sous-entendu : contrairement à moi. Qui suis-je, sinon la bonne personne que j'essaie d'être – si Anita me voyait, regarde-moi, pensais-je ces derniers jours, ces dernières semaines. Jusqu'ici, jusqu'à mon lit où j'ai conduit Massimo – ne regarde pas, ma fille.

Pendant qu'il me pénètre. Et je gémis, je dis : mon amour.

Sais-tu combien de fois je t'ai revu en fermant les yeux ? Dans les couloirs du lycée, dans les escaliers. Encombrants, tumultueux. Tourbillon d'hormones, je baise le peloton.

Poussez, jouissez en moi – l'illusion de concevoir un bébé.

Une façon de baiser sa propre adolescence. Un écrasement temporel. Découvrir que, à force de se répéter, les rêveries équivalent à l'expérience, et ce qui se produit est la répétition la moins urgente d'une chose qui a déjà eu lieu.

D'autant plus que ni toi ni lui ne vous déshabillez entièrement, et non à cause de votre fougue. En tout cas pas toi, qui as ôté ton pantalon et gardé le haut, parce que tu es redevenue l'être irrégulier, la personne qui rêve de se faire opérer – opérez-moi ! – pour pouvoir vivre vraiment l'amour, mais ceci est un amour à moitié. Comme toi. Lève les yeux, aie le courage de regarder dans le miroir ce que tu es. Offre-toi de la compassion.

(Tu es parmi les créatures innocentes qui dorment cette nuit, Livia, Anita, les premières qui te traversent l'esprit.)

Vous devinez tous deux, probablement, qu'il s'agit du passé, toi et Massimo, si bien que sur le lit, côte à côte, alors qu'il vient tout juste de jouir en toi, et non par passion, affrontement des probabilités ou mépris du danger, mais parce qu'il connaît exactement ton âge, femme fanée, flétrie, ni l'un ni l'autre ne prononce un mot, ni l'un ni l'autre ne tend la main en un geste affectueux. C'est le présent, entièrement le présent, tandis que dehors, derrière les rideaux, noircit une nuit comme tant d'autres, étoilée, sans étoiles, pleine lune, nuages obscurcissant la lune.

Je dois me lever tôt demain, affirme-t-il.

Il vaut mieux que tu partes – moi, tirant le drap jusqu'à mon cou. J'ai froid, dis-je. Et c'est un mensonge.

Massimo se rhabille, je me tourne de l'autre côté. Comme je suis triste pour moi, pour lui… pour nous autres adolescents privilégiés du quartier Parioli, à Rome.

Qu'est-ce que ça fait de baiser sa propre jeunesse ? Qu'est-ce qu'on éprouve, quelle illusion, quand on se croit adolescents ? Voilà ce que j'ai trahi cette nuit : la vie d'après.

La vie d'après est la fillette qui est arrivée ensuite.

La jeune femme que je regarde sur l'ordinateur, juste après le départ de Massimo. Cherchée sur internet, trouvée. Mon ex-mari l'avait dit : si tu veux la revoir.

Cheveux à mi-cou – quand les a-t-elle fait couper ? –, yeux en amande de son père.

Animal qui dévore tout, lit l'animateur.

La question s'inscrit sur l'écran au-dessus des espaces réservés aux lettres de la réponse. Je compte : huit espaces.

Gros plan d'Anita.

Omnivore, dit-elle.

Les lettres qui composent le mot « omnivore » viennent remplir les cases.

J'ai beau connaître le résultat, je souris. Quelle fierté suscite en moi cette jeune femme qui a grandi en dépit de mes erreurs !

Je la revois à trois, quatre mois, je me vois lui enfoncer de force le bras dans un body, elle fond en larmes et je comprends que j'ai fait quelque chose de mal. J'appelle : au secours ! Enfin la nounou accourt et je lui crie que j'ai cassé la petite, elle s'en empare, la soupèse, la remue, tout va bien, dit-elle, entre-temps ma fille a cessé de pleurer.

Inapte, mère inapte, toi. Toi qui étais censée être compétente. Dispenser des enseignements, des réponses que tu ne sais pas non plus donner maintenant, si bien qu'elle, ta fille, t'a dépassée en sagesse. Par exemple, aurais-tu su répondre omnivore à animal qui dévore tout ? Et à : jouet fait d'une hélice en papier ou en plastique qui tourne avec le vent ? Réponds donc, mère ! Réponds alors que ta fille se tait, secoue la tête, et toi – tout en connaissant la fin du jeu –, tu l'encourages : allez, Anita, repense à nous, à tes jouets, tu as été submergée de jouets – parce que toi, tu connais la réponse, tu l'as trouvée immédiatement (tu vois que tu n'es pas aussi inapte ?).

Or ma fille dit je passe, suscitant ta réaction. Non, dis-tu, non, tout haut.

Comme s'il était possible de perdre – n'oublions pas que perdre, ici, signifie tomber dans la trappe. Et toi, la mère, tu continues de dire non, comme si tu voulais retenir ta fille.

Alors que l'animateur recommence du début, à partir de la première question, relisant celles auxquelles Anita a déjà répondu, mais en répétant ses réponses elle pourrait se tromper sous l'effet de l'anxiété, du trouble, et par conséquent repartir encore en arrière, épuiser le temps à sa disposition – c'est une autre façon de perdre –, alors que l'animateur recommence du début, tu repenses aux autres situations dans lesquelles tu explosais. En cet instant de nervosité, tu retournes vers l'enfance, à la petite Anita dont tu serrais les bras, enfonçant tes ongles dans sa chair, à la fillette de un an, de deux ans que tu secouais, jetais au sol, que tu tirais par les cheveux en hurlant, à la petite de trois, quatre ans, huit ans, geignarde, capricieuse à laquelle tu criais : assez ! Alors les adultes intervenaient, ils te l'arrachaient des mains, car tu étais dangereuse, extrêmement dangereuse, du reste tu l'avais prouvé en imprimant de gros bleus sur le corps de ta fille. Les adultes avaient bien d'autres craintes, et tu le savais, tu le sentais, tu te souviens qu'ils ne te laissaient jamais seule au bord de la mer, tu n'avais pas le droit d'emmener ton enfant dans l'eau, dans tes bras. Ça t'était interdit.

Qui se termine le samedi plutôt que le mardi et appartient au rite ambrosien, demande l'animateur.

Carnaval.

Alternance de questions et de réponses pour en arriver de nouveau là.

Au jouet fait d'une hélice en papier ou en plastique qui tourne dans le vent.

Allez, je l'encourage à genoux sur le lit, tout près de l'écran, comme si je pouvais lui souffler la réponse. Je prie : Seigneur. Maman, papa – m'adressant aux défunts mêmes que j'ai traînés dans la boue, si l'au-delà existe ils devraient être furieux, ou alors ils m'ont pardonné, mais oui, pardonnez-moi ! Nous sommes une famille ! De pédophiles, de violents, mais une belle famille quand même. Ancêtres, depuis ma grand-mère paternelle jusqu'à mon arrière-grand-père violeur, vous tous, faites-la gagner. Faites-la gagner quatre-vingt-six mille euros, l'argent que je n'ai pas gagné, moi, j'y pense souvent, quel sera mon héritage ? Dédommagez cette enfant que j'ai blessée.

Jouet qui tourne dans le vent, répète l'animateur.

Allez, Anita. Et je livre la réponse en détachant les syllabes, comme si ma fille pouvait m'entendre. Allez, fillette différente de moi, très lointain fruit de mes imaginations roses – littéralement roses, puisque je t'ai imaginée tourbillonnant en tutu, alors que tu n'as jamais tourbillonné, préférant grimper, sautiller, filer dans l'appartement en skate-board, détruire les portes auxquelles tu te heurtais, tandis que j'explosais : bordel – à défaut de quelque chose de pire, mille fois j'ai lancé putain ! à la petite, la toute petite fille que tu étais. Cette gamine manque de grâce, me plaignais-je. Et maintenant : allez, petite femme rageuse, adolescente introvertie, fillette de onze ans terrifiée, de neuf ans en pleurs. Mon bébé.

Alors sur l'écran, la jeune femme au long nez, aux traits pas vraiment réguliers, mais grande, élancée, cette jeune femme sourit – m'aurait-elle entendue ? Le vent du pardon d'une lignée entière, depuis l'arrière-grand-père jusqu'à la grand-mère paternelle formant un chœur où se confondent coupables et innocents, le vent du pardon lui aurait-il apporté la réponse, apporté à ses oreilles, comme un écho du passé, écho dans la jungle, la jungle de notre famille – tu te rappelles, Anita ?

Sur l'écran, la jeune femme répond.

Et je bondis sur mes pieds. Comme elle qui exulte sur l'ordinateur, nous nous reflétons l'une dans l'autre, toi et moi, il suffirait de tendre la main, je tends la main.

Pendant ce temps, là-bas – et là-haut et, par réverbération, ici –, tout se colore et s'allume, ce qui est exactement ce que je désirais pour toi. Je t'ai toujours vue en imagination sous mille feux, les mille feux. Applaudissements. Et je cède à l'émotion, devant l'ordinateur je cède à l'émotion, pas tant parce que tu as gagné, ce que je savais. Je pleure parce que tu as atteint vingt et un ans, ce que je n'aurais jamais cru, moi qui me sentais incapable d'élever un être vivant, je pensais elle va tomber malade, elle va mourir. Par mégarde, je la lâcherai et elle tombera.

Mais nous avons réussi. Et toi, tu es là-bas. Saine et sauve.

Ce roman est dédié à Federica, au moment où je croyais qu'elle s'octroyait une pause loin de sa sœur et de son père, en général loin du fardeau que la vie avait réservé à la fille privilégiée qu'elle était. Non, nous n'étions pas pareilles, Federica D'Elia (6 décembre 1972-28 mai 2019).

REMERCIEMENTS

Je remercie le Dr Laura Dalla Ragione, responsable du Palazzo Francisci, Todi (l'un des établissements du réseau pour les Troubles du comportement alimentaire d'Ombrie).

Et le Pr Giuseppe Plazzi, directeur du Centre de médecine du sommeil à l'hôpital Bellaria de Bologne. Auteur de *I tre fratelli che non dormivano mai* (Il Saggiatore).

Merci, enfin, à Sandra Bonsanti qui a libéré de nombreuses femmes, dont ma mère.

Composition et mise en pages
Nord Compo à Villeneuve-d'Ascq

Cet ouvrage a été achevé d'imprimer sur Roto-Page
par l'Imprimerie Floch à Mayenne
pour le compte des éditions Grasset
en mars 2023

PAPIER À BASE DE
FIBRES CERTIFIÉES

Grasset s'engage pour
l'environnement en réduisant
l'empreinte carbone de ses livres.
Celle de cet exemplaire est de :
650 g éq. CO_2
Rendez-vous sur
www.grasset-durable.fr

N° d'édition : 22784 – N° d'impression : 102072
Dépôt légal : avril 2023
Imprimé en France